辺境の真珠と灼岩の狼

喜咲冬子

ポプラ文庫ピュアフル

序幕
蒼雪城の花嫁
8

第一幕
嵐の前触れ
28

第二幕
波濤の聖剣
109

第三幕
海蛇の子
203

終幕
凍土に種を蒔く
308

ラーエナ島
北部五国
北陵道（旧道）
北陵道（新道）
北の大聖殿
蒼雪城
灼岩城
西部三国
琥珀宮
紫暁城
イェスデン王国
南部五国
孤鹿砦
北の大聖殿
北宿
蒼雪城
新南宿
白鵠野
北陵道（旧道）
リンドブロム公領

人物相関図

オールステット家(王家)

カタリナ
反逆の罪で刑死した王妃。

― 親子 ―

ウルリク・オールステット
第四王子。
リーサの元婚約者。
父王より密命を受ける。

トシュテン三世
第十六代国王。

ランヴァルド
「斧狼の乱」を起こし逃亡。
ベリウダ王国に潜伏中。

- カタリナ ― ウルリク：親子
- ウルリク ― トシュテン三世：親子
- トシュテン三世 ― ランヴァルド：兄弟
- ウルリク ― ランヴァルド：叔父と甥
- カタリナ ― トシュテン三世：元夫婦

リンドブロム公領

エルガー
カールの庶子で領の後継者。

― 義理の親子 ―

リーサ・リンドブロム
東方のダヴィア公領出身。
カール亡き後、
中継ぎの領主となる。

― 夫婦(死別) ―

カール
リーサの夫だった。病で亡くなる。

― 兄弟 ―

オットー
人身売買に手を染め
放逐される。

- パメラ ― オットー：夫婦
- オットー ― トマス：親子
- パメラ ― トマス：親子

パメラ
黒髪の美女。
オットーの妻。

トマス
オットーと
パメラの息子。

カルロ・デリル
リーサに幼い頃から仕える神官。

ヘルマン・エンダール
カールの代より仕える相談役。

※ ウルリク ― リーサ：元婚約者

その他

レン・スティラ
ウルリクの副官で
スティラ領公子。

辺境の真珠と灼岩の狼

序幕　蒼雪城の花嫁

東方の真珠、と、人々は、その七歳の公女を呼んだ。

リーサ・ダヴィアは、人の称賛を誘う美しい少女だった。真珠とは、東方の海沿いの商都出身であることと、月の光の色をした巻き髪の輝きに由来している。端整な顔立ちは神々にもなぞらえられ、明るい菫《すみれ》色の瞳は宝玉にたとえられた。

リーサが、イェスデン王国の東方に位置するダヴィア公領から、国王の第四王子の婚約者として琥珀宮《こはくきゅう》に迎えられたのは、王暦二六五年の春のことである。

――エナ島における最古の史書は、およそ千年前に記された。

常春《とこはる》の大陸から、遥か南海を渡りこの島に移住した人々は、あの手この手で先住民からあらゆるものを奪った。千年前には、ついに最後の純血の子供までも。

偉大なるエナ島、を意味するラーエナ島と名を変えたのちも、侵略者同士の血まみれの歴史は続いた。

ひしゃげた楕円形のラーエナ島には、記録がはじまった当初は五十の国があった。五百年の動乱、五年の平和、二百年の動乱、二十年の平和……と千年かけて交互に繰り返し、ついには五十年の動乱ののち、二百年余の比較的平和な時期に入っている。この安定は、島の四分の一を手にした建国王ジグルスのイェスデン王国成立によってもたらされた。

一大強国の出現により、島全体の国の数は十四にまで淘汰《とうた》された。国同士の争いや、各国の内乱を経つつも、島は次第に豊かになっていく。半減した人口が増え始め、平和のありがたみを学んだ人々の間で、政略結婚が流行り出していた。時代の空気というものだ。

イェスデン王国には、王都を囲む王領と、その外縁《がいえん》を包む外領がある。三十五ある外領の領主たちは、王国成立以前から土地の主であった者の子孫が多く、独立の気風が強い。彼らとの良好な関係は、王国の平和の要でもあった。

海の民を祖とする、翡翠《ひすい》の地に紺の海蛇《かいじゃ》の家章を掲げるダヴィア家の末娘・リーサが、琥珀宮で暮らすようになったのも、そうした流れの一環である。

七歳のリーサと、六歳の第四王子ウルリク・オールステットの縁談は、トシュテン三世の王妃・カタリナの鶴の一声で決まった。滅びた古き血の末裔《まつえい》とされる一族と、王族の縁談は、王国史上はじめてのことであった。

リーサは王族として教育を受けるべく、碧の海に囲まれた紫暁城《しぎょうじょう》を離れ、内陸の琥珀宮へとやってきた。馬車から降りた愛らしい少女を見て、王妃カタリナが「東方から愛らしい真珠が来たわ！」と喜んだことが、史書に記されている。

黒地に金の獅子を家章とするオールステット家の、第十六代国王であるトシュテン三世の最初の王妃は、三人の王子と一人の王女を産んだのち病没していた。二番目の王妃として、君臨したのが王妃カタリナである。このカタリナの唯一の実子がウルリクだ。彼は、とても愛らしい少年だった。オールステット家に多く見られる黄金色の髪と、太陽を思わせる瞳を、リーサはとても美しいと思った。

リーサはウルリクを一目で好きになったし、彼も同じであることは見てわかった。

互いの美しい瞳は輝き、頰は薔薇《ばら》色に染まった。純粋な好意は、さらなる好意を呼ぶ。

二人は毎日、ジクルス建国王と賢妃と名高いナーディア王妃の銅像の前で待ち合わせをし、庭を散歩した。春の花、初夏の緑、真夏の木陰。秋薔薇。冬の間は温室で。

「ずっと一緒にいよう。僕は、ずっとリーサのことを守るよ。約束する」

リーサより一つ年下のウルリクは、未来の妻を守るべき存在だと思っていた。

「はい。きっとですよ。私も、ウルリクをお守りします」

リーサは、弟のような少年を守ってやりたいと思っていた。

薔薇の咲き乱れる屋上庭園で、二人はそんな約束をしたのだった。

ただ、この幸せな関係が無条件で成り立っていたわけではない。

紫暁城から出る時に、母とした約束は常に守っていた。

――東方の話は、口にしてはいけませんよ。空の色、海の風、祈る神。どんなことも、なに一つとして。口にすれば、いかなる愛も過去のものになるでしょう。

故郷の美しい海の話も、海の民が奉じる海の男神と月の女神の話も、決してしなかった。

祈るのは、琥珀宮の中にある七角の小聖堂《しょうせいどう》で、七つの天と数多の神々にだけ。

家族を思い、夜に一人枕を濡らした日もあった。

けれど、日を追うごとに悲しみは遠ざかっていく。父や母、兄弟姉妹から届く手紙は愛に溢れていたし、リーサはウルリクを、会う度に好きになったからだ。

いずれ彼の妻となり、成年したのちは彼が王領に与えられる城で幸せに暮らす。なんの疑いもなく信じていた。その日まで――ずっと。


ガタガタと馬車が揺れている。

ガタン、ガガ、ゴン、と不躾なほどに不規則な揺れだ。

窓の向こうに見えるのは、果てなく広がる陰鬱《いんうつ》な森であった。

王暦二七一年九月九日。

十三歳のリーサは、ぼんやりと馬車の窓の外を見ていた。

人の姿は、人の境遇に関する情報を多く含んでいる、とリーサは思う。

手を覆うレースの手袋。絹のドレス。顔を覆うベール。すべてが純白の装いは、誰の目にも花嫁に見えるだろう。レースに編み込まれた銀糸《ぎんし》や、伝統と流行を活かしたドレス全体に施された花の刺繍《ししゅう》、それにベールの襞《ひだ》の多さ、首飾りの真珠はやや青みがかった大粒なもので、実家の裕福さもうかがえるはずだ。

ガタガタと、馬車が揺れている。

馬車での旅も、もう十二日目。王都から離れるにつれ、道は悪くなる一方だ。進みは格段に鈍くなっている。

向かう先は、生まれ故郷どころか、琥珀宮からも遥か遠い北方であった。

リーサの花嫁衣装は、辺境とも呼ばれるリンドブロム公領に向かうにしては、過ぎた豪華さの装束である。――嫁ぐ相手が、急に変わったせいだ。

「昼には着くと聞いておりましたから、間もなくですね、リーサ様」

狭い馬車に同乗しているのは、黒い聖装束の、細身で面長なカルロ・デリル。つややかな黒髪を耳のあたりでぴしりと揃えているのは、彼が神官だからだ。簡素な木珠の首飾りは、三等神官の証。リーサの周囲にいる唯一の同郷出身者で、年齢は一歳上である。リーサが琥珀宮に移った時、修行を理由に同行して以来の仲であった。

彼の漆黒の髪は、東方出身者の多くと同じだ。顔が青ざめているのは、彼の家族に起きた不幸を痛ましいまでに想像させた。

リーサは、カルロの青い顔を見、それからすぐに窓の向こうを見る。

「……えぇ、そうね」

自分も、同じだ。さぞ青い顔をしているだろう。

不幸。我が身に起きた出来事は、まさしく不幸だ。

ダヴィア家の領主の長男が、王家の内輪もめに巻き込まれ、騒乱罪で刑死。不服を申し立てた父も、同じ罪で刑死。母は、幼子を連れて海に身を投げた。紫暁城は焼かれ、一族も、旗主《きしゅ》たちも多く命を落とした。その中には、カルロの父親もいたと聞いている。

今、リーサは北へ向かう馬車に揺られていた。

リーサの結い上げられた髪は、淡い金色だ。東方にいるほとんど――家族や旗主たちとも違っている。ダヴィア家が代々、王家との縁を求めるため、王都の貴族との婚姻を繰り返してきた結晶がリーサだからだ。だが、今、リーサは王都から離れている。カタリナ王妃が、ウルリクとの縁談を破棄《はき》させ、リンドブロム家に嫁ぐよう命じたからだ。

　行けども行けども、森ばかり。山、木々、時折見える川、谷。そして、森。木もれ日のさす琥珀宮の森とは違う。鬱蒼《うっそう》として、湿っぽい。

　馬車は、ゆるやかな坂を上っていく。

（あぁ、着いてしまう。――終わってしまう）

　優しい夢の終わり。悪夢の終わり。あるいはこれまでの人生の終わり。判然とはしないが、たしかな境を感じる。

　窓の外の山の上に、明るい灰色の城が見えてきた。

　リンドブロム家の居城・蒼雪城《そうせつじょう》。

　険しい峰々に囲まれ、陸の孤島とも言われているそうだ。

　険しい道、鬱蒼とした森、陸の孤島。姿がものの属性を決めるのならば、この土地も冷たく人を拒むのだろうか。

　ぎゅっと、レースで覆われた手を腿の上で握る。

　窓の外の風景は、城が近づいてきても陰鬱なままだ。

　平地が少ないせいか、民家はまばらで、荒地が多い。荒地の向こうは森。さらに向こうは険しい山々。吹く風は身を縮ませるほど冷たい。

門を一つくぐり、城内に入る。馬専用の道の脇には、市《いち》らしきものがまばらに立っているが、活気はない。天然の良港を擁《よう》し、大陸やラーエナ島全域との貿易が盛んなダヴィア公領や、大きな劇場が三つもある王都で暮らしていたリーサの目には、廃墟同然に見える。

二つ目の門をくぐり、三つ目の門をくぐったあと、馬車は止まった。

（もう戻れない。逃げ道はないんだわ）

急遽結婚が決まったリンドブロム公は、四十一歳。妻とは二度死別。子供は育たず、嫡《ちゃく》子《し》はいない。家督《かとく》は、年の離れた実弟が継ぐ予定だと聞いている。ただ、東方が悲劇に見舞われてから、今日までの期間は一ヶ月程度。琥珀宮と蒼雪城は馬車で十日の距離であることを考えれば、即断に近かったのではないだろうか。実弟への継承を歓迎しているようには見えない。

馬車のステップを下り、一歩、灰色の石畳を踏む。

簡素な城は、城というよりも砦《とりで》を思わせた。きらびやかで色彩にあふれた紫暁城とも、伝統的で華やかな琥珀宮とも違っている。装飾のない、壁と円塔だけで構成されたような城だ。

空が近いように感じるのは、雲が垂れこめているからか、ここが高地だからか。

「出迎えもなしとは……」

ぽつり、とカルロが呟く。

森や山が自分を拒んでいるかのようだ、という感覚はリーサの想像でしかないが、出迎えがないのには明確な意思を感じる。

御者《ぎょしゃ》たちは、三台分の馬車の荷をさっさと下ろすと帰ってしまった。

馬車が走り出す音と重なるように、城の扉が開く。

(よかった。人が来た)

出てきたのは、一人。使用人ではなかった。無造作に束ねた長髪は貴人らしからぬ様だが、堂々とした体軀だ。ラーエナ島にはいない赤い山猫の毛皮は、貴人でもなければ身につけはしないだろう。ぎょろりと大きな目が印象的な顔は、四十代には見えない。もっと若いはずだ。

リーサは、膝を曲げて挨拶をした。

ところが――

赤山猫《あかやまねこ》の男は、花嫁衣装のリーサが目に入らなかったかのように、横をすり抜けた。

のんびりとしたカルロが「無礼な」と抗議の声を上げたのは、男が乗った馬の蹄《ひづめ》の音がしはじめたあとだった。

「あぁ、お出迎えもせず申し訳ありません！」

門の方を見ていた目が、ふっと城の方に戻る。

中から出てきたのは、太い眉と大きな目が特徴的な、明るい栗色の髪の青年だった。癖の強い髪を無造作にまとめている。東方でも王都でも、男性は短髪がほとんどなので、長髪は見慣れない。身なりから判断して、リンドブロム家の旗主の一族だろう。

「リーサ・ダヴィアです、卿」

「公女様、ようこそ、蒼雪城へ。私は、ヘルマン・エンダールと申します。よかった、間にあってなによりです。で――どちらに？」

問いの意味がわからず、リーサはカルロの方を見た。

侍女《じじょ》はいない。王都からついてくる者はいなかった。護衛の兵士は、蒼雪城の手前で帰ってしまったし、荷もこれだけだ。

「なにをお探しですか？」

「持参金です」

くらりと眩暈《めまい》がした。怒りよりも、絶望が強い。

他人に尊重されない立場になった自覚はあった。謀反人《むほんにん》の子。そんな声がどこかから聞こえてくる。

「リンドブロム公に、直接お渡しいたします」

「そういうことでしたら、どうぞ、中へ。お急ぎを。さぁ、さぁ」

ヘルマンは、リーサを落ち着きなく急かした。

扉をくぐった先には、瑠璃《るり》色の絨毯が敷かれた玄関ホールがある。

壁には、瑠璃色の旗が飾られていた。瑠璃地に白梟《しろふくろう》。リンドブロム家の家章旗だ。

（人の目をしている）

梟の目にどこか気味の悪さを感じ、リーサはサッと目をそらした。

ヘルマンは、玄関ホールから続く幅の広い階段を上ったあと、ゆるやかな螺旋階段をずんずんと上り出した。踊り場で左右に分かれ、右が男性の部屋、左が女性の部屋になっているのは、どこの城でも共通しているはずだ。問題は、その右側に、ヘルマンが誘導したことだ。男性の寝室がある場所に、未婚のリーサが入るわけにはいかない。

「エンダール卿。まだ婚姻式は終わっておりません」

カルロは、ヘルマンを止めようとした。だが、ヘルマンは「それどころじゃないんですよ！」と言って歩みを止めなかった。

その意味が、突き当たりの部屋の扉が開いた瞬間にわかった。

リーサが、王都から来た花嫁にしか見えないように――その人は、命の終わりが近いように見えた。こけた頰、落ちくぼんだ目。浅く苦しそうな呼吸。ベッドの上に横たわる人は、老人のように見えた。少なくとも、四十歳には見えない。

ヘルマンが「リンドブロム公、カール・リンドブロム様です」と紹介する。

つまり、ここにいるのは瀕死の花婿と、王都から来た花嫁だ。

カールは、手ぶりで人払いをする。

ベッドの上のリンドブロム公と、リーサは二人きりになった。

広く寒々とした部屋に飾られた剝製《はくせい》の鹿が、主を見下ろしている。

「ご家族のこと、残念であったな。心より悼む」

かすれた声で、カールは言った。顔色の割に口調はしっかりしていた。

「お気持ち、ありがたく存じます」

「千慮《せんりよ》の一失《いっしつ》というものだ。トシュテン王は、己の弟だけを罰するべきであった」

それだけ言うと、カールは手元の鈴を鳴らした。

トシュテン王は、対立する都護軍総帥《とごぐんそうすい》の弟・ランヴァルドの暴走を止められなかった。武力衝突の末、ランヴァルドは逃亡。それを匿ったとして、リーサの兄は処刑されたのだ。王と王弟の争いに、ダヴィア家は巻き込まれた。王弟は一切ダヴィア家を庇うことなく、国外へと逃れた。

婚姻の相手から聞けた言葉に、わずかに救われた思いがする。

コンコン、と扉が鳴り、入ってきたのは、ぴちりと切り揃えた黒髪の神官であった。黒い聖装束に、虹色をした玉珠の首飾りが光る。一等神官だ。

神官は、この地にある北の大聖殿《だいせいでん》の神官長であると名乗った。神官長は、

「リンドブロム公は、ご自身ではなく、公子様との婚姻をご提案なさっております」

と感情のない声で告げた。

「公子……?」

聞いていた話と違う。リンドブロム公は、跡継ぎがいないがために花嫁を求めていたはずだ。

「エルガー・リンドブロム様。御年七歳でございます」

神官に名を呼ばれるのが合図だったのか、背に隠れていた少年が、聖装束の後ろから顔

を出す。服装は庶民のそれで、栗色の巻き毛はボサボサ。公子らしい姿はしていない。

十三歳のリーサにも、少年が平民の母を持った庶子で、領主の急病にあたって急ぎ――恐らく今日になって――公子として迎えられたであろうことは想像できた。

「エルガーと申します、リーサ公女」

七歳の少年のぎこちない礼に、リーサは優雅な礼を返す。

(先ほどの赤山猫の方が、弟君のオットー様だったのね。リンドブロム公は、実の弟ではなく、庶子を迎えて後継者にするおつもりなんだわ)

カールの弟のオットーは、次期領主となる資格を失ったのだろう。これも急な話であったであろうことは、先ほどの礼を失した態度からも察せられる。

答えを出さねばならなかった。それも、すぐに。

リーサには、帰る場所がない。

実家の城は焼かれ、家族はほとんど死に絶えた。

足場が、必要だ。ダヴィア家は滅び、仕えていた旗主やその家族は路頭に迷うだろう。国内各地の縁者を頼るはずだ。一人でも自分を頼る者がいれば、保護したい。

(力が、欲しい)

今日まで平民として暮らしていたであろう七歳の領主の妻になり、よそ者のリーサが力を得られるだろうか？　幼い子供同士の婚姻は、ままごと遊びでしかない。

力が、要る。我と我が身を、そして心を守るために。

「予定どおり、婚姻式を行いましょう。私は、カール・リンドブロム公の妻になります。エルガー公子は、私が責任をもってお育てし、彼が成年になりましたら領主の座をお譲りします。それまで、私も決して夫は迎えません」

前領主の未亡人。代理公。次期後継者の養育者。リーサが出した答えは、それらを兼ねることであった。

王暦二七一年九月九日、リーサ・ダヴィアはリンドブロム公の妻となり、同年同月十二日、リーサ・リンドブロムは、未亡人となった。

間に合ってよかった——と酒に酔ったヘルマン・エンダールは、棺《ひつぎ》の前でそう言った。

琥珀宮内の小聖堂では神官が常駐していたが、蒼雪城では違うらしい。各地方に一つある大聖殿は、北方においてはリンドブロム公領内にある。神官たちはそちらを拠点としており、城へは必要に応じて移動してくるそうだ。

聖堂の造りは、東方の大聖殿も、琥珀宮の小聖堂も、すべて同じだ。カップの底に当たる部分が七角の祈禱《きとう》台になっており、カップの壁にあたる部分は、七つの柱で区切られた七つの面に、階段と座席が並ぶ。

城の使用人たちは、座席の清掃を黙々と続けていた。神官は数人いて、香の入った丸い炉をつけた杖を振りながら、祈禱場をぐるぐる回っている。視界が悪くなるほどの煙だ。

「奥様の持参金のお陰で、棺が買えました。リンドブロム公とは、棺の手配まではするというお約束だったんです。義理は果たしました。――では、ご機嫌よう、奥様」

喪服を着たリーサに優雅な礼をして、平服のままのヘルマンは主の棺に背を向ける。

七角の内の一面の階段を上っていくヘルマンの背を、リーサは追った。

「お待ちになって、エンダール卿」

しかし、ヘルマンは足を止めない。

「勘弁してください。私は、美味い飯と美味いエールが生き甲斐なんです。もう拳ほどもないパンと薄いスープだけの毎日は御免だ。冷や飯食いでも、実家の方がまだマシでしょうよ。むしろ称賛していただきたい。リンドブロム公への忠誠を理由に、こんな暮らしに八年耐えました」

太い眉を八の字にして、ヘルマンは身振り手振りを交えて訴えた。

最後に「これからは、ゆっくりとエールが飲みたいんです」とつけ加えて。

拳ほどもない硬いパンと薄いスープは経験済みだ。豊かな食事に囲まれ、いくつものデザートから好みの一つを選ぶ生活とは、まったく異なる世界がこの城にはあった。

「リーサ様！」

ヘルマンが開けた扉の向こうで、カルロが瑠璃色の玄関ホールの階段を駆け上がってくるのが見えた。

「どうしたの、カルロ？」

「ダヴィア家の旗主たちが、城門の前まで来ております！」

旗主とは、領主に仕える騎士の内、砦を預かる騎士のことだ。

彼らは東方での暮らしを奪われ、リーサを頼ってここまで来たのだ。

(私がこの領に着いてから、四日しか経ってない。きっと姉上のいるロイド公領を頼ろうとして……断られたんだわ)

東方の最北に位置するロイド公領には、リーサの姉のラウィラが公子に嫁いでいる。そこで受け入れを断られたのでもなければ、嫁いだばかりのリーサを頼りはしないはずだ。

東方から、遥か北の辺境へ。旅は過酷なものだったろう。

「エンダール卿、話の続きをいたしましょう。——こちらへ」

「話の残りは、退職金のご相談くらいです」

リーサは「ついてきて」と言ってから、玄関ホールの階段を下りず、歩廊《ほろう》に続く扉を開けた。外の階段を駆け上がり、見晴らしのいい歩廊に出る。

風が、強く吹いた。

どこまでも広がる鬱蒼とした森。蒼雪城が陸の孤島ならば、森はさながら海である。

リーサがこれから生きていくのは、この場所なのだ。

孤島たる城の前庭につながる門に、旅装の人垣が見えた。

驚いたのは、彼らの集団の数だ。一人、二人という人数を想定していたが、五十人以上はいる。

「……こんなに?」

「彼らの家族が、あとから到着するそうです。二百名に近い数かと。恐らく、今後はもっと数が増えます」

横にいたカルロが、リーサにこそりと伝える。

「無理ですよ。養えやしません」

ヘルマンも、こそりと囁く。

硬いパンと、薄いスープ。自分の食事を分けたところで、全員に行き渡るはずもない。十日もすれば自分が餓死する。

リーサ・ダヴィアは、豊かな領の公女として生まれ、なに不自由なく、のびのびと育てられた。美しい城、美しい音楽、美しいドレス、美しい装飾品。趣向をこらした、四季折々の食事、芝居、庭の花々。琥珀宮に移ってからも、教育こそ厳しかったが、優しい婚約者や、父母や兄弟姉妹からの手紙、東方の真珠と誉めそやす人々が周囲を満たしていた。

性格は穏やかで、東方出身らしくのんびりとはしていたように思う。呑気だ、とは何度も言われた記憶があった。

だが、もう、のんびりとはしていられない。幼さを理由にして、判断を他人に委ねることはできなかった。

(私は、彼らの命を背負っている)

しかし、十三歳の娘の手は、決して大きくはない。

手が、腕が、必要だ。さしあたり、この領に詳しいであろうカールの右腕が。

カタリナの教えだ。現状に不満を持つ賢者の手は、千ザンの金貨を積んでも逃してはならない、と。

「エンダール卿」

「引き留めても無駄ですよ」

「貴方を、エールの海で溺死《できし》させてさしあげます」

「はぁ？」

ヘルマンは、素《す》っ頓狂《とんきょう》な声を上げ、リーサを珍獣でも見るような目で見た。

「ですから、五年だけ力を貸してください」

「溺れ死ぬのは困ります。――いや、そうじゃないですよ。実家に帰らせてください」

「遠慮なさらず、存分に溺れてください。いつでも、私より豊かな食事をお約束しましょう。ですから、それが可能になる政策の提言をお願いします」

むぅ、とうなって、ヘルマンは口をへの字に曲げた。

彼は、迷っている。きっと人がいいのだろう。硬いパンと薄いスープに耐えながらも、義理は果たしたと宣言せずには立ち去れない人なのだから。

「これまでなにを言ったって、聞き入れられやしませんでした」

「私は違います」

ヘルマンの厚い唇が、への字に曲がる。

「ご苦労なさいますよ？　頑固な旗主たちが黙っちゃいない」

「構いません。すべてカール公のご遺志、として乗り切ります。私の到着した日を前にずらし、亡くなられた日を後ろに延ばして、看病によって愛と敬意が育まれたかのように見せかけましょう」

リーサは淡い菫色の瞳で、ヘルマンの太い、驚きのせいでおかしな形に曲がった眉を見つめていた。

天を仰ぎ、なにかに耐えるような彼の表情に、これまでの日々の苦労がうかがえる。

「つまり、カール公のご遺志で、私の策が容れられるわけですか……」

「そうです。最初の五年は、基本の方針をすべてお任せします」

ヘルマンは、天に向かって、ははは、と乾いた笑い声を上げた。

そして、しばし感慨にふけったかと思えば、快活な笑みを浮かべて手を差し出してきた。

髪の色よりやや明るい、栗色の瞳は輝いている。

「面白い。俄然、面白くなってきたじゃありませんか」

差し出された手を取れば、ヘルマンはその手の甲に口づけをした。

「面白くでもなければ、こんな人生やってられません」

見渡す限りの鬱蒼とした森。

名のとおり、陰鬱に青みがかった活気のない城。

ここで泣きながら、粗食を噛みしめつつ死ぬまで暮らすなど真っ平ごめんだ。

「人が要りますよ。この貧乏領は十五年で人がめっきり減りました。暗黒の十年、なんて言い出す者もおりましたが、それが続いて十五年目です」

「これから、集まります。ひとまず、あちらに」

リーサは、城門の前に集まる東方から来た人々を見てから、ヘルマンを見た。

ヘルマンは、ニッと歯を見せて笑う。

「エールの女神に、五年に限りお仕えいたします」

「エールの賢臣の忠誠に、感謝します」

階段を駆け下りたリーサは、門の前に立った。

「彼らを中に入れてください」

門番は「しかし――」と渋るそぶりを見せる。

「彼らは弔問客《ちょうもんきゃく》です。拒むのは人の道に外れましょう」

門の前にいた、ダヴィア家の旧臣たちの間から「リーサ様！」と声が上がる。

七歳の頃に領を去ったとはいえ、彼らはリーサのことを覚えているようだ。

「『凍土《とうど》に種を蒔《ま》く』――五百年前、海を捨て陸に上がったダヴィア家の祖は、凍土をも耕す気概で家を興《おこ》しました。これから我らは、海蛇の子として、それを繰り返すことになります。――長い旅をご苦労様でした。一日も早く、そして皆の命が尽きる日まで、安堵してベッドで眠れる夜が送れるよう、力を尽くすとここに誓います」

強く、生きねばならない。父のように、領主として。

ダヴィア家の旧臣たちを招き入れる途中、城の窓から泣き声が聞こえた。「嫌だ」「家に帰る」きっと公子のエルガーの声だ。
父のように――そして、母のように。
幼いエルガーを守り、彼を立派な領主に育てることもまた、リーサの役目だ。
リーサ・リンドブロムの闘いは、この時はじまったのである。

第一幕　嵐の前触れ

王暦二八一年の、夏の名残が去ろうとしている。

リーサの菫色の瞳は、城壁の向こうの高い空を映していた。

冬でも雪の降らない東方や、気候の温暖な王領と違って、北方の夏は実に短い。東方では日傘が欠かせない時季でも、こちらでは蜻蛉《とんぼ》が飛んでいた。

高い峰々から吹く風を、胸いっぱいに吸い込む。

リーサがリンドブロム家に入って十度目になる、二十三歳の秋は淡くはじまっていた。

「行ってらっしゃいませ、リーサ様。お気をつけて」

小柄な侍女のエマが、城の前庭で丁寧にお辞儀をする。年齢はリーサより五つ上で、リーサがこの領に来た時から、変わらず、そつなく、仕えてくれている。

「昼には戻るわ。――さぁ、行きましょう、カナ」

鐙《あぶみ》に足をかけ、月を意味する、カナと名づけた葦毛《あしげ》の愛馬に跨る。

ひるがえったドレスの裾は、重く、黒い。

リーサの身を包んでいるのは、黒い喪服だ。軽やかさがなにより大事な王都のドレスと違い、北方のドレスは裾が重い。肌の露出は最低限で、胸元どころか首も隠すデザインなのは、気候が大きな理由だろう。淡い金の髪は乱れなく結い上げられている。この十年、装いはほとんど変わっていない。

軽くカナの腹を蹴り、リーサはさっそうと門をくぐった。

蒼雪城は、領主の住居を兼ねた城塔のある内層、貴族の城邸や軍の屯所《とんしょ》のある中層、庶民の暮らす外層に分かれている。城の規模としては大きく、兵舎の兵士も含めれば、千五百人ほどが暮らしていた。

内層から第三門をくぐって中層へ。さらに第二門をくぐって外層へ。馬専用の道を、駆け足で抜けていく。後ろに続くのは、リンドブロム家の瑠璃色のマントを着た騎士だ。

パン屋の竈《かまど》が、かぐわしい煙を吐いている。市には野菜や肉が並び、卵売りの少年が、頭に籠を載せて練り歩く。城民たちは領主の姿を目にすると、ごく自然に会釈をして親しさと敬意を示した。町の活気は、リーサの頬に笑みを運ぶ。

「女公、今日はどちらに」

「南に向かうわ」

第一門を出、濠《ほり》の跳ね橋を渡ったあと、道は南北に分かれる。

騎士に告げたとおり、リーサは南に進路を取った。

蒼雪城は、旧道からやや離れている。領を南北に縦断する旧道を底辺とした三角形の、頂点にあたる位置が城だとすると、底角二つがそれぞれ旧道ぞいの大きな宿《しゅく》に繋がっていた。古くからある北宿《きたじゅく》と、十年前にできた新南宿《しんみなみじゅく》を、リーサは交互に訪れている。

——道ですよ。

十年前、領が極貧状態である理由を問うたところ、ヘルマンはそう答えた。

イェスデン王国には、王都を起点とし、国外まで延びる四つの大きな街道がある。

北方のリンドブロム公領を縦断して国外に通じる街道は、北陵道《ほくりょうどう》、との名があった。

ラーエナ島の北部五国に繋がる街道ぞいの北宿は、古くから栄えていたという。

北方七領において、大聖殿を抱えるリンドブロム公領は、最大であり、最強であった。

様子が変わったのは、二つ東隣のヨンデン公領に新道ができてからだ。ヨンデン公領では領をあげ、三代をまたいで誘致活動を続けていたらしい。

先代のカールと、その父親のグスタフは、王家への忠誠に厚い人たちだった。

彼らは二代にわたって、忠誠を理由に静観していた。新道の完成から十五年が経ち、リンドブロム公領からは旅客が減り、宿が消え、人が去っていったという。

旧道が再び活気づけば、領は生き返る。

これが、ヘルマンの財政再建策の骨子《こつし》であった。

十年、それだけを目指して走ってきた。まずガタガタでボロボロだった旧道を、領全体の持てる力すべてを使って修復した。ダヴィア家の旧臣に大陸の土木知識を持つ者がいて、彼が指揮を執った。同時に、大規模な牧を作り、東方から連れてきた大陸産の馬を育てた。道、馬、人が、ヘルマンの言う三つの柱であったからだ。宿屋では清潔な部屋を用意し、食事は温かいものをふんだんに。治安維持のため、領軍を常時配置した。

すべての計画の要になったのが、もともと北方最大の市が立っていた北宿と、新たにダヴィア家の旧臣たちが興した新南宿の二つの宿である。

横に大きな二つの水車を見ながら橋を越え、大きな畑を見つつ進めば、ゆるやかな丘の向こうに新南宿が見えてきた。

十年前には廃村になっていた土地が、今は立派な宿に育っている。

混ぜ葺きの瓦は、東方の文化だ。丘に沿うように造られた街並みは、まだ初々しささえ感じさせた。周囲の森は開かれ、大きな畑もあれば遠くには牧も見える。どれも、この十年を象徴する領経済のけん引役だ。

リーサは、宿の手前の南側の森に馬を進めた。そこに開墾《かいこん》中の土地がある。

作業用の小屋がいくつかあり、木を運ぶ者、木材を加工する者たちが忙しく働いていた。

その場にいる全員の髪色が、ほぼ黒い。例外は白髪くらいだ。彼らは東方から遥々とやってきたダヴィア家の旧臣を中心とした移住者である。十年前に来た二百七十人を皮切りに、毎年少しずつ数が増え、今や六百人に近い数がいる。

作業場に飾られた旗には、黒地に黒の刺繡が施されていた。ダヴィア家の海蛇だ。家が滅びたため、家章色を使うことは許されていない。

新南宿の代表のマリロ・デリルが、リーサに気づき「おはようございます、リーサ様」と明るく挨拶をする。マリロはカルロの五つ年上の兄で、紫暁城の炎上から逃れ、旧臣たちを率いてきた人だ。東方人らしい黒髪の、背の高い青年は手に鋸《のこぎり》をもっている。

作業をしていた人たちも「おはようございます」と手を止めて挨拶をしてくる。リーサも明るく挨拶を返した。その顔ぶれの一つに違和感を覚え、流しかけた視線を戻す。

「まぁ、イルマ。また喧嘩？」

鋸を持った黒髪の若者の一人が、きまり悪そうな顔をする。彼も東方人らしい姿をしていて、名をイルマという。ダヴィア家の旧臣の子で、腕のいい鍛冶職人である。ダヴィア家の旗主の家では、長男以外には、それぞれの望む道に就かせる場合が多い。次男、三男は、職人や商人であったりするのが普通であった。それでも、彼らには騎士としての誇りがある。東方の騎士の多くがそうであるように、常に灰色のチュニックを着ていた。

「しょうがないんですよ。北宿の山猿が、また海賊めと囃《はや》してくるんですから。――そんなことより聞いてください、リーサ様。もうすぐできますよ、例のもの。自信作です」

「まぁ、見たいわ！　十忌《きき》祈が終わったら、まっさきにここへ来るから。それはそれとして、やっぱり喧嘩はダメよ。それと、山猿、と口にしてはいけないわ」

わかってますよ、とイルマは口調に似合わぬ丁寧な礼を、リーサに向かって示した。鍬《くわ》や鋸を手にしていようと、彼らの生まれは騎士の一族だ。挙措《きょそ》には品がある。

騎士の一族、と言えば彼もそうだ。

「カルロ、おはよう」

イルマにもう一度釘を刺してから、リーサは畑にいる聖装束の青年に声をかけた。

「おはようございます、リーサ様」

カルロは、鍬を持っていた手を止め、挨拶をした。首には、簡素な木珠の首飾り。彼の階級は、この十年上がっていない。彼もダヴィア家の旗主の子ながら、自ら選んで神官になっている。元来真面目な性質なのだが、修行すべき大聖殿までは三日もかかる上、リーサの相談役を務める彼は多忙だ。さらに新南宿でも兄を手伝っている。最近は、階級を上げるのは、腰が曲がってからでいい、と言うようになった。

「ずいぶん畑が広がったのね。すごいわ」

「新しい麦畑の準備も終わりましたし、ここは一面カブ畑にするんです。カブ料理は、新南宿の売りですから。シチューにも、羊肉のパイにも欠かせません」

周りにいた黒髪の男たちが「楽しみにしていてください」「たまには、宿の料理を召し上がってください」と声をかけてくる。リーサは「楽しみにしているわ」と世辞ではなく答えた。

「ゆっくり見ていきたいところだけど、今日は十忌祈の準備があるから長居できないの。そろそろ、神官長たちも到着するでしょうし」

「あぁ、では、少しよろしいですか？　ご報告したいことがございまして」

カルロは、ちらりと兄のマリロと目を合わせてから、目で森の方を示した。

鍬を持ったままのカルロの後ろについて、森に入る。

この一帯は開墾が進んでおり、人を拒むほどの陰鬱さは感じない。

「また、北宿と喧嘩になったんでしょう？　イルマが、顔に痣を作っていたわ」

「いつものごとく、海賊だ、山猿だ、と言い合いになったそうです。白城《はくじょう》派の連中は、しつこくていけません。最近は、旗主の子息の介入が目立っておりまして。いつ刃傷沙汰になるかと、冷や冷やしております」

古く領の文化の中心だった北宿の町民の多くは商人で、譜代《ふだい》の旗主たちとも縁が深い。白城派、とは、リンドブロム公領譜代の者を指しているが、北宿の商人も含まれる。

対する新南宿は、黒森《こくしん》派と呼ばれており、騎士の一族が半数以上を占めていた。

譜代とよそ者。商人と騎士。古くは栄えていた地と新興の地。あらゆる意味において対立は必至であった。二つの派閥は、城の中でも、宿においても、犬猿の仲だ。

「大事になる前に、手を打たないとね。十忌祈が終わったら、ゆっくり皆と話してみるわ。それで、報告って？」

「村に、間諜《かんちょう》らしき者が滞在しております」

こんな森の中では、盗み聞きをしようにも外まで声は届かないだろう。それでも、カルロは声を落として言った。

「間諜……って、王都からの？」

「恐らくは。挙動が不審だと、複数の報告が届いておりました」

新南宿の町民の多くは、騎士としての訓練を受けている。人の動きには敏感だ。勘違いではないだろう。だが、リーサの表情に変化はなかった。

「好きにさせていいわ。探られたって構わない」

北方全体に言えることだが、リンドブロム公領のほとんどは森林だ。人の住む地域は五分の一程度でしかない。底まで落ちた経済の立て直しの道半ば。常に金庫は軽く、食料庫を半分埋めるのに八年かかる有様だ。政治的な影響力は皆無と言っていいだろう。

「しかし、最近は王都も不穏なようですし、警戒は要るかと」

「そうね。だからこそ、好きにさせておきたいのよ。こちらは誓紙《せいし》に血判《けつぱん》までしたし、来年の派兵の準備だって進めているんだから、なにをどれだけ見られたって困らないわ」

今年の春頃に、トシュテン王から誓紙が届いた。有事の際こそ忠誠を示せ、という内容で、言われるまま血判を押して返送している。

夏には、王都に領軍の一部を派兵せよとの通達が来た。期間は来年の年明けから三ヶ月程度だそうだ。これも言われるまま準備を進めている。

「まったくです。『カール公のご遺志』がある以上、我が領ほど従順な領もないでしょう」

カール公のご遺志。リーサが喪服と共にまとった内なる鎧だ。すべてカールが存命だった頃のままに、という方針をリーサは貫いてきた。方便として用いる場合も多々あったが、崩したことは一度もない。

忠誠心ゆえに、カールとグスタフは旧道の衰退を受けいれてきた。迷惑をこうむってきた旗主も多い。旧道の再興にあたって、リーサがカールの遺志を持ち出しても、文句を言う者はなかった。あっても目をつぶるしかなかったろう。旗主たちも、砦の修繕くらいはしたかったし、柔らかいパンをもう一つ余計に食べたかったし、老いていない使用人も雇いたかったのだ。

領を守るためにカールの遺志を利用する以上、彼が一番大切にしたものは守ると決めている。たとえトシュテン王がダヴィア家に悲劇をもたらした人であっても、逆らうつもりはまったくなかった。

「そうよ、こんな安全な領もないわ。カール公の日記を見せたいくらいよ。毎日必ず『トシュテン王万歳』って書いていらしたんだもの」

まったくです、とカルロが言って報告は終わった。

リーサはカルロと別れてから、新南宿の様子を見に行った。

混ぜ葺きの瓦も真新しい街並みを、馬に乗ったまま進む。丘に沿って造られた町なので、坂道が多い。町の中央にある鐘楼《しょうろう》の広場は、今日も賑やかだ。

宿の煙突からは勢いのある煙が出ている。このにおいは、北の具材と東の味つけで作る名物のシチューだ。リュートの音に乗せ、吟遊詩人が山賊殺しの英雄譚を歌っている。あれは、大悪党・青熊《あおくま》と、山賊殺しの剣士・紅狼《あかおおかみ》が対峙するくだりだ。

領主様ごきげんよう、と道行く領民に声をかけられ、リーサは手を振って応えた。

(まだまだこれからっていう時に、戦なんて冗談じゃない。王家の争いに巻き込まれでもしたら、また冬に民が飢え死にする日々に逆戻りしてしまう)

食料難は、リーサが領主になるや否や直面した、最も深刻な問題だった。

根本的な解決のため、開墾を続けて畑を増やした。同時に、収穫量を増やすべく北部の農業国から寒冷地に強い麦も手に入れている。この領に来てすぐの、餓死者を何人も出した冬を繰り返すまいとして進めてきた計画だ。

リーサは来た道を戻り、蒼雪城の中層から内層を区切る第三門の前で護衛と別れた。

「お帰りなさいませ、リーサ様」

出迎えたのは、相談役のヘルマンだった。五年の約束だったが「まだ溺れるには至っておりませんので」とその任にあり続けている。エールと豊かな食事と、三十九歳という年齢が、彼の胴を一回りどころか二回りふくよかにした。昔は顔だけ痩せていたが、最近は顔まわりもふっくらしている。

リーサはヘルマンの顔を見た途端、表情を暗くする。執務室の外に出るのも億劫《おっくう》がる彼が、わざわざ門まで出迎えに来るはずがないからだ。

「まさか……また逃げたの？」

「ご名答です。剣の稽古でもされているのかと来てみれば、ご覧のとおりでございまして」

城の前庭に、人はいない。騎士の城塔に出入りする旗主の子息たちが、剣の稽古をする場所だ。――エルガーが剣の稽古をしているのであれば、ここにいるはずである。

はぁ、とリーサはため息をついた。頭が痛い。

「困ったものね、あの子にも」

エルガー・リンドブロムは、十七歳になった。

身長は昨年抜かれた。少年の名残はありつつも、もう大人と変わらない体格だ。

この十年、母のように、姉のように、彼を支えてきた。

だが――いつからだろう。彼は与えられる教育を拒むようになった。取り分け、この一、二年は顕著だ。講義を抜け出し、剣の稽古に熱中しているうちは、まだよかった。いつしか宿へ繰り出し悪友と遊び回るようになり、最近では酒場にまで出入りしているらしい。家庭教師たちは匙を投げ、最後に残ったヘルマンの講義でさえこの調子だ。

「災害の予算配分について講義する予定だったのですがね。まぁ、望んだように育つ子は多くありませんな」

乗っていた葦毛のカナを厩舎番《きゅうしゃばん》に預け、リーサはヘルマンと並んで城内に入る。

殺風景な城だが、この玄関ホールは色彩が鮮やかだ。王から授かる家章を貴ぶのも忠誠の証。瑠璃の地に白梟が描かれた家章のタペストリーを筆頭に、絨毯や飾られた壷まで瑠璃色に染まっている。海の遠いところの色。リーサは、この色が好きだ。人の目をした梟だけは、どうにも好きになれないが。

一階の東の廊下の角を曲がった突き当たりが、領主の執務室になっている。

樫《かし》の大きな机を中心とした、二面が書棚になった飾り気のない部屋だ。ただ窓布の色彩は瑠璃色で、壁には家章のタペストリーが飾られており、カールの忠誠心が滲み出ていた。

「エルガーの成年まで、あと半年よ？　このままじゃ、安心して大聖殿に行けないわ」

「勘弁してくださいよ。リーサ様がご隠居なさるなら、私は実家に帰らせていただきます」

「なにかあったら、大聖殿に行けと言われているのよ。カール公に」

カールが死ぬまでの間に、遺した言葉は多くない。

一つには、領主の証だという鍵のついた首飾りを譲る旨。なんの鍵かは聞きそびれた。

二つには、なにかあれば大聖殿に行け、という助言だった。

「だからって、世を捨てることはないでしょう。まだまだお若い」

ヘルマンは肩を竦めて、自分の机の上にまとめてあった書類をリーサに渡した。

書類を手に、樫の椅子に腰を下ろす。

パラパラと紙をめくり、リーサは羽根ペンで次々とサインをしていった。

切れ者の相談役は、事務作業の簡略化と効率化を、リーサから権限を渡されたのち一年で成し遂げた。カールに献策が受け入れられなかった鬱憤《うっぷん》を晴らすかのように。お陰で必要な書類は、領主になったばかりの頃と比べて四分の一になっている。

しかしながら、扱う側には最低限の知識が求められた。

今のエルガーには、それがない。リーサが一年で習得した知識を、十年、次期当主として教育を受けてきた彼が身につけていないのだ。

「王都だって騒がしいわ。いつ首のすげ替えが要るかわからないでしょう？　望もうと望むまいと大聖殿に入る可能性は高いじゃない。貴方にはいてもらわないと。このままじゃ、エルガーに領の命運どころか、書類仕事一つも任せられないわ」

「えぇ、そうですとも、そうですとも。エルガー様には覚えていただきたいことが山ほどあります。剣術だけで、領主は務まりません」

地方領主が、家を守るために早い隠居をする場合は多々ある。

ダヴィア家は、後継者、領主、と順に刑死した上に、トシュテン王が紫暁城に火を放ったため、一族がほぼ全滅してしまった。これは国内の歴史上でも稀な過酷さであった。ダヴィア家自体は謀反に加担していないにもかかわらず、である。十年前の例から、領主たちは学んだ。不祥事が起きた場合、早々に隠居すべきだと。これはリーサの周囲だけでなく、国全体の空気だ。

「縁談も、冬の間にまとめてしまいたいところね」

「いっそ、リーサ様が婿をお迎えになって――」

「ヘルマン」

にこり、とリーサは微笑みを浮かべた。こういう時、顔色が白くなるのは母譲りだ。立腹が顔に出る。

「わかってますよ。ですがね――」

「再婚はしない。避けられないなら、神官になるわ。もし万が一、絶対にないけど、するとしたら、エルガーが領主になったあとよ。――さ、できたわ」

サインを終えた書類を示すと、ヘルマンは「頑固ですねぇ」と呆れ顔をしていた。

「それじゃあ、エルガー様を説得なさってくださいよ。義母上の言うことだけは聞くんですから。――『凍土に種を蒔く』、でございましょう?」

それはダヴィア家の家訓だ。不屈の闘志で、養子のこともなんとかしろ、と言いたいらしい。ヘルマンは書類を受け取り、無駄口を締めくくった。

「そうね。私、エルガーを捜してくるわ。やっぱり講義は受けさせないと」

諦観《ていかん》は、海蛇の子に相応しくない。リーサはサッと立ち上がり、執務室を出た。

殺風景な狭い廊下を早足で進む。行き先に心当たりはあった。

（エルガーも、もう少し危機感を持ってくれたらいいんだけど……）

縁談の進まぬ理由は、三つある。一つには、エルガー自身の出自。臨終の直前に連れてこられた庶子だと知らぬ者はない。保守的な北方では、好まれる条件ではなかった。

次に足を引っ張っているのは、十年でリンドブロム公領の経済を立て直し、旧道の利用者を五十倍以上に増やしたリーサの存在だ。もしエルガーに娘を嫁がせても、リーサが婿を取って自身の子を後継者に据えれば、エルガーとその妻の立場は弱くなる――と人は懸念しているらしい。二つの理由で縁談の数自体が多くもなく、それさえエルガーが拒否するのが三つめの理由であった。

（こんな時だからこそ、しっかりと足場を固めなければならないのに）

嵐が、近い。

トシュテン王は全国の領主に誓紙を書かせ、兵を集めている。

この春には、三人の子を産んだ三番目の王妃と離縁までしていた。より強い後ろ盾を求めてのことという噂があった。

そこまでしてトシュテン王がなにに備えているかといえば、十年前、王都で騒乱を起こし、国外に逃れた王弟のランヴァルドだ。

近くランヴァルドは、潜伏先のベリウダ王国から兵を借り、イェスデン王国に攻めてくるであろう、との予想は昨年あたりから頻繁に囁かれている。

ランヴァルドは、リーサにとっても、黒森派にとっても、因縁の相手だ。彼が都護軍の暴走を誘い、琥珀宮を奪取せんと目論まなければ。企みに失敗したのち紫暁城に逃げ込まなければ。兄も、父も、母も、多くの旗主たちも死なずに済んだ。手を下したトシュテン王よりも、ダヴィア家を利用し、巻き込み、見殺しにし、一族滅亡まで導いたランヴァルドを憎む気持ちの方がよほど強い。これはダヴィア家の旧臣たちにも共通した感情だ。あの男によって、また生活を奪われるのだけは我慢ならない。

静かな高揚を胸に抱え、リーサは瑠璃色の廊下を歩いていく。

玄関ホールの大きな階段を上がり、小聖堂の扉を抜け、階段を下り、七角の祈禱台を迂回して、小さな扉の前に至る。

ぎぃ、と見た目の割に重い扉を開けた向こうは、城と塀に囲まれた小さな奥庭だ。

リーサの腕を広げても、半分ほどまでしか届かない幹の太い木が一本。黒煉瓦の小道の脇には冬に花のつく灌木《かんぼく》があり、わずかに秋薔薇も咲いている。神殿の裏口からしか入れない場所で、領主とその家族、あるいは神官しか出入りができないよう定められていた。

リーサにとっては、憩いの場所だ。一人になりたい時、好んで過ごしている。

ゆっくりと黒い煉瓦敷きの道を歩いていると――くすくすと若い女の笑う声が聞こえた。それから、若い男の声も。

（あぁ、またあの子ったら……！）

頭痛がする。軽く咳払いをすると、木陰から使用人の若い女が飛び出し「りょ、領主様。失礼いたします！」と慌ただしい挨拶をして去っていった。今日はましな方だ。半裸の使用人を見かけたこともある。

「エルガー。使用人は、貴方の玩具《おもちゃ》ではないわ」

木の陰から、深緑のチュニックの、栗色の巻き毛の少年が出てくる。

リーサは、十年前の段階ですでに故人だったエルガーの母親を知らない。けれど、エルガーの面立ちは母親に似ているのではないかと思う。栗色の巻き毛も、明るい緑の瞳も、肖像画で見るカールの持つ色彩とはあまりにも違っている。カールは黒に近い髪と、紫がかった灰色の瞳の持ち主だった。エルガーの母親は、美しい人だったに違いない。エルガーのきりりと太い眉も、丸く大きな目も、実に魅力的だ。大抵の若い娘が夢中になるに足るほどに。

「ただの遊びです。なにも結婚しようと言っているわけじゃない」

「なおさら悪いわ。貴方にとって遊びでも、彼女たちにとって遊びだとは限らない。そもそも、私はこうしたことを遊びと呼ぶのにも反対よ。縁談を進めていこうという時に、こんな不実な真似を――あ……」

突然、ぐい、と腕をつかまれ、引き寄せられた。

距離を取っていたつもりだったが、エルガーは剣が趣味なだけあって、身ごなしが素早い。木の幹に背がぶつかり、目の前に、黄みがかった明るい緑の瞳が迫った。

「縁談など不要です。私には——心に決めた人がいるのですから」

七歳の子供の、無邪気な愛情は微笑ましかった。母を亡くし、祖父母とも引き離され、彼の寂しさを埋めるのが、養母の自分の務めだと思ってきた。

エルガーが自分に向ける感情は、母や姉に向けるようなものだった——はずだ。

いつの間にか、別種のものが交じっている。

この、目。熱のこもった、この目が恐ろしい。

リーサの澄んだ菫色の瞳は、しかし恐怖の色を表に出すことなく、キッと正面からエルガーを見つめた。

「さっきの使用人が思い人でないのなら、それも不実だわ」

「私とて、思い人に受け入れられたなら、仮初《かりそめ》の縁など決して求めませんよ。その方だけを心から愛し、貞節を守ります」

リーサの形よい眉が、険しく寄る。

思い人が受け入れてくれないので、手当たり次第に女に手を出しています、と言われて納得する者がどこにいるだろう。相手の娘は年若で、エルガーよりも弱い立場だ。

「理由にならないわ、エルガー。未来の領主に相応しい行動を取って」

自分の発言に、ますます頭が痛くなってくる。言葉の選択を誤った。

村娘に庶子を産ませ、その血が必要になるまで放置していたのは、他でもない彼の父親。立派な領主であったと、人から敬される存在である。

「リーサ。私は――」

「名で呼ばないで。私は、貴方の母親よ」

エルガーがリーサの憩いの場で戯れていたのは、偶然ではない。目撃されることも目的の一部なのだ。咎められるのを承知の上で、繰り返している。半分は、性質《たち》の悪い脅しである。

貴女さえ手に入れられれば、他の女には手を出しませんよ、と。

「私は、誰も娶《めと》りませんよ。――愛する人以外は」

ふっと身体が離れた。

エルガーがこんな態度を取るのは、リーサと二人きりの時だけ。誰に相談することもできず、このままではいけないと思いながら、時だけが過ぎていた。

「ヘルマンが呼んでいるわ。講義があるのでしょう？」

エルガーは背を向け、生返事をしながら去っていく。

扉が閉まり、奥庭に一人きりになった。――頭痛がする。

リーサは木の幹に手をつき、のろのろと裏に回った。

そこには、人が横になれるほどの大きさの、ひしゃげた楕円の敷石がある。

昼でも星のように青白く光る石が、三つ。こうしたものは、大抵古き血の民が残した文化だ。東方では、魔法、とも呼んでいた。

光る石の数は違うが、同じ敷石が故郷の紫暁城にもあった。

琥珀宮の小聖堂の裏にある木陰でも見た。領主の任命式で訪れた北の大聖殿では、少し離れたところで似たものを見ている。

それぞれまったく違う場所だが、古き血の文化の名残が、遠い故郷と自分を繋いでいるような気がする。だから、この場所がリーサは好きだ。

（どこで、なにを間違ってしまったの……？）

領の復興は順調に進んでいる。だが、エルガーとの関係は、どこかずれたまま。いつか決定的な破綻が訪れる前に、彼が自分を律する日がくればいいと願うばかりだ。

木の幹に寄りかかり、目を閉じた。長い金色の睫毛が、つややかな肌にうっすらと影を落とす。

こうしていると、かすかに海の音が聞こえるように思えるのは感傷のせいだろうか。

北の辺境で海の音を求めるリーサは、ひたすらに孤独であった。


翌日、定例の小会議が行われた。

蒼雪城の一階にある梟の間は、城内で一番大きな広間だ。壁に大きな梟が悠然と羽ばたく様が彫られている。

広間の中央には、大きな楕円の石の卓が置かれていた。

年に二度の大会議では、リンドブロム家に仕える十五の旗主が一堂に会する。その内の一度は、前領主の忌祈式の翌日と決まっていた。つまり明後日だ。

今日は、明日に十度目の忌祈式を控えての小会議だった。旗主たちは交代制で城での勤務を行っており、当番にあたった五家が集まっている。卓についているのは、五人のリンドブロム家譜代の旗主と、現在は準旗主という地位にあるダヴィア家の旧臣二人である。北方の決まりで、旗主は二世代を経なければ、正式には認められないそうだ。

卓の右側は白城派、左側が黒森派と分かれて座っている。取り決めがあったわけではない。単純に内面の溝がそのまま表に出ているだけだ。人数の都合で、相談役の二人は左側に座っていた。

会議は、新南宿にいた間諜に関するカルロの報告からはじまった。

「女公からの許可を得て間諜と接触し、情報を交換いたしました。都護軍の兵士で、トシュテン王の命を受け、ランヴァルド殿下の調略について調査をしていたそうです。これは我が領だけでなく、全国的な動きとのことでございました。こちらからも、最低限の情報を渡しております」

梟の壁画を背に、リーサはちらりと空いた席を見る。

――エルガーが、いない。

「王都も騒がしいことだし、派兵の要請は年明けだったけれど、ランヴァルド殿下が兵を発するのはもっと早いかもしれないわね」

ランヴァルドが十年前に起こした内乱は、斧《ふ》狼《ろう》の乱《らん》と呼ばれている。

トシュテン王との対立を理由に都護軍司令を罷《ひ》免《めん》されたランヴァルドが、それを不服として起こした武力衝突だ。王族を引き裂き、王領を乱し、各地の外領の内輪もめも噴出し、政治的な混乱は半年ほど続いた。ダヴィア家の滅亡はその一部だ。

ランヴァルドは国外に脱したが、国内の混乱が収まるまではさらに半年を要した。

元凶だったランヴァルドが、南部五国の内、最大の勢力を誇るベリウダ王国に潜伏しているとわかったのは乱から八年後だ。トシュテン王はベリウダ王国に王弟の引き渡しを要求。しかし、度重なる交渉はすべて不調に終わってきた。

いずれランヴァルドは、ベリウダ王国から強兵を借り受け、イェスデン王国に舞い戻らんとするものと目されている。間諜が探っていたのは、各地の領への、ランヴァルドによる調略の有無だ。誓紙に派兵、王妃との離婚に、間諜の派遣。王の焦りが伝わってくる。

「ランヴァルド殿下の侵攻は迷惑この上ありませんが、ベリウダ王国との関係が絶えれば、ロザン王国との交易がますます盛んになりますな。それだけはありがたい」

そう言ったのは、白城派の最年長、白髪頭のベルグ・エルジャだ。

ランヴァルドを匿った件で、イェスデン王国とベリウダ王国の関係は急速に冷え切った。南部との交易は激減し、かわりに増えたのが北部の国々との交易であった。

ランヴァルドは憎い仇だが、彼の存在がリンドブロム公領の旧道を潤したのもまた事実だ。特に北部のロザン王国との縁は、領の経済に多大な影響を与えている。

「しかし、逆にランヴァルド殿下が勝てば、イェスデン王国とベリウダ王国との関係が密になってしまいます。なんとしてもトシュテン陛下には国を守っていただかねば」

黒森派の若手、リエト・シジオが口を開き、カルロは横で大きくうなずいていた。

リーサは全員を見てから、

「戦乱の規模が大きくなれば、どの領も無傷ではいられないわ。旧道の繁栄も、通る人があってこそ。トシュテン陛下のご要望に最大限応え、早期の収束を願いましょう」

と話を締めくくった。

戦乱ほど恐ろしいものはない。この島は相争う戦を繰り返し、一時は人口を半減させたことさえある。衝突が避けられないとなれば、早期の決着を望むばかりだ。

ヘルマンが「女公のおおせのとおりです」とうなずいてから、手を挙げて立ち上がった。

「頭の痛い話がもう一件。先日、宿同士でいつもの喧嘩がございまして。関わった旗主のご子息も多かろうと思います。大規模な報復の噂も流れており、警戒が必要です。兵士の数を増やすよう指示しておきましたが、皆様もこまめな巡回にご協力ください」

卓の左右に、ぴしりと緊張が走る。

どちらも宿同士の対立を、相手のせいだと思っているからだ。

白城派は北宿の肩を持ち、黒森派は新南宿の肩を持つ。

「新南宿の若者は、どうにも気が荒くていけませんな」

「北宿の者が横柄なのではありませんか？」

「いやいや、しかし、手を出してくるのは主にそちらでしょう」

「なにをおっしゃる。聞き捨てなりませんな」

卓の左右で、いつものごとく嫌みの応酬がはじまった。

そこをヘルマンとカルロが、それぞれの派閥を宥める。毎度のことだ。

しばらく様子を見ていたが、リーサが「ともかく――」と声を発すると、旗主たちはいったん大人しくなった。

「斧狼の乱を忘れないで。内乱は派閥争いと相性がよいものよ。嵐の前は手を携え、共に家を守りましょう。甘い罠に乗っても、得られるものは灰だけだわ」

王族の身内争いの恐ろしいところは、離れた外領の内紛まで誘発することだ。どちらにつく、つかぬと衝突し、内から瓦解してしまう。

斧狼の乱がもたらした混乱は、多くの流血を呼んだ。

これだけ王都から遠いリンドブロム公領でも、多少の争いはあった。リーサは領主の座に就いて三ヶ月で、内通者の処刑を許可する書類にサインをしている。辛い記憶だ。

耳が痛かったものか、旗主たちの嫌みは続かなかった。

会議の終わりには決まって、エルガーの不在について、あちらの教育が悪い、そちらの指導が不十分、と喧嘩がはじまるところだが、それさえもない。

斧狼の乱は、まだ人々の心に恐怖を呼び起こすらしい。

ドンドン、と梟の間の扉が鳴ったのは、解散を宣言する直前であった。

入ってきた城兵は、息を切らしている。梟の間には、鋭い緊張が走った。

「会議中に失礼いたします！　先ほど、南の関所を王領軍が通過いたしました！　率いておられるのがいずれの王子様か、現在確認中でございます！　その数、三千！」

国王の子息は、六人いる。最初の王妃の子が三人。次の王妃の子が一人。離縁された元王妃の息子は、二人。うち一人は嬰児《えいじ》で、元王妃に養育されている。年長の子は王家に残っているが、まだ年若く軍を率いるとも思えない。いずれかの王子というのは、年長の四人の中の一人のはずだ。

――ウルリクかもしれない。

頭の中に、その名が浮かんだ瞬間、胸がざわめく。

動揺を顔に出すのだけは、なんとかこらえた――つもりだ。

「三千？　軍が旧道を通って国外に出るだけなら、使節団ではなくて？」

「たしかに三千の兵を率いての行軍でございます。まもなく、正式な書面が届くものと思われます。申し訳ありません、王太子様だとか、第三王子様だとか、情報が錯綜しておりまして、いずれにせよ、旗はオールステット家の黒獅子でございました」

国王軍は、国内の関所を自由に通過できる。

一々領主の許可は不要だが、小規模な移動に限る。三千もの兵が通過するのであれば、事前の報せがあってしかるべきだろう。

(旧道の向こうは国境しかない。ランヴァルド殿下に警戒するなら南に行くはずよ。三千の兵が、どうして北に……?)

リーサは、蒼雪城の五十年分の記録を読んでいる。

記録の限りで前例のない事態だが、王子の来訪を拒むという選択は、カールの遺志を持ちだすまでもなくあり得ない。

「受け入れの準備を進めて。明日の十忌祈は予定どおり行うけれど、宴は延期にするわ。カール公ならば、そうなさると思うから」

肌をピリピリと刺すような、嫌な予感がする。

(嵐が来る)

ひとたび起きれば、多くの人を巻き込み、傷つけ、時として命をも奪う嵐が近い。

旗主たちは、バタバタと支度のために動き出した。

頭痛が、する。

ふと見た先には、ついぞ温まることのなかったエルガーの席があった。

(私が、舵を取らなければ――この領を、守るために)

リーサはドレスの上から領主の証の首飾りに触れ、意を決すると梟の間を出た。向かう先は――城の食料庫である。

金が、ない。

リンドブロム公領には、金がない。十年で領は豊かにはなったものの、使途の決まっていない余剰の金などほぼないと言っていい。

食料庫の奥の金庫を前に、リーサは絶望していた。

くるりと振り返れば、食料庫の棚は半分埋まっている。半分埋めるまでに八年かかった。これを失うのは、痛い。

「痛い。……これは痛いですな」

横にいたヘルマンが、もう一度「痛い」と繰り返している。

「痛いわ。とても痛い」

王国軍の領内への滞在中、食料は領が提供するのが慣例だ。

十数人の使節団程度ならば、何度も迎え入れたことがある。新道に人を取られたといっても、北部諸国の内の二国は旧道の方が近い。しかし、今回は人数が多すぎる。話が別だ。

「せめて来年でしたら、もう少し見込みもあったと思いますが……」

馬の取引で縁のできた農業大国のロザン王国から、北国に適した小麦を買い入れたのは二年前のことだ。開墾で畑を増やしたものの、昨年は春の終わりの長雨で地滑りが起き、収穫量は少なかった。今年蒔いたものに期待がかかるが、収穫は来年の話である。

「ひとまず、年明けの派兵用に準備していた食料を提供しましょう。兵舎に連絡を。……城の貯蔵は減らしたくないわ。民を飢えさせるわけにはいかないもの」

兵舎の倉庫に準備していたのは、二百の兵の三ヶ月分の食料だ。単純に考えて、三千の兵に提供すれば六日で消える。不足を補塡《ほてん》すれば金が消える。

「派兵分の不足はあとで工面して送るにせよ、最初のひと月分は死守したいところです。つまり、最大で四日。可能であれば、一日で立ち去っていただきたいところですな。忠誠心とは、無関係なところで」

「そうね。忠誠とは関係のないところで、三日以内にしていただきたいわ」

本音を言えば、一日だけでもつらい。せめて半数を新道に向かわせ、ヨンデン公領に負担してもらいたいところだ。

カールならば倉庫を空にしてでも、食料を王家に提供しただろう。たとえ冬に民が餓えて死のうともだ。だが、彼はすでに世を去っている。

この領を守らねばならぬという強い決意のもと、二人は「三日ですな」「三日ね」とうなずきあった。


蒼雪城で、最も高い場所は城塔上部の物見塔だ。

澄んだ空が、近い。

物見塔の上に立つリーサの淡い金の髪は、強い風を前にやや乱れている。

菫色の瞳には、白い雲がくっきりと映っていた。山々の連なりの、その合間を走る旧道を埋める軍の様子も。

(――来た)

遠目でも旗が黒地なのはわかる。紋章はオールステット家の金の獅子だろう。王族であることは間違いない。年長の王子三人の旗の、下半分の色は朱赤で、ウルリクのそれは臙《えん》脂《じ》である。この距離では判別がつかない。

（できれば……ウルリクでなければいい）

会いたくない。気まずいことこの上ない。

憎しみがあるわけではない。むしろ——逆だ。

「姫様！　正式な書面が届きました！　大変申し上げにくいのですが——」

梯子の下で、カルロが叫んでいる。

その遠慮の様子から、内容は察せられる。そこにヘルマンが横から「ウルリク王子です！　元婚約者の！」と遠慮なく叫んだ。

（よりによって……彼なの？）

頭痛を感じ、額を押さえる。

大人たちが決めた縁談が、大人たちの都合で消滅しただけとはいえ、リーサの中で、彼と過ごした日々はまだ輝きをもっている。

もう一生会うことはないと思っていた相手が、十年の月日を経てやってきた。それも、懐具合の都合で可及的速やかに去ってほしい、という状況でだ。

リーサは、梯子を素早く下りた。心配性のカルロが、真下でオロオロしているので「少し避けてもらえるかしら！」と高いところから頼んだ。梯子を上る度胸はあっても、慎みは忘れていない。

その横にいたヘルマンが「そこに立つな。見えるだろうが」と言い、カルロが「見えないと困るでしょう。お支えしないと」と融通のきかないやり取りをしていた。結局、ヘルマンはカルロを羽交い絞めにして梯子から引き離していたので、ヘルマンには「助かったわ」と礼を伝える。

「ウルリク殿下……なのね」

「はい。山賊殺しの『灼岩《しやくがん》の狼《おおかみ》』です」

山賊殺しも、灼岩の狼も、世に知れた彼の異名だ。

彼の運命は、破談ののちに波乱万丈であった。

斧狼の乱でランヴァルドが国外に逃れたあと、彼と政治的に対立していたカタリナ王妃は刑死している。そもそも斧狼の乱は、王弟ランヴァルドと王妃カタリナの対立が火種となって起きた内乱であった。斧はランヴァルドの生母の家章で、狼はカタリナの実家の家章である。トシュテン王はランヴァルドが残していった数々の罠にことごとくかかり、ついには王妃を、横領、姦通《かんつう》、反逆の罪に問うて処刑してしまったのだ。

カタリナ唯一の実子であったウルリクは、母親の刑死後、十二歳にして外領の城を与えられた。通例では、成年とともに王領内に城を手に入れるはずの王子が。

そこには、王位の継承者から外すというトシュテン王の意思が見える。

灼岩の狼、という物々しい異名は、彼がそのような経緯で得た城の名が灼岩城で、狼を家章とするカタリナ王妃の子であることを示している。彼自身の属性に過ぎない。

しかし、山賊殺しの方は違う。西阜道《せいふどう》に巣くう山賊を、八年がかりで一掃したという彼自身の武功が由来だ。

「ご存じのとおり、元婚約者よ。でも、特別な気づかいはしないで。私は、他の領主と同じ。彼は、他の王族と同じなの」

カルロは、同情を明らかに顔に出しながら「まったく、そのとおり！　特別な関係では、一切ございませんから！」と力強く同意してくれた。ヘルマンはカルロに辟易しつつ「ほだされないでくださいよ」と余計なことを言った。

心外である。リーサはムッと口をとがらせた。

「なにを言うの。ほだされたりしないわ」

「恋は魔物でございますよ」

ヘルマンは、人の悪い表情になった。

彼は独身主義者だが、恋多き男ではある。恋をして振られる度にふくよかになってきた。対するリーサは十年、未亡人として喪服を着続けており、カルロは禁欲を旨とする神官だ。恋に関して、彼の言葉には説得力があるのがまた腹立たしい。

「恋だろうとなんだろうと、領の利より先に立つものではないわ」

不名誉な疑いを退け、リーサは届いたばかりの書類を受け取る。

書類には、ウルリク・オールステットの名が書いてあった。滞在許可を求める内容で、物資の補給などの要請もある。形どおり。変わった内容ではない。

(兵は三千じゃなくて、三千六百なのね。滞在は十日以内……十日ですって!?)

頭の中の食料庫の棚が、一瞬にしてガラガラになる。

それはヘルマンも同じようだ。太い眉が、険しく寄っていた。

「頼もしいお言葉、恐縮です。くれぐれも見栄は張られぬよう」

「見栄なんて――」

「悲しいかな、人の性《さが》でございますよ。マルテの店で、私は一番上等な酒しか頼めないんですから。なんでしたら、隣の席の見知らぬ男にだっておごってます。よろしいですね? 三日以内ですよ、三日以内」

マルテは新南宿の酒場の、豊かな黒髪の娘だ。一目惚れをしたとかで、しばらく上手くもない詩作にふけっていたのでよく覚えている。たしかひと夏きりの恋であったはずだが、今も彼は見栄を張らざるを得ないらしい。

「わかっているわ。三日以内ね」

どうせ正面から言い返したところで、むきになったと思われるのがオチだ。リーサは強く否定はしなかった。彼の目に、元婚約者を前にして理性を失うように見えているのならば、そうではない、と行動で示す他ない。これまでも小娘になにができる、という大勢の目を退けてきたのは、リーサの口先ではなかったはずだ。

リーサは、歩廊の階段を駆け下りる。

カルロの「あの酒樽め、勝手なことを！」と憤る声が、わずかな慰めになった。酒樽、というのは、カルロがヘルマンを悪く言う時の呼び名である。逆にヘルマンは、カルロを小枝、と言っている。東方人は細身で背が高い。北方人は胴が太く小柄な者が多い。二人とも地域を代表するような体型に由来しているのは明らかだ。海賊、山猿、よりは幾分ましだが、褒められたものではない。

「リーサ様。エンダール卿の言葉を真に受けてはなりませんよ。姫様のお気持ちも知らないで！　自棄酒《やけざけ》ならばつきあいます」

自棄酒など、したくもないしする予定もない。だが、それはカルロなりの優しさだったろう。彼は琥珀宮の小聖堂で修行をしていたので、ウルリクとも面識がある。リーサの複雑な胸の内を理解し得る、唯一の人と言っていいだろう。

リーサは「ありがとう」とその気づかいに礼を言った。

――蒼雪城の第三門を、先頭の旗馬が通ったのは、それから間もなくだった。

オールステット家の黒獅子の旗。続いて見えたのは、臙脂色の地に狼の牙が四本描かれた旗だ。これは、生母がカタリナ王妃で、父親のトシュテン王の第四王子であることを示している。

前庭をぐるりと一騎が回ったのを合図に、鎧を着た十騎ほどが入ってくる。

（落ち着いて。冷静になるのよ、リーサ。取り乱してはいけないわ）

深呼吸を繰り返すが、一向に胸の鼓動は落ち着かない。顔を合わせた途端、心臓が止まってしまいそうだ。

ただの王族と、ただの領主として接するべきだと思いながらも、目は必死にウルリクを探していた。兜のせいで顔が見えないのがもどかしい。

(こんな時に、こんなところで再会するなんて……夢にも思っていなかった)

——ウルリクに会わせて!

十年前、泣きながら叫んだ記憶が蘇る。

ただ、会いたかった。兄が騒乱罪に問われて刑死した直後だ。世界が足元から崩れてしまいそうな時、彼の手だけをリーサは求めていた。あの時ほど、彼に会いたいと願ったことはない。悲劇は重なり、最悪の結果がもたらされた。願いが叶えられることはなく、リーサは蒼雪城へと送られている。

会いたい。その願いが十年ぶりに叶った、とはもう喜べない。あの頃とは、なにもかもが変わってしまっている。

(ヘルマンの気持ちが、わかったような気がする)

一切の礼を失することなく、この場を乗り切りたい。できれば、涼しい顔で。——ちょうどヘルマンがマルテの店で一番上等な酒を頼むように。いつまでもご滞在ください、援助は惜しみません、くらいのことは言いたくなっている。——金はないというのに。

(いえ、見栄は禁物よ。とにかく早くお帰りいただかないと。……それにしても、どなたがウルリクなのかもわからないわ。多分、小柄よね)

ウルリクは、小柄な子供だった。

リーサは女性としては長身な部類だ。髪色こそ淡い金だが、東方出身の血が強く出たようで、周囲にいる北方人の侍女たちよりも背が高い。北では小柄ではないヘルマンと、そう目の高さが変わらないくらいだ。

王家の人々は、取り分け背が高いという印象がない。トシュテン王やカタリナ王妃は、リーサの両親よりも小柄だったと記憶している。だから、十年の年月を勘案《かんあん》しても、ウルリクとさほど身長が変わらないのではないかと思った。

目の前で、臙脂のマントの二人が下馬する。

目星をつけた高さまで首を動かした。

（……？）

そこにあったのは、鎧だ。胸あてである。

リーサは、そこから相手の顔を見るために、追加で首を上げねばならなかった。

大きい。

見比べようにも、そこにいる二人ともが揃って、大きい。

やや小柄と思われる右端の人を見たが、兜をはずしたその人は見事な赤毛で、間違いなくウルリクではない。もう一人は、落ち着いた黄金色の髪をしていた。

（ウルリク……なの？）

身長もさることながら、少女めいた面影はまったくない。一言で言えば屈強。精悍《せいかん》な武人だ。顔を合わせた途端に心臓が止まるのではと心配していたが、別の種類の驚きで眩暈がしてくる。

（そうよね。武功を挙げた話だって聞いてたもの）

情報の処理が追いつかず、まじまじと顔を見てしまった。

幸いなのかどうかわからないが、ウルリクも記憶の中の少女と、目の前のリーサ・リンドブロムの照合を行っているようだ。ひと呼吸分の猶予は互いにあった。

（あぁ——瞳の色だけは変わらない。ウルリクだわ）

鮮やかな太陽の色に似た黄玉の瞳は、かろうじて目の前の青年と記憶の向こう側の少年を重ねてくれた。幼い頃にはなかった表情の陰のようなものが、印象を大きく変えてはいたが。

「蒼雪城へ、ようこそおいでくださいました。ウルリク殿下」

胸の奥が、切なくて、苦しい。

心は乱れたままだが、胸に手を当てて丁寧に礼を示す。

するとウルリクは、リーサの手を恭《うやうや》しく取って口づけた。——かつて彼がそうしていたのと同じに。屈む高さはずいぶん違うが。

一瞬、頭の中が、琥珀宮の屋上庭園に広がる薔薇園のごとき彩りに染まる。

しかし——

「援助に感謝する、リンドブロム女公。短ければ、数日で立ち去るつもりだ」

愛らしく澄んだ王子の声は、当然ながら成人男性のそれになっていた。そしてその言葉は、一気にリーサの心の庭園を空風吹きすさぶ荒野に変える。

荒野は、即ち城の食料庫の未来だ。

（数日。数日！　なんて曖昧な数字なの！）

来年以降の資金計画の練り直しを頭の中でしつつ、頬には東方の真珠と呼ばれていた頃と同じ種類の微笑みを浮かべる。

「承知いたしました。お力になれましたら幸いです」

なにが見栄で、なにがカールの遺志なのか、もはや境目がわからない。

「感謝する、リンドブロム女公」

簡単な挨拶のあと、リーサは相談役の二人を紹介した。――真っ先に紹介すべき公子のエルガーは、この場にいない。ウルリクは、カルロを記憶しており、それまでほとんど動かなかった表情を、やや緩めていた。

ウルリクは、隣にいた赤毛の青年を紹介した。レン・スティラ。人好きのする明るい笑顔の青年だ。灼岩城は西方のスティラ公領にある。山賊退治で名をはせた赤毛の公子がいたはずなので、それが彼なのかもしれない。吟遊詩人が愛する英雄だ。

気もそぞろに挨拶を済ませ、玄関ホールまで誘導する。

来客用の寝室へ案内するのに、螺旋階段の手前でカルロにあとを託した。

女神のごときと詩心のないヘルマンが称える美貌に浮かぶ笑みは、ウルリクたちが螺旋階段を上りはじめた段階で消えた。顔はみるみる青ざめていく。

リーサは、すぐ横にある小聖堂の扉を開いた。

北方の重いドレスの裾を躍らせながら、階段を駆け下り、七角の祈禱台を迂回して奥に進む。

（あの子ったら、挨拶にも来ないなんて！　どういうつもりなの!?）

嵐が近い。彼にはわからないのだろうか。王都からの間諜がうろつく中、王族に対して礼を失した態度を取る利など皆無だ。

今日という今日は、しっかりと叱らねば――と意気込み、小さな扉に手をかけた途端、向こうからキィと開いた。

「エル……！」

名を呼びかけたが、エルガーとは別人であると気づいて、止める。

この奥庭は、領主の一族か、その許可を得た者、あるいは神官しか入れない場所だ。出てきたのは、そのいずれでもない美しい黒髪の女だった。使用人の制服を着ており、年はリーサより十ほどは上だろうか。くっきりと黒い眉や、色彩を感じさせつつ深い闇に似た瞳には、人の目を引き付ける魅力がある。

「まぁ、失礼をいたしました」

「……見ない顔ですね。名は？」

「三日ほど前から、こちらで働かせていただいております。パメラと申します、領主様」

黒髪の東方の人間が、リンドブロム公領を目指してくるのは珍しくない。ダヴィア家の滅亡から十年経った今も、年に十人以上は、移住者がいる。適性があれば、城勤めに回る場合も多々あるので、彼女の存在よりも、問題は彼女をここに招いた者の方だとリーサは判断した。

「歓迎するわ、パメラ。——ここではなにを？」

高い窓から入る青みがかった光が、そうでなくとも青いリーサの顔をますます青白くしていた。

「公子様から言いつけられまして、ご挨拶をさせていただきました」

頭痛がする。こりもせず、エルガーはまた使用人を誘ったらしい。

「公子に呼ばれた時は、必ず上の者に相談してちょうだい。指導が間に合わなかったみたいね。今後は、必ずそうして。ここも立ち入りの禁じられた場所よ」

「申し訳ありません。以後、気をつけます」

丁寧に礼をして、パメラは悠々と去っていった。

エルガーが手を出すのは、いつも世間知らずな若い娘ばかりだ。彼女のような大人の女性は、若者の誘惑など簡単にあしらえたのだろうか。慌てた様子もなかったが、そうだとしても問題自体は消えない。

「エルガー！」

今度こそ勢いよく扉を開け、黒煉瓦の小道をずんずんと進む。

木の幹に寄りかかったエルガーが「そんな大声を出さずとも聞こえていますよ」と苦笑している。自身の不品行を棚に上げ、揶揄《やゆ》する態度が神経を逆なでした。リーサの顔は、唇まで青くなる。

「何度言ったらわかるの？　使用人を玩具にしないで。──その話はあとでゆっくりしましょう。とにかく、王家の方がお見えの時は、出迎えくらいなさいな。礼を失するわ」

「悪女の息子に礼を示せと？」

「口を慎みなさい、エルガー！」

悪女、というのは、刑死した王妃・カタリナを指す。

斧狼の乱で、ランヴァルドは政敵だったカタリナを追い詰めるための、様々な罠を残した。不義密通、国庫からの横領、国王暗殺計画。それらに騙されたトシュテン王は、王妃の処刑を決めた。

王都で最も大きな安寧《あんねい》の広場で、美しく聡明な王妃は命を散らした。冤罪《えんざい》だった。すべて嘘だ。彼女ほど、国を正しく守らんとした人はいなかった。王妃カタリナの偉大さを知っているからこそ、その蔑みが許せない。琥珀宮で受けた教育がなければ、リーサが領の経済を立て直すことなど不可能だったろう。

「まぁ、気持ちはわかります。貴女の顔を立てて、挨拶くらいはすればよかった」

「次代の領主として、相応しい行動を取ってと言っているの。こんな時だからこそ、舵取りを誤ってはいけない。貴方の肩に載っているものを──」

ツカツカと、エルガーが近づいてくる。

威圧感から逃れたいと思ったが、唇をぎゅっと噛みしめて堪えた。

ここで養子に侮られてはなるまいと、リーサは菫色の瞳でキッとエルガーを見上げた。

「琥珀宮は、間もなく落ちますよ。ランヴァルド王の世が来ます」

若葉の色の瞳が、愉快そうに細められている。

そんな情報は初耳だ。エルガーは独自の情報網を持っているのか、自信ありげな様子である。

「もし、その不敬な仮定が現実になったとしても、力で奪った王座は脆いものよ。ランヴァルド殿下には、ベリウダ王国でもうけられたご息女がお二人いるだけ。安定は遠いわ。王都の川を流れる葉の裏表など、最北から見極められるわけもないでしょう？　早まった判断はしないことね」

近い位置にあるエルガーの胸を押し返せば、簡単に身体は離れた。

「……次のリンドブロム公は、この私です。それだけはお忘れなく」

エルガーは、領主というものを誰の説教も聞かずに済む立場だと誤解している。だから次期領主に相応しくあれ、と願うリーサに対して、頓珍漢《とんちんかん》な受け答えをするのだろう。

（この子は、私のなにを見てきたのかしら）

領主が、気儘《きまま》で、誰の意見も聞かずに済む存在だという誤解は、自分の背を見ていれば育ちはしないと思っていた。特別豪華な食事をするでもなく、華美な服装をするでもない。

旗主たちの話も聞く。領則の変更や新たな工事計画をはじめるにも根回しを忘れない。宿の代表からの要望も容れている。誰の言うことも聞かないどころか、旗主の声も、相談役の声も、民の声も、すべて聞くのが領主ではないのだろうか。

「もちろん、そう願っているわ。だからこそ、貴方には慎重に行動してもらいたいのよ」

それでも、エルガーの抱える屈折をバカバカしい、とは思わなかった。

庶子出身の彼の、寄る辺のなさは理解できるからだ。

「嘘だ。私を領主にする気なんてないのでしょう？」

「なにを言っているの。カール公に誓ったわ」

「皆が言っています。貴女が婿を取って、自分の子を後継者にするのが領のためだと。元婚約者の王子が来たなら、これ幸いと――」

「よして。王子を婿になんて迎えたら、結納金だけで金庫が空になるわ。だいたい、王子は婿入りなんてしないものよ。するとしたら相手が他国の王女の時くらいだわ」

「彼は身軽な、悪女の息子ではありませんか」

ウルリクの王位継承はあり得ない。存在は軽く、婿入りも可能だ、と言いたかったのだろう。リーサは、その言葉が許せなかった。顔色はいよいよ白い。

「エルガー。カール公が使わない言葉は、貴方も使うべきではないわ」

リーサはエルガーの横をすり抜け、来た道を戻る。

「貴女の気持ちはどうなのです？　未練くらいはあるでしょう」

追いかけてきたエルガーの腕を、リーサはパッと払った。

「私の気持ちに、なんの意味があるっていうの？」

バカバカしい。けれど、リーサはそうとは言わず、奥庭の扉をくぐった。

エルガーの立場の弱さは、知っている。それはよそ者の自分も同じ。我が身を救うのは、ただ人並み以上の努力だけ。

いつか彼もわかってくれる日が来るとリーサは信じていた。その日が、今すぐにでも来て欲しいと願ってやまない。──嵐は、近いのだから。


リーサは、その日の内に緊急の大会議を招集した。

明日にカールの十忌祈を控え、旗主たちは城に集まっており、梟の間には領内の十五家の旗主と、四家の準旗主がすべて揃っていた。それぞれの表情は硬い。

まずヘルマンが、状況の説明をする。

「ウルリク殿下のご用は伏せられておりますが、済み次第ご出立されるそうです。忌祈式は例年どおり行い、酒宴のみ殿下がお帰りになったのちまで延期いたします」

旗主たちは賛成の意思を、二度拍手をして表明した。

「しかし、ウルリク殿下は何用があって、この領までおいでになったのでしょう？」

白城派最年長のベルグが、皆を代表する形で疑問をもらす。

「機密のようでございますな。とんと見当がつきません」

ヘルマンは「馬の取引なら、数人で来れば済むでしょうし」とつけ加えた。

誰にも見当がついていない。それほど、ウルリクの来訪は唐突であったのだ。

憶測が飛び交うはずだった広間のざわめきは、しかし外の騒がしさに遮られる。

扉が大きく開き、入ってきたのはウルリクと、その副官のレンだった。もう鎧を脱いでおり、二人とも黒いチュニック姿である。

その表情から察せられる。なにかが——起きたのだ。

一同は固唾を呑んで、彼らの言葉を待つ。

赤毛のレンが、一礼してから口を開いた。

「緊急の報せが王都より入りましたので、共有させていただきます。——去る九月七日にランヴァルド殿下が、ベリウダ王国軍一万を引き連れ、南側国境に侵入。破竹の勢いで進軍されているとのこと。すでに琥珀宮の内部に入り込んだ部隊が、先王陛下の二十忌祈にご出席されていたご一家を急襲し、トシュテン陛下の安否は不明。王太子様はじめ王子様がたの消息も知れません」

誰もが、言葉を失う。

いずれ国王と王弟が、衝突する未来は見えていた。だが、ここまで早く、しかも速く、ランヴァルドが事を為すとは、誰も想像していなかっただろう。

国王以下、継承権上位の王子らも安否不明。あまりに重い事態である。必ずしも死を意味せずとも、イェステン王国成立以前を思わせる、血なまぐさい状況だ。

リーサは、礼を示しつつ、この場を代表して口を開いた。

「この度のこと、ご心痛お察しいたします。ご家族がご無事でありますよう。すぐに王都へお戻りになられますか？」

リーサの問いに、レンはきっぱりと「いえ」と答えた。

一同がぎょっとしたのも無理はない。国王とその一家が、一網打尽にされたかもしれないという状況だ。すぐにも対処すべきだろう。丸腰ならまだしも、三千もの軍を抱えながら傍観するとは思えなかったのだ。しかも彼は、戦上手で知られ、精鋭ぞろいの灼岩城軍まで引き連れている。

「いかなる理由があろうと、密命を遂行せよとトシュテン三世陛下より仰せつかっております。この事態であるからこそ、手ぶらで帰るわけには参りません」

嫌な予感は、次第にはっきりとした形を持ちつつある。

（嵐に、巻き込まれる）

ランヴァルドが、ウルリクだけを逃すはずがない。政敵だったカタリナの唯一の実子だ。遠からず、斧の刃は彼に向けられるだろう。

リーサは、ランヴァルドという男を知っている。

間近で見たこともあれば、会話をしたこともある。くぼんだ目と、高くはないが大きな鼻が目立つ、四角い顔の男だ。赤い目は、ギラギラとした野心を感じさせた。

彼の目、声、大きな手の感触を思い出し、ざわりと鳥肌が立つ。

足元に広がる薄氷の下は、千尋の水底だ。

躊躇う時間が惜しい。リーサは、

「密命と承知でおうかがいします。ウルリク殿下は、我が領に何用でございましょう？」

とウルリクに正面から尋ねていた。

「密命ゆえ伏せていたが、事ここに至っては、リンドブロム女公を信頼して伝える他ない。トシュテン三世陛下の命で、王家が預けていた聖剣を受け取りに来た」

ウルリクは堂々と来意を告げたものの――

（聖剣？）

リーサには、なんのことかわからない。まったく。さっぱり。

思わず、ヘルマンの方を見たが、彼もなんのことかわからない様子だ。他の誰にも、疑問符が浮いている。

「殿下。聖剣、とおっしゃいますと……」

「波濤《はとう》の聖剣だ。オールステット家が、リンドブロム家に預けたと聞いている」

その聖剣は、建国の伝承には必ず出てくる建国王ジグルス一世の武器だ。数多の神々から授かったという真の王の証である。王妃ナーディアが授かった賢妃の証、銀月《ぎんげつ》の玉珠《ぎょくじゅ》と並び、子供でも知っている聖具だ。

琥珀宮にいた頃、ウルリクと庭を散歩する時の待ち合わせ場所は、聖剣を掲げる王と、玉珠を首に飾った王妃の銅像の前だった。

「波濤の聖剣が、このリンドブロム公領にある……のでございますか？」

「真の王のみが持つべき聖具を、リンドブロム家に預けた記録があると陛下から聞いていた。聖剣を手に入れ、お届けするのが俺の使命だった。陛下にお渡しできぬのであれば、それに次ぐ者に渡す必要がある」

弟への恐怖が、トシュテン王に聖剣を求めさせたらしい。

だが、ないものはない。――探さねば。

要するに聖剣さえ手に入れれば、災いの種――元婚約者だが――は円満にこの領を去るということだ。急がねばならない。

「殿下。恐れながら、お時間をいただきたく存じます」

「わかった。リンドブロム家の忠誠を信じたい」

ウルリクとレンは、梟の間を出ていった。

パタン、と扉が閉まる。

挨拶のために立ち上がった一同は、そのまま再び顔を見合わせた。

「波濤の聖剣がどこにあるか、ご存じの方は……？」

リーサの問いに、全員が一斉に首を横に振った。

カールの日記においても、聖剣についての言及はなかった。故人の日記を読むのは配偶者の義務で、リーサはすべてに目を通していた。念のため最年長の旗主であるベルグにも確認したが、答えは同じである。

「探しましょう。各々の家の蔵という蔵を調べてもらいたいの。王家への忠誠はカール公のご遺志。けれど一日延びれば一日分、二日延びれば二日分、冬に民が餓えるわ。とにかく一日、いえ、一刻も早くお帰りいただきましょう！」

金が、ない。領にもなければ、旗主たちにとてない。懐具合は似たり寄ったりだ。

ウルリクの滞在が長引けば、窮するのは自明のこと。

バッと全員が、扉に向かって走り出す。

かくして、あるかどうかもわからない聖剣探しが、領を挙げ、夜を徹してはじまった。

——子供の頃の夢を見た。

東方の真珠と呼ばれていた頃の夢だ。

王都には、桜がない。東方の話は避けていたので、自分から口にしたわけではなかったように思う。なんの拍子か、ウルリクと桜の話をした。

——次の春が来たら、一緒に東方へ桜を見に行こう。

——はい。きっと行きましょう。

ところが、約束が近づいた頃にリーサが熱を出し、見舞いに来たウルリクにうつしてしまった。覚えているのは、リーサの熱を持った手を、ウルリクが握っていた時のこと。それから、熱い彼の手を握ったこと。

互いを、守り、労わる。共に生きていくのだと、その時強く思った。

しかし――男の腕が伸びてきて、砂礫《されき》のようにすべてが崩れていく。――すべてが。

「リーサ様！」

カルロの声に呼ばれ、ハッと顔を上げる。

身体のあちこちが痛み、現《うつつ》に戻ってきたのだとわかった。

「……カルロ？　いやだ、私ったら……」

「こんなところでお休みとは。女神の彫像かと思いましたよ」

辺りを見渡し、記憶をたどる。

ここは宝物庫だ。夜明けまで聖剣捜索をしていたのは覚えている。突っ伏していたのは、陶器の入った箱の上だ。

「うっかり寝てしまったわ。――見つかった？」

ふと見れば、侍女のエマが箱の間で仰向けに寝ていた。

彼女も作業の途中で眠ってしまっていたらしい。むくりと起きてから「いたた……」と身体を押さえていた。石の床は、睡眠には不向きだ。

「いいえ。残念ながら。聖剣がどのようなものかもわかっておらず、難航しています」

「そうね。建国王の銅像は毎日のように見ていたけれど、ただの剣にしか見えなかったわ。光るとか、音が鳴るとか、波の形をしているとかなら助かるのに……」

「まぁ、でも、建国王ジグルス一世陛下のことですから、数多の神々から授かったと言いながら、古き民の遺産から奪った――おっと、うっかり口をすべらせるところでした」

カルロは宝物庫の中をきょろきょろと見渡し、警戒すべき相手がいないことに安堵の表情を浮かべた。

王への忠誠心は、古き血の否定と同義である。

古き民は滅びたが、その末裔はまだ島におり、絶えた文化も形を変えて残っている。それらを島の王が奪う場面は多々あったが、奪う、と表現することは許されていなかった。

リンドブロム家では、二代にわたって忠誠心厚い領主が続いていた。そうでなくとも、こちらは古き血が色濃く残る東方出身の黒森派だ。さらには王子のウルリクまで滞在中なのだ。発言に警戒は必要になる。

「古き血の技術の可能性もあるなら、ただの剣ではない……のかもしれないわ」

やや声を落としながら、リーサは乱れた髪を指で整える。

日記の中で、カールは露骨に神官を嫌い、黒髪の連中、と書いていた。神官には古き血の末裔に現れる黒髪の者が多いので、そうした表現になったのだろう。

日記から察せられる人柄から判断すれば、もしリーサの髪が淡い金でなかったら、カールは縁談を断っていたのではないかと思っている。ただ、カールは最晩年において心境の変化があったようではあった。リーサははじめて会った時、トシュテン王を批判する彼の言葉を聞いていた。臨終に神官長を呼んで後事を託していたのも、変化の証であったのかもしれない。

「はい。聖具ですから、古き文化の大いなる力を秘めていてもおかしくはありません。それがどのようなものかわからぬ以上、手がかりにはなりませんが。ひとまず、旗主の皆様から集めた宝剣は、梟の間にございます。十忌祈式のあと、殿下に確認していただきましょう」

「そうね。殿下ならご存じでしょうし。……あぁ、そうだったわ。先に十忌祈式を無事に終わらせないと」

カルロが差し出した手を取り、ゆっくりと立ち上がる。

いたた、と声がもれた。腰が痛む。

「しかし、早いものですね。あの日から、もう十年になるとは」

「まさか十年の節目に、こんな騒ぎが起きるとは思っていなかったわ」

カルロは、細い眉を複雑に歪めて「まったくです」と苦笑していた。

「すべて済みましたら、ゆっくり酒でも飲みましょう」

「いいわね。そうしましょう」

リーサはエマと一緒に寝室へ戻り、急ぎ身支度を整えた。

長い髪をしっかりと結い上げ、化粧はごく薄く施す。この十年、誰の目にも、敬愛する夫を亡くした貞淑な妻に見える装いだけを慎重に選んできた。身を守る鎧のようなものだが、十年を機に改めては、との声が昨年あたりから耳に入るようになった。

そろそろ、再婚を考えては？　婿を取っては？　という声だ。

だが、リーサにその意思はない。強いられるくらいなら、エルガーに後を譲ったあと、すぐにも大聖殿に入って、禁欲を旨とする神官になるつもりでいる。

騒ぎの中で忘れていたが、今後は、再婚せよとの圧力から逃れる手段を考える必要があった。特に神官長からの圧が強い。再婚を、婿を、と会う度言ってくる。いつも顔を合わせるのが憂鬱だ。

（いったん忘れましょう。無事に十忌祈を済ませて、兵舎の倉庫が空になる前に聖剣を見つけるのが先よ）

寝室から小聖堂に向かう前に、一度、梟の間の様子を確認することにした。

領内の宝剣という宝剣が集まっているはずだ。どうか、その中に聖剣があってほしい。あってもらわねば困る。

梟の間の扉を開けると――そこに、人がいる。

卓の上には、いくつもの宝剣が並んでいた。周りには、旗主の家々から派遣された兵士たちが立っている。リーサに気づくと一斉に胸に手を当て、礼を示した。

一人だけ、違う種類の動きをしているのはエルガーだ。宝剣を手に取って、ぶんぶんと振り回している。

（父親の十忌祈だというのに……この子は！）

喪服に着替えもせず「これは見事だ！」「美しいな！」とはしゃぐ姿に、強い頭痛を覚える。

「エルガー。もうすぐ忌祈式よ。すぐに着替えていらっしゃい」

「あぁ、これは義母上。見事な剣ぞろいで、つい時間を忘れます。では、のちほど」

エルガーは鼻歌でも歌いそうな陽気さで礼をして、広間を出ていく。

剣を守っていた兵士たちは、表情から困惑の色を消していた。

「大事なお役目を邪魔してごめんなさい。次からは、私の名を出して断って構わないわ。家の宝は、大切に守られるべきだから」

宝剣の守りを改めて兵士たちに頼み、リーサは梟の間を出る。

頭痛が、ひどい。だが、十年の節目の忌祈式だけは、滞りなく終わらせねばならない。

速足で十歩進んだあと、急に足が重くなった。次の十歩はさらに重く感じる。

瑠璃色の絨毯の廊下を進み、小聖堂に向かうべくホールに入ったところで、その重い足が止まった。臙脂色のマントの、背の高い武人が階段の前に立っている。

鮮やかな色彩に、目が吸い寄せられていた。

「あ――殿下」

そこに立っていたのは、ウルリクだ。

彼がこの城にいることに、まだ慣れない。

それでもリーサは、反射的に動揺を消し、優雅に挨拶をしていた。そつなくこなすのが、矜持《きようじ》だからだ。

「リンドブロム女公」

ウルリクも、丁寧な礼を返してくる。

近づくと、やはり頭の位置が高い。短いはずの滞在中に首を痛めてしまいそうだ。

「ご用でしたか?」

「末席で構わない。忌祈式に参列させてもらえないだろうか」

思いがけない申し出に、リーサは意表をつかれた。

自身の家族が大きな不幸に見舞われたばかりだというのに、滞在先で礼を示さんとする姿勢には、感動を覚える。

「感謝いたします、殿下。夫も喜ぶでしょう」

リーサは感謝を伝え、ウルリクを小聖堂へと誘導する。

小聖堂に入ると、すでに席に就いていた面々が、サッと立ち上がって礼を示す。リンドブロム家に仕える旗主とその家族や、配下の騎士たちの他、家族を連れた北方領主の姿も見える。

「ここでいい」

ウルリクが言葉どおり末席に座ろうとしたので、リーサは「どうぞ、こちらへ」と前の席を勧める。多少の譲り合いを経て、二面を隔てた最前列に座ってもらった。

(エルガーは、まだ来ていないのね)

聖装束の神官たちが入ってきた。玉珠の首飾りの小太りな神官長が入ってきても、リーサの隣の席は空いたままだ。

ふと、背の方から、

「女公、今ならやれます」

と囁く声がした。さっと振り返った先には、騎士見習いのウィレムがいる。エルガーより一つ年上の血気盛んな若者で、宿での喧嘩沙汰では、度々名が挙がる旗主の次男だ。

（やれる……？）

とっさに意味がわからなかったが、やや遅れて理解できた。

ウルリクを殺せる――と言ったのだろう。

琥珀宮を乗っ取ったランヴァルドに、ウルリクの首を送れ、と。

「よしなさい。カール公の前よ」

複雑な話のできる状況ではない。とっさに言えたのは、それだけだ。

感情の問題として、リーサにはウルリクを殺すという選択などできない。

それを除いたとしても、あり得ない選択だ。

（そんな真似をしたら、逆賊の誹《そし》りは免れない）

国王崩御《ほうぎょ》の正式な発表はない。この国の王は、まだトシュテン三世だ。今の段階で、それもカールの忌祈式の場で暗殺などしては、末代まで汚名が残る。

しかし、ここまで大胆にウィレムが提案してきたところを見ると、同調する者もいると考えるべきだろう。

ちらりとウルリクの方を見れば――目が合った。

彼も、こちらを見ていたようだ。

（まさか……聞こえていた……？）

サッと血の気が引く。その瞬間、

「リンドブロム女公」

と呼ばれて「はい！」と、やけに勢いのある返事をしてしまった。

リーサを呼んだのは、祈禱台に立つ神官長だ。

（やってしまった……）

ここは未亡人らしい落ち着きで、一礼だけで応えるべきだったのに。

気を取り直し、リーサは七角の祈禱台の前に立った。忌祈式では、遺族が故人への誓いの言葉を参列者の前で述べるものだ。ちょうど遅れてきたエルガーと、目が合う。チュニックの胸元がだらしなく開いているのは気になるが、この距離では注意のしようもない。

「お集まりいただきました皆様に、心より感謝申し上げます。亡きカール公からエルガー公子を託されてより十年。来年には成年を迎える公子を、変わらず支え、共に領を守ることを、今日この日、改めてカール公にお約束いたします。――数多の神々の恩寵を」

参列者が「数多の神々の恩寵を」と唱和する。

次にエルガーが呼ばれ、無難な、恐らくはカルロが用意したであろう文句を述べていた。

神官たちによる祈禱がはじまった。古き言葉らしいので、内容はまったくわからない。

カルロが言うには、神官たちもよくわかっていないそうだ。そういうことになっているので、そうしている。古き文化の名残は、曖昧なものが多い。

（やっと……終わったのね）

未亡人の役目は、これでほぼ終わりだ。領主の忌祈式は十度で一区切り。

参列者の多さも、そのせいだ。成年の近いエルガーに、間もなく喪服を脱ぐリーサ。このあとの酒宴は、縁談の下準備として重要な機会になるはずだった。

聖剣の件が無事に済めば、自分の縁談はかわしつつ、エルガーの縁談を進める必要がある。代を譲るまであと半年。未亡人としての役目は済んでも、まだまだ気は抜けない。

（こんな時に、この領で王族の暗殺なんて、絶対にさせない。なにかあったら、カール様に合わせる顔がないわ）

リーサは忌祈式が終わった途端に、サッと立ち上がった。

少し離れたところにいるウルリクに近づき「宝剣を集めた場所にご案内するまで、近くにいていただけますか？」と囁いた。

ウルリクを暗殺者から守るには、自分が盾になるしかない。

初老の女性が、近づいてきた。一瞬身構えてしまったが、知った顔だ。ほとんど白い髪を隙なく結い上げ、やせ型の身体にぴたりと添う喪服を着ている。北方七領の一つ、シュトラ領の女公である。三十代で夫を失ってから二十年にわたり善政を敷いてきた女傑で、リーサが今の地位に就けたのは、この先駆者の存在が大きい。

「シュトラ女公。本日は、ご参列ありがとうございました」

「務めを果たされましたね。宴の席でゆっくりお話がしたかったのだけれど」

細い目が、ちらりと上の方を見た。そして「お会いできて光栄です、殿下。この度のこと、お悔やみ申し上げます」とウルリクに挨拶を続けた。

リーサは微笑みをたたえつつ、申し訳なさそうに眉を寄せる。

「急な変更で申し訳ありません。しかしカール公がご存命ならば、必ずやそのようにされたと思い、判断いたしました。宴には、日を改めましてご招待させていただきます。今年は、ロザン王国とのワインの取引量も増えましたので、楽しみになさってください」

「あら、それはいい話を聞いたわ。ロザンのワインには目がないの」

ほほ、と笑って、シュトラ女公はその場を去る。

次々と挨拶に来た領主たちは、リーサとウルリクに挨拶をしたのち、やや複雑な表情になった。その内の一人が、

「女公。もしや、殿下とご再婚のご予定が？」

と囁いたので、リーサはぎょっとして否定する。

「ち、違います。誤解のなきよう」

参列した北方領主たちは、ウルリクがなにゆえにこの領にいるのかを知らない。

元婚約者同士が、節目の十忌祈に並んで挨拶をする意味深さにやっと気づく。リーサはハッと口元を押さえ、ヘルマンを目だけで探した。――いた。愚かな女を見る目で、こちらを見ている。

（違う！　違うのよ！　私は、ただ、暗殺を防ごうとしただけで……！）

カルロもカルロで、お可哀そうに、と言わんばかりの顔をしている。これはこれでつらい。

言い訳をしたいところだが、説明は後回しだ。

リーサはほどほどのところで挨拶を切り上げ、小聖堂を出た。

(あぁ、もう、そんなつもりはなかったのに……！)

顔に火がついたようだ。恥ずかしい。

瑠璃色の玄関ホールを過ぎ、角を一つ曲がって梟の間に入った。

早足で移動している間に、なんとか気持ちを立て直す。

「殿下、ご確認いただけますでしょうか。城内だけでなく、領内の旗主の家に伝わる宝剣なども、こちらに集めてございます。――殿下に、剣の説明をお願い」

剣を守っていた騎士たちにあとを頼み、リーサは扉のところで手招きするヘルマンに応じて、梟の間を出た。

「誤解しないで。違うのよ」

「顔をそんなに真っ赤にして、なにをおっしゃってるんですか」

「誤解よ！　わけがあるの」

「酒がまずくなる話はあとにしてください。ひとまず、報告書を」

言い訳を諦め、ヘルマンが渡してきた書類に目を通す。ウルリクが連れてきた軍の、野営地の配置についての報告だ。灼岩城軍といえば、山賊退治を乗り越えた精鋭たち。さぞ吟遊詩人たちが喜んでいるだろう。

「ありがとう。聖剣の方はまだわからないけど……宿の様子は？　どう？」

「一触即発です。琥珀宮の変事は概ね伝わっているようで、どちらにつくのつかぬの、裏切るの裏切らぬの、忠だの不忠だのと大変な騒ぎでした。いつもの海賊だ、山猿だとの罵りあいまで加わって、最悪です。兵は多めに配置していますが、いかんせんこの混乱の中ですから。念のため、北宿にエルガー様を派遣されてはいかがでしょう」

「そうね。それで、さっきの話だけど――」

リーサは、声を落として小聖堂での一幕を説明した。

ウルリクの首をランヴァルドに送れ、と言い出した一派がいる、と。

ヘルマンは、太い眉を八の字にして、泣き出しそうな顔になった。溝こそあったが、彼はカールとのつきあいが長い。十忌祈の日に、トシュテン王の王子を暗殺する話が存在したこと自体に、傷ついているようだった。

「このヘルマン・エンダールの目の黒いうちは絶対にさせません。殿下につける護衛の数を増やしましょう。しかし……残念ながらトシュテン王の崩御は、ほぼ間違いないかと。ランヴァルド殿下が琥珀宮を占拠したのも確実です。近く、即位の宣言があるでしょう。ウルリク殿下追討令も、間をおかず発布されるものと思った方がよろしい。判断は難しくなりますが、ひとまず今はカール公のご遺志に従いましょう」

ヘルマンは「護衛の手配をして参ります」と一礼して、廊下を戻っていった。

呼吸を整え、再び梟の間に入る。

（あの中に、聖剣があれば話は済むのに……）

梟の壁画を背に、ウルリクは手にしていた剣を卓に置いたところだった。その表情のない横顔は、リーサから希望を奪う。

「いずれも見事な宝剣だが、どれも違う」

望んだ答えは得られず、リーサだけでなく周囲の兵士たちも肩を落としている。

「そう……でしたか。お力になれず、残念です」

リーサは目を伏せ、並ぶ宝剣を眺めた。どれも素晴らしいものばかりで、各家では誇りにしているものだ。蒼雪城から供出した宝剣三本も、カールが何度も日記にしたためていた逸品だけに、悔しさの残る結果だ。

「他に、考えられる場所はないだろうか。どこへだろうと赴く」

ウルリクの黄玉の瞳が、リーサを見つめている。

見栄を張れるものなら張りたい。はい、どうぞ、と聖剣を差し出したい。

ありがとう、助かった。その一言を聞いて、今度こそ最後の別れをしたい。できれば、笑顔で。

しかし――リーサには、力がなかった。

「殿下。私は三十年分の夫の日記も、五十年程度前までの領政の記録もすべて読んでおります。ですが、聖剣に関する記述は一切ありませんでした。夫は、毎日、トシュテン三世陛下万歳、御代に幸あれと記すほどの人でしたし、臨終の前にも――」

ふっと、カールが世を去った日の記憶が頭をよぎった。

――なにかあれば、大聖殿に行くといい。

――これは、我が一族の忠誠の証だ。

託された鍵の形の首飾りは、今も肌身離さず胸元にある。

喪服の上から、リーサは首飾りに触れていた。

「カール公が、なにか遺言を？」

「遺言を……」

大聖殿に行くといい、とカールが言っていたのは、身の置き所がなくなったら世を捨てよ、という意味だと思ってきた。だが、違うのかもしれない。

「思い出せるか？」

「殿下、少々お時間をいただきます！」

くるりと踵を返し、リーサは梟の間を飛び出した。

（大聖殿のことなら、神官長が城にいる内に聞いておかないと！）

今ならば、まだ小聖堂に神官長がいるはずだ。再婚の件を迫られるので避けてはいたが、毎年の忌祈式では、二日ほど酒食を楽しみつつ滞在している。

リーサは、瑠璃色の廊下を懸命に走った。

玄関ホールの方から、カルロが走ってくるのが見える。

「カルロ！　思い出したの！」

「リーサ様！　今、神官長が――！」

活路が見える――予感がする。

やや遅れて、重そうな身体の神官長が追ってきた。

梟の間から出てきたウルリクも、リーサの後ろに立つ。

神官長は呼吸を落ち着けてから、興奮気味に話す。

「リンドブロム女公。先ほど、カルロから話を聞きました。大聖殿には、たしかに代々の領主様しか開けられぬ石箱《いしばこ》がございます！」

「で、では、それが聖剣なのね？」

希望の光が、たしかに見えている。リーサは拳を握りしめた。

「恐らくは。建国王ジグルス一世陛下がお収めになった聖具であることだけは間違いございません」

神官長は、手振りで箱の形を示した。細長い長方形は、いかにも剣が入っていそうな形と大きさである。期待は高まった。

「では、ウルリク殿下にこの鍵をお渡しするわ。大聖殿に案内して差し上げて」

リーサが首飾りを外そうとするのを、神官長は大げさなほど大きく手を振って止めた。

「いけません。領主様に、直接開けていただく必要があるのです。それが、掟でございますから」

大聖殿は、遠い。額のあたりに力がこもった。

往復すれば、五日から六日かかる。つまり三千六百の兵を養うために準備した食料が、すっかり消えるだけの日数である。さらに今は、宿に火種を抱えている状態だ。エルガーに留守を任せるのも不安でならない。

「じゃあ、大聖殿にはエルガーに行ってもらうわ」

「いけません！　リーサ様でなくてはなりませぬ！」

目も鼻も、輪郭も、体型も丸い神官長は、大きな声で否定したあと、ふん、と鼻を鳴らした。なにがなんでも譲らぬ気らしい。

リーサの形のよい眉は、次第につり上がってきた。

「では、今すぐ領主の座を彼に譲るわ」

「しかし、刻――例の、あれが」

神官長は、高いところにあるウルリクの顔をちらりと見て、声をひそめた。

「例の……あれね」

リーサは、鍵のある位置に手で触れた。

例のあれ、というのは、リンドブロム公領の領主となる者が、大聖殿で授かる刻印のことだ。リーサは、カールの葬儀の直後に授かっている。

神官たちは、古き文化を細々と継承しているのだ。リーサが授かった刻印は、肌に刻むわけではなく、神官長が指を動かしただけで成立している。

要するに――魔法だ。

イェスデン王国の王子の前では、口にしにくい。

「例のあれがなければ、箱のある部屋には入れません。エルガー公子には、まだ例のあれはございませんから」

十年前、リーサが大聖殿に行った時、後継者も共に刻印を授かるという話だったのでエルガーも同行させている。ところが、当日になって「年齢が足りません」と言われて、機を逸してしまった。いつでも構わないというので、後回しになったままだ。

「では、エルガーを行かせますから、大聖殿に到着し次第その場で――」

「な、なりません。あれは、身体に馴染むまで数日かかります」

なにがなんでも城を離れたくないリーサと、なにがなんでも大聖殿に来させたい神官長の攻防は、いつ終わるとも知れない。

「宿同士の揉め事が起きそうなの。暴力沙汰になる可能性も高いわ。今、城を離れるわけにはいかないのよ」

「カール公がご存命なら、なんとおっしゃるか。今、忠誠が試されております」

常日頃、自分が使っている手を先に打たれた。

カールならば、喜んで神殿へと向かったことだろう。日記では度々、王に招集されれば公領軍すべてを差し出す覚悟がある、と書いていた人だ。

「王より預かる領を守ることが、王への忠誠でなくてなんだというの」

「では、日程を延ばせばよろしい。宿が落ち着くまで、五日なり、十日なり――」

それができるなら苦労はない。

苛立ちと、焦りが、リーサの口を軽くした。

「一日延びれば、五百ザンの銭と五万ガンの小麦が消えるの！　お金がないのよ！」

と――口にしてから後悔したが、もう遅い。

見栄もなにも、あったものではなかった。

しん、と周りが静かになる。

（あぁ……失敗した）

それなりの声量であったため、見張りの兵士の耳にも入っただろう。幸いだったのは、玄関ホールにまだ客がいて、やや騒がしかったことくらいだ。

一番聞かれたくなかったウルリクは、真後ろにいる。

「…………」

神官長は、ぽかんと口を開けて固まっていた。

その横にいたカルロも驚いた顔で、瑪瑙《めのう》の色の目だけをリーサの斜め上へ移動させている。その先にいるのは、位置から察してウルリクだろう。

謝るしかない。今のは、礼儀の範囲を超えていた。

「で、殿下……申し訳ございません。ご無礼を――」

謝罪しながら振り返る途中、眩しさを感じた。

なにもウルリクが神々のごとく後光を放っていたわけではない。高い場所にある窓までの遮蔽物《しゃへい》が消えたせいだ。

高い場所にあるはずの、ウルリクの顔がない。

虚空をさまよった目は、ずいぶん低いところで目的のものを見つけた。

膝を、ついている。

ウルリクが、リーサに向かって。

「え――」

「リンドブロム女公。このとおりだ。大聖殿へ同行してもらいたい。聖剣を手に入れ次第、速やかに領から立ち去ると約束しよう。援助には必ずや報いる」

一介の地方領主に、一国の王子が片膝をついてまで懇願している。

元婚約者で、叶わなかった初恋の人が。

(これは、情なの？　それとも冷静な判断？)

その違いも判然としないが、不可避であることだけは間違いない。

リーサは、わかりました、殿下。ご案内いたします――と言う他なかったのである。

出立は、翌日の夜明けと決まった。

ヘルマンに「私、間違っている？」と尋ねたところ「間違ってはいませんが、運は悪いですね」と評された。

（滞在日数が延びるのは痛いけど、暗殺者から守りやすくはあるわ。いい方向に考えましょう）

リーサの手には、書類の束がある。

夕の風がそよと吹き、乱れた髪を手で整える。視界の向こうにあるのは、この殺風景な城で一番華やかな東庭だ。秋薔薇が慎ましく蕾をつけている。

城の二階の広いバルコニーに、リーサは卓と椅子とを運びこんでいた。客室の前の廊下がよく見える。

暗殺者も、この距離にリーサがいれば手を出しにくいだろう、との判断だった。

忙しくペンを走らせていると、視界の端に階段を上ってくる人の姿が見えた。エルガーだ。呼んでから、たどりつくまでの時間は、彼にしては短い。

「お呼びですか？　義母上」

「カルロから聞いたでしょう？　留守は任せるわ。聖剣の件は口外無用に」

ペンを動かしながら、リーサは早口に用件を伝えた。

「こんな時に、二人で仲良くご旅行ですか」

「私だって、できるなら貴方に頼みたかったわ」

「私は認めませんよ。悪女の息子などに、貴女を渡すつもりは――」

「エルガー！」

つい、声が大きくなる。さすがにまずいと思ったのか、エルガーは口をとがらせつつも、話題を切り上げた。

「……それで、ご用は？」

「知っていると思うけれど、北宿と新南宿で揉め事が起きそうなの。北宿に行って、代表と連携を取った上で皆を宥めてちょうだい」

「北宿……ですか」

返事の歯切れが悪い理由を、リーサは知っている。北宿には彼が手を出した町娘が複数いて、今年の春の祭りで「領主夫人になるのは私よ」「いいえ、私よ」と町娘同士の喧嘩沙汰になったからだ。仲裁したのが北宿の代表なので、会うのが気まずいのだろう。

「じゃあ、新南宿に行く？」

「いえ。北宿へ参ります」

北宿に行くのが気まずいといっても、新南宿よりはマシらしい。今年の夏に、町娘に手を出した件で宿の若者たちと衝突した時「海賊の娘になど、誰が触れるか！」と叫んだらしい。この時ばかりは、呑気なカルロも激昂したそうだ。海賊、とは彼らに対する強い侮蔑である。以来、行けば白い目で見られるそうだ。

（あぁ、頭が痛い）

次期領主に留守を任せるだけで、この騒ぎだ。先が思いやられる。

「頼むわね。私が戻るまで、なんとかもたせて。さ、すぐにも出発してちょうだい。夜には雨が降りそうよ」

エルガーは、すぐに返事をしなかった。

怪訝に思い視線を上げると、のしのしとこちらに近づいてくる。

名を呼ばれ、リーサは思わず椅子から腰を浮かせていた。

後ろにあるのは、バルコニーの手すりだけだ。それでも、距離を取らずにはいられない。

「──リーサ」

「名で呼ばないで。私は、貴方の母親よ」

明るい若草色の瞳が、近づく。

びくっと身体はすくんだが、エルガーは気にせずリーサの手を取って、手の甲に口づけた。近い位置で目が合う、その瞬間が苦手だ。

「王子とよりを戻すのですか？　それで？　王妃にでもなるおつもりで？」

「王妃ですって？　よして、そんな話」

「国王も、彼より上の兄も全員死んだ。今の継承権第一位は彼ではありませんか。貴女もそう思うから、王子と目と目を見交わしあっているのでしょう？」

リーサが彼を見ていたのは、暗殺の恐れがあったからだ。弁解をしようにも、王妃の座を狙っているなどと言い出す相手に、なにを言っても無駄だという諦観に至る。

「エルガー。もうこの話はよしましょう」

手を取り戻そうとしたが、エルガーはそれを許さない。

「甘い言葉に騙されましたか？　共に国を治めようとでも？　リーサ。目を覚ましてください。私と一緒にいつまでも――」

さらに強く引き寄せられそうになった時――

「リンドブロム女公」

廊下から、名を呼ばれた。

そこにいたのは――ウルリクだ。

(見られた)

エルガーの手は離れていたが、きっともう遅い。

羞恥が、血の気の引いていた顔をますます白くする。

「で、殿下――」

取り繕わねば、と思うのに、言葉が出ない。

「そちらは、ご子息か」

まだ心臓が早鐘のように打っていたが、リーサは、

「ご紹介が遅れました。公子の、エルガーです」

と笑顔でエルガーを紹介した。震える唇で。

エルガーは「エルガー・リンドブロムでございます、ウルリク殿下」と挨拶をすると、
逃げるように去っていった。

「――雨が、来なければいいが」

エルガーの階段を下りる足音が消えた頃、ウルリクはそれだけ言って客室へと戻って

いった。用事があったわけではないらしい。

一人になると、どっと身体の力が抜けた。手すりの前で、しゃがみこむ。

(このままじゃいけない。早くエルガーの縁談を進めなくては……)

日が、傾きはじめている。

渡り鳥に自分の寄る辺なさを重ね、寂しさを感じていたのは昔の話。今は、夕の空を横切る彼らがうらやましくさえある。

(あぁ、頭が痛い……)

嵐が、一日も早く去ればいい。そんな願いを裏切るように、雲は空全体に重く広がろうとしていた。


ポツポツと雨が降り出したのは、すっかり日が暮れたあとだ。

(夜明けまでにやむかしら……)

祈るように見守っていたが、あっという間に雨脚は強くなっていく。

どうにも、胸騒ぎがする。兄の刑死を知った日も、父の首が王都にさらされた日も、嵐だった。――カール公が死んだ日も。

エルガーは、北宿に着いただろうか。上手く宥めてくれることを祈るばかりだ。

強まる雨脚をバルコニーに留まって見ていたが、その内、エマが迎えに来た。

「リーサ様、そろそろお休みになりませんと。まぁ、ドレスの裾が濡れていますわ」

「気づかなかったわ。……そうね、もう休まないと」

バルコニーにも、雨が入りこんでいる。

休むのは、客室の警護の兵を増してからだ。書類をしまおうと手を伸ばした時――

視線を、感じた。庭の方から。

（人が……）

雨の中、庭に立つ人がこちらを見上げている。

外套《がいとう》のフードを、目深に被った男だ。得体が知れない。

「エマ。すぐに二階の護衛を増やすよう伝えて」

「は、はい！」

城からもれる灯りが、男の輪郭を浮かび上がらせている。はっきりと目が合った瞬間、フードが下ろされた。顔が見えそうで、見えない。目を凝らしていると――階段を上がる足音が、バタバタと聞こえてくる。

「リーサ様！　オットー様がお戻りになりました！」

姿は見えないが、ヘルマンが叫んでいた。

――オットー・リンドブロム。カールの実弟で、十年前に放逐された人物である。カールの葬儀ののちに知ったが、人身売買に手を染めていたそうだ。その後の消息は知れなかった。

（よりによって、今なの……？）

階段の方に視線をやり、すぐに戻したつもりだが、もう庭に男の姿はなかった。

リーサは階段に向かう。階段の半ばあたりでヘルマンがへばっていた。

「どういうことなの？　オットー様が、どうして……」

「わかりかねます。ですが、ご家族を連れてお戻りになりました。残念なことに赦免状《しゃめんじょう》もお持ちだそうで。さらに残念なことに、本物です」

ゆるやかな螺旋階段を下り、玄関ホールに下りる途中で、足を止めた。

瑠璃色の空間に、十年ぶりに見るオットーがずぶ濡れで立っていた。日に焼けた頬には歪な笑みが浮かんでいる。檜皮色《ひわだいろ》の縮れた長髪から、ポタポタと水がしたたっている。

「おぉ、これはこれはリンドブロム女公。一瞥以来、十年になりますか。すっかりお美しくなられた」

はじめて蒼雪城に降り立った日、最初に会ったのがこの男だった。北方の人にしては、背が高い。横幅も増したので、ひどく大きく見えた。たしかヘルマンと同年代のはずだが、荒んだ暮らしのせいか、肌に張りがない。ずいぶんと年嵩《としかさ》に見えた。

オットーの横にいた、こちらは少しも濡れていない女性が、するりと被っていたフードを下ろす。印象的な目元の美しい顔が露わになり、リーサは静かに息をのんだ。

「はじめてお目にかかります、リンドブロム女公。オットー様の妻の、パメラでございます。こちらは、息子のトマスと申します。七歳になりました」

つい先日、見たばかりの顔だ。

小聖堂の奥庭に続く、小さな扉の前でのことだった。

（オットー様の妻？　この間は使用人だと言っていたのに！）

パメラは、優雅に膝を曲げる。名も変えていないので、別人だとごまかすつもりもないらしい。

後ろにいるのは城の使用人で、眠ってしまった幼い少年を抱えていた。

「お引き取りください。カール公は、貴方様をたしかに追放なさいました」

「なにを言う。女の細腕でできるのはままごと遊びくらいだろう。この危機は乗り切れまいと、矢も楯もたまらず駆けつけたのだ。追放の期限も、すでに切れている。リンドブロム直系の男子が戻ってきたんだぞ？　お前は、感謝すべきだ」

オットーが濡れた手で懐から出してきたのは、ヘルマンの言っていた赦免状なのだろう。

リーサはつかつかと近づき、それを受け取る。たしかに、十年の領内侵入禁止と書かれており、日付は、リーサが城に到着した王暦二七一年九月九日になっていた。

（たしかにカール公の字だわ……偽造したものとも思えない）

十年前のオットー追放にあたり、庇った旗主も多くいたと聞く。あるいは、この赦免状はカールの妥協の産物なのかもしれない。

「お気持ちだけいただきます。人手は足りておりますので」

「虚勢もほどほどにするといい。それとも、あちこちボロが出ているのに、辺境の真珠はお気づきになっていないのか。情けない」

あははは、と磊落《らいらく》に笑うオットーの姿に、うすら寒いものを感じる。

「オットー様。今はお迎えできる部屋がございません。今日のところは、兵舎の貴賓室の方でお休みください」

「濡れネズミになっているというのに、追い出す気か？　おぉ、寒い、寒い！」

庭で雨を浴びていたのは、城に居座るための作戦だったらしい。

忌々しいが断り切れず、部屋を用意させることになってしまった。

意気揚々と、オットーは大きな身体をゆすって階段を上っていく。北以外の土地にいたのか、あの特徴的な赤山猫の毛皮は身にまとっていなかった。

酒のにおいをさせたオットーは、踊り場で足を止め、

「あぁ、そうだった。麗しき義姉殿にお伝えせねば。宿の辺りで騒ぎが起きているぞ」

と他人事のような呑気さで言った。

「騒ぎが？　ご覧になったのですか？」

「見たさ。たまたま通りかかってな。お前が、領を捨てるのではないかと新南宿の連中は怯えている。北宿の連中は、お前が王子をかばって戦がはじまるのではと恐れている。どちらが裏切るの裏切らぬのと、大騒ぎだったぞ。まったく見目がよいだけの謀反人の娘などを領主に据えたのが、兄貴の大きな間違いだ。――あぁ、寒い寒い。風呂にしてくれ」

手の中にあるものが、砂礫となって崩れていくような感覚だ。

オットー夫妻と、子供を抱えた使用人が階段を上がりきるまでの間、リーサはその場を

動くことができなかった。

「ヘルマン。……宿に向かうわ」

「ご冗談を。リーサ様は、少しでも身体を休ませ、明朝の出発に備えてください」

「でも――」

「なりません。ここで浮き足だっては、勝てる戦も勝てませんぞ」

ヘルマンが、兵士に指示を出している。

リーサは、それを見ていることしかできなかった。

エマに促されて寝室には入ったが、こんな状況で眠れるはずもない。

「海の神……月の神。どうか、陸に吹く風が凪ぎますよう」

ダヴィア家の祖は、古き海の民だという。

それらしい痕跡は、日常にあった。祈りの歌や、暮らしに根づいた呪《まじない》の数々。七歳で故郷を離れる時に捨てた神に、その夜ばかりは祈った。この世界で、自分を救うものがあるとすれば、それだけのように思われたのだ。

そして――

翌朝、城の前庭に、戸板に乗せられた軀《むくろ》が運ばれてきた。

リーサは青ざめた顔で、それを見つめている。

「第三門を閉めろ。城塔の扉も閉ざしておけ。決して開けるな！」

ヘルマンが命じると、兵士たちが機敏に動き出す。

残ったのは、リーサの他は、カルロ、ヘルマン、そしてウルリクだけだ。

「一体、どういうことなの？」

軀にかけられた筵《むしろ》が、取り払われる。

その顔は、紙のように白い。服装はチュニックにベストを重ね、幅の広いベルトをしているので王都風だ。年の頃は二十代半ばくらいだろうか。

ヘルマンが沈鬱な面持ちで、報告をはじめた。

「昨夜、両宿の間の水車小屋で、三十人規模の喧嘩沙汰がありました。それ自体は怪我人が多少出た程度で済んだのですが——騒ぎの最中に、この旅人が巻き込まれ、橋から川に落ちたそうで。すぐに助けた、と暴れた連中は言うのですが、ご覧のとおりの有様です。改めて調査はいたしますが、目下の問題は、この旅人が持っていた書筒です」

騒ぎに巻き込まれ、川に落ちただけ——にしては、書筒が血で濡れている。

川に落ちる前の段階で、致命傷を負っていたのではないだろうか。

ヘルマンが、濡れた書筒から丸まった羊皮紙を出す。飛び込んできたのは、ランヴァルドの名だ。トシュテン王より指名を受け、近く王冠を戴くとある。

「ついに、届いたのね」

これは、誓紙だ。ランヴァルドが即位を宣言し、かつ領主らに忠誠を血判で示せという内容である。この誓紙を、領主自らが新王へ捧げよ、と続いている。

他に六枚あるのは、他の北方領主へも、この使者が運ぶ予定だったからだろう。

問題は、末尾の部分だ。

誓紙の汚損、遅延は叛意《はんい》とみなし、一族を悉く《ことごと》殺す。――期限は、九月二十三日。

（あと十日で？　今すぐ蒼雪城を出発しなければ間に合わない。……少なくとも、他の北方の領では早馬を使ったとしても間に合わないわ。今、カール様の十忌祈で領主が集まっていることとなんて、ランヴァルド殿下が把握しているわけがないもの。偶然でしかない）

強制力のある要求は、急げば間に合う日程を提示するのが定石だ。

実行不可能なものであれば、明確に関係を破壊し得る。悪手でしかない。

「ついでに残念なお知らせを加えますが、南の国境でランヴァルド殿下と交戦したオイレフ将軍は、一族全員の首を――幼子に至るまでさらされたそうです。ランヴァルド殿下は、逆らう者を許さないでしょう。そこで提案です。リーサ様は、この書面を見る前に大聖殿にお発ちになった――という体にいたしましょう。不慮の事故で亡くなられた使者殿の件を早馬で王都に伝え、その場で釈明し、時間を稼ぐ。それしかありません」

ヘルマンの提案に、リーサはうなずいた。

「使者殿は、手厚く葬って差し上げましょう。遺髪は早馬の使者に託して。――馬術に優れたウィレム・センナに頼むわ」

ウィレムは、ウルリク暗殺を提案した青年の名だ。馬術に優れているのは事実だが、彼を蒼雪城から遠ざけるのも人選の一因だった。

（それだけで、収まる？　いえ、収まるとは思えない。……道は、限られている）

リーサの道も。そして、ウルリクの道も。

リンドブロム公領の選択は、二つ。ランヴァルドにつくか、ウルリクにつくか。

ウルリクの選択も、二つ。ランヴァルドと戦うか、逃げるか。

「リンドブロム女公。すぐに出立したい。聖剣を、然るべき相手に渡す必要がある。あの男にだけは、奪われるわけにはいかない」

イェスデン王国の正当なる王が持つ、聖剣。

もしランヴァルドが手に入れたとしたら――と考えるだけで恐ろしい。彼の治世は、ウルリクの血をまっさきに求めるだろう。同時に北方七領にも流血を強いるはずだ。

「はい、参りましょう」

いっそ――と思った。

ウルリクが聖剣を手にして王になり、ランヴァルドを排除してくれたなら、すべてが解決する。多少の下心の話をすれば、今後の貿易の主流がベリウダ王国からロザン王国に移る期待もある。旧道はいっそう豊かになるだろう。

いっそ。そう思ったのは、リーサだけではなかった。

仕度にかかるウルリクの背を見ながら、相談役の二人が両側から近づいてきた。

ヘルマンが、

「リーサ様。時間を稼いだところで、あのランヴァルド殿下は領を潰しますよ。城も焼かれます。間違いない。粗相《そそう》をした我らの領を潰して見せしめにするでしょう」

と血走った目で見つめて言った。さらにカルロが、

「このままでは、領は滅びます。我が領ばかりか、北方でどれだけの血が流れるかわかりません。相手はあのランヴァルド殿下です。姫様、いっそこのまま――」

と言ったのに、ヘルマンも「いっそこのまま――」と重ねた。

恐らく、二人の予想は、残念なことに正しいだろう。

ランヴァルドはまだ、国内の領主を従え切れてはいない。だから力で押さえつけようとしている。誓紙は、不安の現れだ。

兄王を殺し、その地位を奪った残虐で猜疑心《さいぎしん》の強い新王か。

王の直系で、山賊殺しの英雄となった悪女の息子か。

後者の方が遥かにまともだと多くの人は気づくはずだ。

さらに波濤の聖剣が加われば、評価は揺らがなくなるだろう。

「そうよ。聖剣が手に入ったら、北方だけでなく、他の領から援助だって受けられるわ。うちの領だけが倉庫を空にしなくても済む。でも……待って。殿下は王位を望んでいるようには見えないわ」

二人の相談役は、揃って首を横に振った。

「リーサ様。ここは腕の見せ所ですよ。辺境じゃ使い道のない、その素晴らしい美貌を活かす時です！」

「姫様。ここは情に訴えましょう。ウルリク殿下はお優しい方ですから！」

彼らは、ウルリクを王位に導け――と言っている。

「……私が？」

元婚約者の、自分が。

王位に執着のなさそうなウルリクを、王位に。

（無茶よ！）

だが、領の運命を背負っているのは、自分に他ならない。

「頼みますよ、リーサ様。留守はお任せを」

「参りましょう、姫様。大丈夫です、姫様ならやれますよ」

かくして相談役の励ましを聞きつつ、リーサ・リンドブロムは大聖殿へと旅立った。

――元婚約者を王位に就ける。

そんな降って湧いたような使命を背負って。

第二幕　波濤の聖剣

灼岩の狼、という異名に、ウルリクの容姿を示す要素はない。

しかし、落ち着いた金色の髪や、太陽のような黄玉の瞳、そして身に着けた母方の紋章色である臙脂のマントには、異名に相応しい趣があった。

(昔はあんなに小さくて愛らしかったのに……すっかり変わってしまったわ)

幼い頃の一歳の差は大きいもので、リーサは彼を守るべき弟のように思っていた。

ところが、今、そこにいる馬上のウルリクは、戦の神を思わせる堂々とした姿になっている。十年の月日の、なんと長いことか。自分の姿も十年で変化はしたが、身長の伸びはせいぜい拳一つ程度。比べてあちらは、肘から手の先ほどは伸びているはずだ。

馬車の窓を細く開いて、リーサは小さなため息をついた。

──馬車は、孤鹿砦《ころくさい》へと向かっている。

大聖殿があるのは、リンドブロム公領の中央部だ。要するに森の中である。

どれだけ急いでも、片道に二日半はかかる長い旅路だ。

(蒼雪城に戻るまでに、なんとかウルリクを説得しなくちゃ……まずは、会話の機会を作るところからよね)

ふと目が合った──気がした。慌てたリーサは、ぱたりと馬車の窓を閉じる。

鼓動が速い。目が合っただけでこの騒ぎならば、王座を勧める前に命が尽きてしまいそうだ。

深呼吸をしている内に馬車が止まり「女公、馬を休ませます」と外から声がかかった。

車輪の音が小さくなると、入れ替わりに川の音が聞こえてきた。

カールの葬儀の翌日に大聖殿へ向かった時も、この川端で休憩を取った。川面がキラキラと輝き、幼いエルガーがはしゃいでいたのを懐かしく思い出す。あの頃は、笑顔をはじめて見られたのが、嬉しくてならなかったものだ。

「リーサ様、あちらの木陰でお休みください。少々陽射しが強いですから」

「本当ね。よく晴れたわ」

エマに促され、川端の木陰の岩に腰を下ろす。

昨夜の雨が山を洗い、木々の葉は鮮やかに輝いている。川面の弾く日は強く、リーサは目を細めて、美しい風景を見ていた。

目はいつしか、いくつもある臙脂のマントから、その一人を探している。

背が高く姿のいい彼は、どこにいても目立つ。ウルリクは馬に水を飲ませていて、ふと――その太陽の色の目がこちらを見た。

「……ッ」

とっさに、リーサは目をそらす。不躾に見過ぎただろうか。

(いやだ、私ったら。これじゃあ、ウルリクに未練があるみたいじゃない。暗殺されないように見張っているだけなのに！）

　彼の安全を領のために守るはずが、まるきり恋する乙女だ。頰まで熱い。

　一歩間違えば、斬首の上に城まで焼かれかねない状況で、あたふたする心が疎ましい。

こんな態度では、ますます恋で道を誤る女と侮られるだろう。

　ぐっと唇を引き結んで顔を上げたところ、駆けてくる一騎が見えた。カルロだ。宿の様子を見てから合流することになっていたが、思いがけず早い。

「カルロ。急がせたわね。どうだった？」

「騒ぎのあとは、どちらの宿も落ち着いております。さすがに、リーサ様の首がかかっているとなれば、冷静にならざるを得なかったようです。ランヴァルド殿下の恐ろしさは、我らもよく知っていますから。……オットー様は、ご家族と一緒にまだお休みのようでした。一体なにをしに来たやら。リンドブロム家に、人買いの居場所などないと、なぜわからぬのか」

「エルガーの様子は？　どうだった？」

　カルロは、兵士に馬を預ける間、難しい顔で言葉を選んでから「酒は抜けたようでした」と言った。

　北宿の様子を見に行ったエルガーは、まっすぐ酒場に向かい、酒を飲み、朝まで寝ていたらしい。

　誓紙の使者の死については、謎が残る。役割の重要度からいって単身での移動は考えにくく、日程もあまりに現実離れしていたところから、到着以前に問題が起きた可能性も考えられる。エルガーに使者の死が防ぎ得た、とまでは思わないが、せめて若者たちの仲裁くらいはしてもらいたかった。リーサは、失望を顔に出さぬよう努める。

「こちらは進展なしよ。彼と会話もできていないの。なんとか、話だけでも——」

ちらりとウルリクのいた方を見れば、こちらに赤毛のレンが近づいてくるのが見えた。気さくに「カルロ殿、お戻りですか」と声をかけてから、「リンドブロム女公」と挨拶をする。

「琥珀宮でリンドブロム女公をお見かけしたことがございます。たしか、陛下の末の妹君が婚約された年の、即位周年式典の折であったかと。東方の真珠の美しさに見惚れたのが、まるで昨日のことのようです。お変わりありませんね」

ニコニコと愛想のいい青年だ。容貌も爽やかで若々しいが、彼が本当にレン・スティラならば三十代半ばほどのはずである。同年代のヘルマンと比べれば、十歳は若く見える。

「昔の話ですわ。懐かしいですわ。九周年の時ではなかったかしら」

あの式典の記憶は、他の年とは色彩が違っている。

——ほぅ、美しい。黒髪は好かんが、この色であれば愛でられる。

——どうだ。私の妻にならんか？

——ままごと遊びは、もう終わりだ。

ねばつくような視線を向けられ、無遠慮な手に触れられ、悲鳴を上げて逃げ出した。恐怖の記憶が一瞬浮かんだが、リーサはありったけの理性で笑顔を保った。

「そんなに前になりますか。いや、変わらぬばかりか、ますますお美しくなられた」

「私も、スティラ家の公子の噂はかねがね。山のような大男かと思っておりましたら、お優しいお姿なので驚きました」

穏やかに笑いかければ、嬉しそうにレンは目を細めた。

「あはは。どうにも、若造に間違われるのが悩みです。――それはそうと……この度の女公のご判断に感謝いたします。難しいご決断だったかと。しかし、後悔はさせません。ランヴァルド殿下は王の器にあらず――と考える者も多い。いっそウルリク殿下が王位を求めてくだされば――っと、これは失言。殿下に叱られてしまいます。では、失礼」

レンは会釈をして、川の方へと戻っていった。

「……王位に就くべき、なんて、とうに言われているわよね。武功がなかったとしても、継承権の順でいったら当然だもの。それでも、そのつもりがないっていうことは、よほどのことよ」

「しかし、他ならぬ姫様からの頼みならば、心を動かす可能性もあります。ウルリク殿下は、絶対にリーサ様を見殺しになさる方ではありませんよ」

リーサの目は、またウルリクの方へと吸い寄せられていた。

けれど、またあちらからの視線を感じ、すぐにそらす。

（彼は、自ら王位を求めるような人じゃない）

トシュテン王は、カタリナの息子を王領から出し、王位から遠ざけた。悪女の息子、と人が罵る声とて聞こえたはずだ。リーサの耳に、謀反人の子、という言葉が度々聞こえていたように。

「酷な願いだわ」

ぽつりと呟きはしたが、強くは言えなかった。個人的な情を横に置けば、ウルリクが立ち、かつ勝つのが最善なのだ。

ふぅ、とため息をつく。胸が痛い。いっそ、彼の事情をなにも知らない他人であればよかったのに。

空しい願いを抱きつつ、リーサは馬車へと戻った。

孤鹿砦に入ったのは、風に寒さを感じはじめる夕暮れ時だった。

昨夜の雨で不安はあったが、初日にこの砦まで着けば御の字だ。孤鹿砦は、山の麓に近い小砦で、蒼雪城に輪をかけて殺風景な建物である。旧道を避けた場合、他国から侵入する道は他になく、軍事上の重要な拠点だ。譜代の旗主ストゥータ家が守っており、常時八十人の守備兵が配されている。

多少の問題が起きたのは、砦の一角に到着した時だった。

砦には、貴賓室がある。他と比べて多少寝台が大きいのも然ることながら、警備がしやすく、脱出も容易い。一行で最も地位の高い者が使うべき部屋で、今回で言えばウルリクが該当する。なにせ王子だ。しかし、ここで問題が起きた。

「どうぞ、殿下がお使いください」

「いや、女公が使われよ」

リーサはウルリクに貴賓室を勧めたが、ウルリクはリーサこそ部屋を使うべきだ、と言い出したのだ。

（命を狙われているんだから、警備のしやすい部屋にいてほしいのに！）

連日の疲れも溜まっており、彼を貴賓室に入れさえすれば、安心して眠れるだろうという期待もあった。引き下がれない。

二人は、貴賓室の前で向かい合ったままになっていた。

「殿下を差し置いて、私が貴賓室を使うわけには参りません」

「望まぬ旅に連れ出している。せめてもの気持ちだ」

ウルリクは、なかなか退かない。

どうぞ、と手で示すが、同じ動作を返された。

にこりと笑みを浮かべたまま繰り返すと、やはり同じように繰り返された。

「私は、あちらの部屋が――き、気に入りました。なんと言われましても、そちらを使いたいのです」

ウルリクの横を通り抜けて奥に向おうとするのを、サッと腕で遮られる。

「俺も、あちらの部屋が気に入った」

「殿下。私は、貴方様が――」

殺されないかと案じているのです、とは言えない。言ってしまえば、目論みを持った者への処罰が必要になる。彼らも領を思っての迷走だ。事を穏便に済ませたい。

迷っている間に、

「疲れているので、失礼する」

ウルリクは、貴賓室から離れた部屋にさっさと入ってしまった。

取り残されたリーサは、渋々貴賓室に入ることになる。

（なんて頑固な人なの！）

リーサは薄い唇を引き結んだまま、十年前と同じ、殺風景な部屋のベッドに腰を下ろす。

「あの噂……本当なのかもしれませんわね！」

一部始終を見ていたエマが、面長の顔をほんのりと染めて囁いた。

「あの噂？」

「ウルリク殿下が今も独り身でいらっしゃるのは、リーサ様を一途に思っておられるからだとか」

目を輝かせてエマが言うのに、苦笑せざるを得ない。

噂自体は、耳にしたことがある。――灼岩の狼は、辺境の真珠をいまだに思っているらしい、と。ありがたくない呼び名も、内容も、好ましくないと思ったものだ。

「よして。彼には彼の事情があるのよ。もし思い人がいるとしたら、私以外のどなたかだわ」

「でも、殿下のご様子を見ていますと、本当なのではと思えて参りますわ。熱い視線をお送りになって！　見ている私まで照れてしまいます。貴賓室も譲ってくださいましたし」

ぎょっとして、リーサは目を真ん丸に見開いた。

ウルリクがリーサを見ているのは、ウィレムの囁きを聞いたがための警戒だ。未練などでは、決してない。違う。

「ご、誤解よ。考えすぎだわ！」

エマはまだ話したがっていたが、早く夕食にしたいの、と理由をつけて部屋から出し、リーサはごろりと寝台に横になった。

どうしようもなく、頬が熱い。思われているのでは、と思っただけで。

(浮かれてる場合じゃないわ。明日こそは、ウルリクと話をしなくちゃ)

ウルリクがランヴァルドに対抗するには、今いる北方の援助は必須だ。

北方七領にしてみれば、誓紙を持った使者が死んだ時点で、ランヴァルドと組む道は消えている。ウルリクを助け、見返りを得るのが彼らにとって最善の選択だろう。

手を組むのは、雨が海に流れ着くほど自然の流れだ。

王になる、皆の力を借りたい、とウルリクが言えば済む。

ただ、一言でいい。けれどそれは、恐らく彼の心に添わない決断になる。

彼の心を、傷つけたくはない。

ベッドの上で身体は休めながらも、心は一向に休まらなかった。

静かな夜が、やってきた。

リーサは、ベッドを扉の近くに移動してから眠ることにした。

外の物音が聞こえる位置にいたいと思ったからだ。厳重な警備を頼んではいるものの、不安は尽きない。うとうとと、浅い眠りと、軽い覚醒を繰り返していると——

ひそひそと、廊下から声がするのに気づいた。

物音を立てないよう、扉ののぞき穴から外を見る。

人の姿までは見えないが、廊下の灯りの陰だけは見えた。声の種類は、二つ。

「リーサ様……？」

長椅子に寝ていたエマが、身体を起こす。

静かに、とリーサは手ぶりで示した。

あらかじめ決めていた段取りを、頭の中で反芻する。まず、細く扉を開けて、外の様子を見る。しかるのち、矢笛を吹く。矢笛は、森深い北方で暮らす者が外出の際に携帯するもので、音が矢の如く遠くまで届くため名がついた。

（刺客《しかく》じゃありませんように……！）

首からさげていた矢笛をはずして握りしめながら、扉に手をかける。

緊張で、心臓が口から飛び出しそうだ。

扉に顔を押しつけ、わずかな隙間から目をこらしていると――

「……ッ！」

目の前が、ぬっと暗くなった。

音もなく、外にいた者が扉に手をかけたのだ。

矢筥は手からこぼれ、床で跳ねる。

勢いよく扉が開かれて、リーサは身体のバランスを崩した。

倒れる――と思ったが、気づけば、人の腕に抱き留められている。

「……リーサ？」

その太い、しっかりとした腕の持ち主が、リーサの名を呼ぶ。体勢を変えて見上げれば、見覚えのある顔があった。

「ウルリク……？」

ウルリクはリーサを抱えており、リーサも彼にしがみつくような格好で、目と目を合わせた状態になっている。

「どうして――」

そうウルリクは尋ねたが、どうしても、こうしてもない。貴賓室を使うように言ったのは、彼自身だ。

「どうして――」

だが、こちらも動揺している。同じ問いを口にしてしまっていた。

情報の整理が済んだ途端、パッと弾かれたように互いの身体を離す。

「失礼した、女公。不審な者が、貴女の部屋に入ったものかと思った」

「こちらこそ……失礼いたしました、殿下。廊下で不審な声が聞こえたもので……」

では、と顔を見ないまま一礼して、貴賓室に戻った。

扉を閉め、呆然と立ち尽くす。

顔が、ひどく熱い。

(なに、今の……名前を、呼んだ?)

たしかに、ウルリクはリーサの名を呼んだ。

そして、自分も。

まるでかつて二人がそうしていたように。

とっさのことだった。名を、呼ばれたことも、呼んでしまったことも。思い出せば、身悶えするほど恥ずかしい。

「リーサ様。今のは、やはり運命的な――」

「ち、違うから。これは違うの。そういうのじゃないのよ」

キラキラと目を輝かせるエマに否定はしたが、顔は熱いままだ。この程度のことで、これほどまでに慌てふためく自分が、ウルリクの説得などできるのだろうか。

(明日こそは、ちゃんと話す。絶対に……話す!)

ベッドに入っても、興奮の名残は眠りを遠ざける。

浅い眠りは悪夢を細切れに見せ、リーサをますます疲労させたのだった。

翌朝早く、リーサは厩舎に向かった。

ここから先は道が細くなるため、馬車は使えない。

「カナ。私、どうしたらいいのかしら……昔は楽しくおしゃべりができていたのに、どうやって話していたのか、もう全然思い出せないのよ」

馬具の準備をしつつため息をつくのを繰り返していると——残念なことに、動揺の元凶たるウルリクが入ってきた。よりによって今なのかと、苦い顔をしそうになるのをなんとか堪える。

「おはよう、女公。早いのだな」

「おはようございます、殿下」

互いに挨拶をしたあとは、無言になった。

(昨日の謝罪からはじめるべき？　それとも関係ない話題で様子見？　どちらにすべきかしら。自然に話を持っていきたいのだけれど……)

挨拶で精一杯の現状から、未来の話をするまでの道のりは果てしなく遠い。

思い悩む間に、カチャカチャと、馬具の音だけが続く。

「その馬は、女公のものか？」

会話が、ウルリクの方からはじまった。

まさか先ほどの会話を聞かれていたのでは、と小さく慌ててしまう。

「あ、は、はい。左様でございます。鞍をつけた日から、よく仕えてくれています」

互いに顔を見ないまま、会話が続く。

「名は――」

名前、と聞いて、昨日の出来事を思い出さずにはいられなかった。

リーサ――と名を呼んだ、あの声が脳裏に蘇る。

「え――」

慌てたあまり、そちらを見てしまう。しっかりと目が合った。

すぐに目をそむけた。この緊張に、耐え切れない。

「その、馬の、名を尋ねたかった」

「カナでございます、殿下」

「よく懐いている」

なんのことはない会話さえままならない。

とにかくこの場から逃げたくて、一礼して外に出ようとした。

「では、失礼いたします」

「女公」

ぬっと腕が背の方から伸びてきて、カナの手綱を止めた。

「あ……」

ウルリクの顔が、睫毛の影が見えるほど近づいた。

人の好意とは、どこでどのように決まるのか、と頭の隅で思った。はじめて会った時好ましいと思った彼の姿とはずいぶん違っているのに、向ける感情は変わってはいない。胸が高鳴り過ぎて、呼吸さえ覚束ないほどに。

「留め具が、閉まっていない」

その一言で、現実に戻る。

ウルリクに指摘された箇所を見れば、たしかに鞍を固定する留め具が開いたままだ。

「……ご指摘、恐縮です。うっかりしておりました」

こんな基本的な間違いは、はじめてだった。

自分の慌てぶりが、愚かな女という周囲の声を肯定しているかのようで、悔しい。ウルリクと再会してからこちら、リーサは冷静さを欠いてばかりだ。

「リーサ様！　こちらにおいででしたか――あ……おはようございます、ウルリク殿下」

厩舎に駆け込んできたのは、カルロだった。

リーサを見、ウルリクを見、遠慮すべきかと迷う表情を見せたが、すぐに険しい表情に変わった。変事があったと予想がつく。

「カルロ、なにかあったの？」

「先ほど、城より報告がありました。北宿と新南宿双方で、窃盗が相次ぎ、騒ぎが広がっております。酒場や、宿内の店も襲われ、犠牲者も数人出たとのこと」

リーサは一呼吸の間だけ目を閉じ、頭痛に耐えた。

「それは宿同士の確執……ではないわね」

「はい。もはや白城派、黒森派という問題ではなさそうです。旅客とも思えぬよそ者が、多数入りこんだとの報告もあります。引き続き警戒を続けさせましょう」

「人の拐《かどわ》かしには、くれぐれも気をつけるように伝えて。人買いに狙われているわ」

誰一人、なに一つ失わせたくなかった。痛恨の事態に、リーサは肩を落とす。

ウルリクが「報告中にすまない」と断ってから、リーサの横に並んだ。

「灼岩城軍を、宿の治安維持に使ってくれ。蒼雪城で待機しているレピト将軍に言えば、すぐに伝わる」

自領の治安維持に客の手を借りるのに、抵抗はある。だが、やせ我慢がよい結果をもたらさないのは、考えるまでもないことだ。

「恐縮です、殿下。では、そのようにさせていただきます」

「混乱の原因は、我々だ。せめてそのくらいはさせてくれ」

ウルリクは馬を連れ、先に厩舎を出ていった。

（このままでは、嵐が来る前に中から瓦解してしまう）

王族同士の争いは、領の内部分裂を誘う。

巻き込まれ、相争い、気づけばあちこちに骸の山が築かれる。嵐のあとに残るのは、廃墟だけだ。

（早く聖剣を手に入れて城に戻らないと……取り返しのつかないことになる）

焦るリーサを宥めるように、カナが鼻づらをすりつけてくる。

その労わりが、リーサの心を励ました。カルロが「姫様。くれぐれも例の件、お願いいたしますね」と激励するのに「今日の内に、必ず話すわ」と返す。

ひらりとカナに跨ると、リーサは決意も新たに大聖殿への道を進めたのだった。


早朝に砦を出たが、道のぬかるみに阻まれ、目的の村までたどりつくことはできなかった。日暮れ以降は獣を避けるために進めず、小高い丘に天幕を張って休むことになった。

（話せなかった……全然……）

旅程の遅れは深刻ではなかったが、リーサはずんと落ち込んでいる。

「姫様、いかがでしたか？」

報告のために天幕に来たカルロに、力なく首を横に振ってみせるしかなかった。

話しかけよう、とは思っているのだ。

だが、顔を見ただけで胸がいっぱいになって、近づくこともできない。エマにそう言ったところ「恋ですね」と冷静に言われた。そんなことはない。ないはずだ。

「難しいのよ。だって、話題が踏み込み過ぎているじゃない。相当親しくもないと、王になってください、なんて言えないわ。それも、うちの領や北方のためになんて――いいえ、そんなこと言っていられない。これから、天幕を訪ねてみる」

「素晴らしいお覚悟です。応援しております、姫様。殿下は、今もリーサ様を思っておられるともっぱらの噂でございますし——」

「そんなこと口にしないで。事実じゃないわ。殿下に失礼よ」

その思い人がいるとしても、少なくとも自分ではない。

十年、彼からはなんの連絡もなかった。行方知れずだったわけでもない。お互い、住んでいる城も知っていた上での現状なのだ。縁は切れている。

「それでも、殿下は決してリーサ様を無下にはいたしませんよ。今とて、お二人が思い合う様は傍目にもわかります」

「そんなことないわ。……少し、一人にさせて」

カルロと共に、エマも出ていく。

天幕で一人になったリーサは、ベッドに腰かけ頭を抱えた。

この複雑な気持ちなど、きっと誰にもわからない。

琥珀宮を出るまでに、行くなとは一度も言われなかった。最後の挨拶もできなかった。手紙の一つもくれなかった。しかたがない、誰も恨むまい、と思っていても、心の傷はいつまでも残っている。

かといって、恨みがましい気持ちはほんのわずか。

ウルリクへの好意さえ上回るほどの感情は、罪の意識だ。

カタリナ王妃の刑死に、リーサは無関係ではなかったからだ。

そのきっかけとなった出来事は、今も悪夢となって身を苛んでいる。誰にも理解されないのは当然だ。その日のことを伝えたのはただ一人で、伝えた人はすでに世を去っている。以降、誰にも伝えていない。一番近くにいたカルロにさえ。

会わずにいれば考えずに済んだものを、これだけ間近で過ごせば、嫌でも意識せずにはいられない。近づくのが怖い。

（いいえ。私の気持ちなんて、どうだっていい。……迷っている場合じゃないわ）

リーサはパッと立ち上がり、勢いに任せて天幕の戸布を上げて、外に出た。

森が深く夕焼けは見えない。木々の間はほんのりと赤く、空には細い月がかかっている。

（ひとまず、ウルリクの天幕の周りを確認してからにしましょう。刺客がいたら困るもの）

ウルリクのいる天幕の外を、きょろきょろと辺りを見回しながら一周する。

ゆっくりと見て回り、何事もなかったことに小さく安堵した。

ちょうど一周したところで――人にばったりと会う。よりによって、ウルリクだ。

（あ……！）

顔を見た途端、頭が真っ白になった。しかし、天幕の裏から突然現れたという状況が、不審であることだけは理解できた。

「女公、ここでなにを？」

「み、道を間違えました、殿下！」

とっさに無理のある言い訳をして、ぺこりと頭を下げると天幕に逃げ帰った。後悔したのは、ベッドに腰を下ろしてからだ。

（あぁ、また失敗した……！　もう一度、行かなきゃ！）

リーサは決意も新たに立ち上がり、勢いよく戸布を撥《は》ね上げた。

勢い込んで外に出た途端、今度はウルリクが天幕の裏から出てきた。既視感のある構図だ。先ほどと、人の位置が変わっただけである。

ウルリクがなにをしていたのかわからないが、自分の経験から推測すれば、見られたくはなかったはずだ。

リーサは率先して、ごまかす方向に舵を切る。

「殿下……ご、ごきげんよう」

「リンドブロム女公」

こほん、とウルリクが咳払いをする。

「……はい」

「少し、話がしたい。いいだろうか」

思いがけず、会話の機会が巡ってきた。

ありがたい。リーサは、菫色の目を輝かせる。

「はい。もちろんです、殿下」

こちらへ、とうながされ、リーサは天幕の群れから遠ざかっていく。

話したいことも、話さねばならないことも、ある。それなのに、こうして二人になるとすべてが霧散してしまう。

リーサの視線は、下に向いたままだ。ウルリクの膝のあたりをさ迷っている。

膝の向きが変わって、こちらを向いたのがわかった。

「不躾なことを聞くが、婿を取る予定はあるのか？」

「え？　……あ、ありません。まったく」

「進んでいる縁談などは？　十忌祈のあとだ。そうした話もあるだろう」

「あるにはありますが……考えてはおりません」

一体なんの話なのだろう。縁談の打診をするかのようなことを、なぜ彼が言うのか。

リーサの顔から、血の気が引いていく。

（今、そんな話をするの？　こんな時に？）

視線は、胸の辺りにまで移動した。

恐ろしくて、その上は見ることができない。

──思い人が、おられるとか。それが、リーサ様のことだともっぱらの噂です。

（違う）

これは、恋などではない。

こんなものが、愛などであるわけがない。

（補給が必要？　拠点が必要？　北方の協力が必要？　だから私に縁談を持ちかけようと

している の？）

リーサは、ぐっと拳を握りしめた。

「もし、今後、女公の縁談相手の選択肢として——」

「わ、私の夫は、カール公ただお一人です。永遠に、彼への愛を忘れる日はありません。ですから……その……」

カールを愛しているかと言われれば、愛してはいない。愛しようがない。領主としての敬意はあっても、愛ではない。酒場の女に手をつけ、子供を産ませても放置し、自分が死ぬという段になって血だけ利用するような男を、どうして愛せるというのか。

「……リンドブロム女公、そうではなく——」

「殿下のお気持ちは、受け入れられませ——あッ！」

突然のことだった。

いきなりウルリクが馬二頭分ほどの距離を詰め、リーサの腕を引いたのだ。

驚きもし、失望もした。もう、彼は以前のウルリクではない。彼は、こんな時にこんな行動を取るような男ではなかった。

「リーサ！」

「離して……！」

屈強な武人相手では、抵抗など無意味だろう。

それでも、抗わずにはいられない。受け入れれば心が死ぬ。

抱き締められた――かと思った瞬間、ぐい、と身体の位置が入れ替えられていた。

(え？　……どういうこと？)

広すぎる背に遮られ、なにも見えない。

首を傾けて見れば、そこに剣を抜いた男が、三人。

(え……？)

やっと、リーサはウルリクが自分を背に庇ったのだと理解できた。

命の危機が、なんの心の準備もないまま間近に迫っている。

死。死ぬ。殺される。恐怖に身体が凍りついた。

「リーサ！　このまま天幕まで走れ！」

無理だ。足がガクガクと震えて、走るなど不可能である。

ただ、口だけは動く。

そこにいる刺客は、北方の人間だ。背格好や、服装でわかる。

他領からの恨みを買った覚えはない。リンドブロム公領の領民とも思えない。リーサはこの十年で、多くの人の暮らしを豊かにした。金の卵を産むガチョウを殺す者はいないはずだ。

リーサは震える声で、ウルリクの陰から刺客に抗議した。

「は、恥を知りなさい！　このリンドブロム公領で、トシュテン陛下のご子息に刃を向けるなど、言語道断！」

り込む。

「リーサ！　下がっていろ！」

ウルリクに、強い力で後ろに押された。震える足では身体を支えきれず、その場にへたり込む。

そこには、まったく現実感のない光景が広がっていた。

ウルリクが地を蹴り、剣がキラリと松明《たいまつ》の灯りを弾いた――かと思えば、一番近くにいた一人の首が跳ね飛んでいた。

「……ひッ！」

なにが起きたのかを理解する前に、もう一人は剣ごと腕を失っていた。

剣をほんの二振りしただけで、ウルリクは二人の刺客から殺傷能力を奪ったのだ。

「命知らずな賊もいたものだ。灼岩の狼の名は、北方にまでは伝わっていないらしい」

ウルリクの言葉に、背筋が凍る。冷たい月を背負うその姿は、まさしく戦の神のようだ。

恐ろしい。だが、最も恐怖したのは彼を相手にしている刺客たちだったろう。

腕を失った男が、獣じみた悲鳴を上げ、へたりこんだ。

残った一人は、剣を構えたまま「山賊殺し……」と呟いた。

「知った上でかかってくるなら、度胸だけは褒めてやる」

男は悲鳴も上げず、剣をその場に取り落とした。

ウルリクはしゃらんと音を立てて剣を納め、動けなくなった男を拳で殴り、落ちた剣を遠くに放る。

「リーサ、他にも仲間がいるようだ。隠れていろ」

「む、無理です！　腰が抜けました！」

「……カール公への謝罪は、大聖殿でさせてもらう。許せ」

「え？　……きゃあ！」

ウルリクの腕が、リーサの胴をつかむと、ぐいと持ち上げた。

荷のように担がれ、わけがわからないまま運ばれていく。

肩から下ろされたのは、大きな岩の陰だ。自然のものではない。北方の森のあちこちにある古き文化の名残で、人の——あるいは神の顔が彫られている。

「ここに隠れていろ」

「ま、待って！　行かないで！」

リーサは、ウルリクのマントをありったけの力でつかんだ。

このまま放置されては、恐怖を理由に命が尽きてしまう。

パキッと枝の折れる音が、いくつか続いた。

——きっと、賊の仲間だ。

「……！」

ウルリクが、リーサの身体を抱き込む。

「ひ、人が……」

「仲間がいる。……二人、いや、三人だな」

囁き声が、頭の上でした。

一向に呼吸は落ち着かず、この息遣いが刺客に気づかれそうで恐ろしい。

臙脂のマントを握る手は、震えていた。

背にあったウルリクの大きな手が、かすかに動く。ぽん、ぽん、と宥めるように。

リーサが、亡き母親を思って泣くエルガーにしてやったのと同じ動きだ。今の自分はあの寄る辺ない子供と同じように見えるのか、と思うと、少しだけ冷静になれた。

――声が、聞こえてくる。

「先に行った連中はどうした。戻ってこねぇな」

「おい。本当にやるのか？　バレたら縛り首だ。いや、こんなことが知れたら、村を追い出される。恩があるんだ」

低い男の声がする。

こちらも北方の人間のようだ。言葉に訛りがあった。

「しょうがねぇだろ。金貨十枚だぞ。酒をいくらでも飲める」

「いや、駄目だ。やっぱりよそう。あの方を傷つけるなんて、そんな恐ろしいこと……」

「うるせぇな。分け前がいらねぇなら、とっとと帰れ！」

声が、遠ざかっていく。

まだ緊張は解けず、呼吸が整わない。

しばらくして、身体が離れた。そうしてはじめて、体温が馴染むほど触れあっていたことに気づく。

「怪我はないか？」

「だ、大丈夫です。お陰様で。領内でこのような危険な目に遭わせてしまい、申し訳ありません。すぐにも調査し、厳正に処分いたします」

声が、まだ震えている。刃を向けられた恐怖は、簡単には去らない。

「俺のことはいい。こうしたことには慣れている」

「私の責任です。殿下を狙う動きを把握していながら、みすみすと――」

リーサの手を、ウルリクがぎゅっと握った。その時になって、自分の手がぶるぶると震えていたことに気づく。

「リンドブロム女公。落ち着いて聞いてほしい。今の刺客が狙ったのは、俺ではない、貴女だった」

「え――？」

リーサは、間近にあるウルリクの瞳を見つめていた。

浅い夜の闇は、彼の色彩を隠してしまっている。それでも、その色をリーサはよく知っていた。その瞳に、嘘や偽りの影はない。

「刺客は、貴女を狙っていた」

「ま、まさか。狙われていたのは、殿下です」

リーサは、首を横にぶんぶんと振った。

あり得ない。口に入るパンの数が、今より減っても構わないと思う人間が、この世にそうそういるとは思えなかった。

「俺は、武人だ」

だが、そうと言われれば、それ以上の反論はない。刃物を持った者と対峙したのだ。目的くらいはわかるのだろう。しかし、理解はできなかった。

「私を……？　どうして？」

リーサは、あちこちに目をさまよわせながら必死に考えた。

命を狙われる理由が、まったくわからない。ランヴァルド側の調略だったとしても、暗殺という手段は取らないだろう。彼の目的は、見せしめだ。晒し首なり、城に火を放つなり、他領を怯えさせるだけの派手な演出をするはずだ。

「心当たりはないのか？　蒼雪城の中でも、城を出てからも、つけ狙う者が複数人いた」

リーサは「まったく気づきませんでした」と呆然としたまま呟いた。

「心当たりなど……いえ、なくはないですが、殺すほどでは……ないはずです。私はよそ者ですし、追い出すのは簡単でしょう。今、この状況では、私を殺すより、今回の決断の責任を取らせる方が有用かと思います」

「なるほど。よほどの愚か者がさせたということだな。――立てるか？」

「でも、まだ刺客が……」

「部下たちが動いている。もう片はついているだろう」

握られた手にそのままますがり、身体を支えられ、なんとか起き上がる。

人の顔が彫られた柱の陰から、よろよろと出た。

やや離れたところで、人の声がしている。

「あぁ、こちらでしたか、殿下」

さして案じる風もなく、副官のレンが近づいてきた。

「捕らえたか？」

「捕らえましたし、もう吐きましたよ。腕の立つ荒くれでもない、領のはずれに住むごろつきです。女公を――おっと、これはまだ秘密でしたか？」

「構わない。伝えてある」

「狙いはリンドブロム女公で、殺す気はなかったと言っていますが、実際のところはどうかわかりません。金貨十枚で足を折って、動けぬようにしろと頼まれていたそうです。さすがに灼岩の狼がいるとは思っていなかったようで、ぶるぶる震えていましたよ」

レンが朗らかに「せっかくなので、連中の足も折っておきましょうか？」と言うのが恐ろしく、逃れたかに思えた恐怖にまた襲われた。

「レン。女公を、天幕までお連れしてくれ」

「かしこまりました」

レンが近づいてきて、リーサに手を差し出す。

恐怖に由来した緊張は、簡単には解けない。足もガクガクと震えている。

レンがリーサの様子を見て「殿下がお連れした方がよろしいのでは？」と提案したため、ウルリクは「失礼」と断ってから、リーサの身体を抱き上げた。

「……ッ！　あ、歩けます！」

「すまない。急いでいる」

先程は人一人肩に担いで、足元の悪い森の中を走っていた人だ。抱えて歩くくらいは容易いのかもしれない。そうは思うが、やはり平静ではいられなかった。早くこの時間が終わるよう、祈るばかりである。

森を抜けたところで、エマが悲鳴を上げて近づいてきた。

「リーサ様！　お、お怪我は!?」

「刺客に襲われた。刀傷の心配はないが、逃げる時に傷は負っているはずだ。手当を頼む」

リーサのかわりに、ウルリクは過不足のない説明をした。

天幕の前で、ごく丁寧に腕から下ろされる。気恥ずかしさで、視線は膝どころかつま先あたりをさまよっていた。

「ありがとうございました、殿下」

「……こちらの都合だ。報告は、明日まとめてしよう」

臙脂のマントを翻し、ウルリクは森の方へと戻っていく。

エマは涙目になりながら、リーサを天幕の中に入れ、顔についた泥を拭いだした。

「どうしてこのような……！　あぁ、なんてことでしょう！」

「殿下に、助けていただいたわ。大丈夫」

「一体、誰が、そんな……リーサ様を？　そんなことをする愚か者が、この領にいるわけが……だって、どれだけの恩を受けたと思っているのです？　リーサ様がいらしてから、冬に人が死ななくなったんですよ？　枯れ枝のようだった私の母も、今は元気に野良仕事をするようになって……あぁ、信じられません！」

エマは、泣きながらリーサの顔や手を拭き「信じられません！」と繰り返していた。

（まだ信じられない。てっきり、狙われているのはウルリクだと思っていた）

十忌祈の日、ウィレムに耳打ちをされてからの記憶が、一気に蘇ってきた。

――視線を、感じていた。ウルリクがこちらを見ているような気が、していた。

少しだけ、ほんのわずか、期待がなかったと言えば嘘になる。

（あれは、刺客に気づいて警戒してくださっていたんだわ……！）

視線があからさまだったのは、灼岩の狼の名を利用して、刺客を牽制していたのかもしれない。そうとわかれば、すべて説明がつく。

（恥ずかしい……！）

穴があったら入りたい。

お気持ちは受け入れられませんという、あの自分の一言が致命的だった。

悶絶するほど恥ずかしい。なにも考えたくない。記憶を消してしまいたい。

リーサは傷の手当を終えると、疲れを理由にベッドに入った。せめて、眠りによって羞恥から遠ざかりたい。

そして——浅い眠りの波を逃し続けるうちに、夜は明けていた。

当然のように、羞恥はそのままの質量で胸にある。

出発の準備を終えた頃に、カルロが昨夜の件を報告しに来た。

「刺客はリンドブロム公領と、北方の他領から来たごろつきでした。リーサ様の足を折れば金貨十枚、と言われていたそうです。人数は六人。二人が死亡、一名が負傷、他は無傷で捕えていただきましたので、城に身柄を移します。何者からの依頼なのかは、彼らも人を介してのことで把握しておらぬようです。——今回は、ウルリク殿下と、灼岩城軍に救われました。今後は、我が軍の警備もいっそう厚くいたします。誓って、二度とこのような失態は起こさせません」

昨夜の灼岩城軍の動きは見事で、蒼雪城軍が出る幕はなかった。

旧道に人を招くため、治安の維持には力を入れてきた。哨戒《しょうかい》は欠かさず、賊の掃討を徹底している。特に連絡伝達の速さは、かつて東部の中心だった紫暁城より優れているという自負もあった。だが、軍のほとんどを旧道の整備に投入してきた経緯もあり、本来の軍としての練度が足りていないのは明らかだ。

鹿二頭は同時に追えない。わかってはいるが、こうなると悔いが残る。

「軍の課題は、戻ったら一緒に考えていきましょう」

「はい。……では、間もなく出発ですので、ご準備を」

カルロが一礼して天幕から出ていく。

出発の準備はできていたが、外へ出るのに躊躇いがある。ひたすらに、気まずい。

(なんであんなこと言っちゃったのかしら……いくら慌てていたからって、ウルリクが私に求婚なんてするはずがないのに……！)

外へと踏み出す一歩を躊躇っていると、ぬっと大きな影ができた。

「リンドブロム女公」

どきりと心臓が跳ねた。

外から声をかけてきたのは、気まずさの源である。

「お、おはようございます、殿下」

簡単な挨拶をするにも、多大なる気力を要した。この場から、消えてなくなりたい。

「怪我はなかったか？」

ウルリクは戸布を開けようとせず、その場で会話がはじまった。

「……はい、お陰様で。助けていただきありがとうございました」

「昨日の件だが――」

布一枚隔てているのが、幸いだ。羞恥で耳まで真っ赤になる。それでいて胃の腑は凍ったように冷たい。

「お、お忘れください。お恥ずかしい。私の勘違いです」

「いや、貴女を狙う者を探らんと焦るあまり、不躾な質問をしてしまった。謝るのはこちらの方だ。すまない」

強張っていた顔の力が、ふっと抜けた。

（あぁ、そうだった。ウルリクは、優しい人だったわ……とても）

家族の体調が優れぬと聞いては手紙を書き、琥珀宮で飼われていた番犬が老いても殺さぬようにと頼む。そういう人だ。リーサが風邪をひいた時は、毎日看病に来てくれた。時によっては、扉の前に花だけを置いていくような気づかいのできる人だ。

姿は、たしかに変わった。昨夜の、一瞬にして人の首を刎ねた姿に恐怖もした。けれど、彼の芯の部分はきっとなにも変わってはいないのだ。

その安堵がリーサの背を押した。今ならば、聞ける。

「聖剣を得たあと――領からすぐに立ち去るとおっしゃいましたが、その後、どうなさるおつもりですか？」

「セレンスティアに向かう。姉のリンダに聖剣を託すつもりだ」

ラーエナ島の北部五国の中央に、セレンスティア王国はある。ウルリクの言うように最初の王妃が産んだ第一王女・リンダが、王太子に嫁いでいる。しかし、王女の継承順位は、他国との婚姻が理由でウルリクよりも下のはずだ。

その選択は、ウルリクに王になる意思がないことを意味する。

「殿下は、王位を望まれないのですね？」

「望まない。俺も、自分が何者かは知っているつもりだ」

予想と違わぬ答えだが、ここで引き下がるわけにはいかない。

「しかし、聖剣さえあれば風向きも変わります。殿下が王位を望まれたなら、従う者は多いでしょう。北方を足掛かりにして――」

「貴女を巻き込むつもりはない。聖剣を手に入れるまでは力添えを頼むが、それさえ済めばすぐにも出ていく」

カッ、とブーツの音がして、ウルリクがその場を立ち去ったのがわかる。

――では、殿下が去ったあと、私の首がさらされてもいいとおっしゃるの？

――リンドブロム家だけでなく、北方の領主たちが血祭に上げられても構わないと？

胸につかえて出てこなかった言葉がある。言いたくない。窮状を訴え、情けに縋《すが》るような真似もしたくない。しかし――

（ウルリクが去れば、領は存続できない。――言わねば）

覚悟を決めて戸布に手を伸ばしたところ、パッと向こうから開いた。

「ウルリク――！」

申し訳なさそうに「すみません、私です」と入ってきたのは、カルロだ。

リーサは赤くなった顔を押さえ、呼吸を整えてから「どうしたの？」と問うた。

カルロは一度息を大きく吸い込み、大きな口をへの字に曲げる。

報告の内容が、重いものであることは想像がついた。

「たった今、報せが入りました。蒼雪城に、ウルリク殿下追討の命が届いたそうでございます。トシュテン王殺害に加え、王太子殿下以下、王子様方の殺害を、すべてウルリク殿下の仕業と断じる内容で、討伐軍が間もなく王都を発つとのこと。ウルリク殿下の首を差し出さなければ――」

カルロが、言葉に詰まった。口にするのを躊躇うような内容なのは想像に難くない。相手は、あのランヴァルドだ。

「さらし首？　城を焼く？」

「両方です」

いずれ来ると思っていたが、実際に耳にすれば恐怖に身が凍る。

蒼雪城で、ウルリクを殺せ、首を送れ、いや送るな、と喧々囂々《けんけんごうごう》の会議が行われる様が目に浮かぶ。その場には我が物顔で振る舞うオットーもいるだろう。

焦燥が、身を焼くようだ。だが、頭の中だけはかろうじて熱から逃れている。

(脅しに呑まれてはいけない。まだ、ランヴァルド殿下は国を掌握できていないんだわ)

他国の力を借りたランヴァルドの侵攻は性急で、恐怖で支配しているに過ぎない。誓紙がその証だ。

隙は、必ずある。こちらは真の王が持つ聖剣に手の届く場所まで来ている。

「カルロ。ウルリク殿下は、王になる気はないそうよ。セレンスティア王国のリンダ様に、聖剣を渡すおつもりらしいわ」

「そ、それは困ります。そうなったら……我らは十年前のダヴィア家と同じ運命をたどりかねません。なんとしても、殿下には王になっていただかねば！」

ダヴィア家は、ランヴァルドを庇ったがためにトシュテン王に滅ぼされた。

過去をなぞるように事は進んでいる。ランヴァルドが、それを承知の上で繰り返そうとしているのであれば、リンドブロム家も滅ぼされる。さらし首に、焼き討ち。布石は打たれている。リーサも、エルガーも、諸共処刑されるだろう。

ランヴァルドがリーサの兄を見捨てたように、ウルリクもリーサを見捨てる――そんな悲しい終わり方はしたくない。

（今のままじゃ、私の言葉は届かない。もっと近しくなって、こちらの事情を知ってもらう必要があるわ。そうしたら、ウルリクは決して私を見殺しにはしないはずよ）

その時、一つの案が閃いた。

まさに閃きとしか形容のできない、素晴らしい案だ。

「そうよ。……それしかないわ！」

「なにか、妙案が？」

「縁談を持ちかけるのよ、ウルリク殿下に」

ぽかん、と開いたカルロの口が「まさか」と動く。

「ちょ、ちょっとお待ちを。姫様、本気でございますか？」

「もちろん、一時的な、仮の、政治上の方便としてね。殿下を騙すわけではないわ。私の、北方での影響力を利用すれば、援助も集まるでしょう。大丈夫よ。聖剣を手に入れる前に、話を持ちかければ――」

カルロが、手をリーサの肩に置く。

「そうではありません。リーサ様の場合は、白い結婚であったと神官長に申請すれば、十年前に婚姻式と葬儀を執り行った方と同じ人物ですから、簡単に認められるでしょう。大聖殿も間近で、話も早い。ウルリク殿下は、公領を守ってくださるでしょう。北方諸領も安心して援助ができることと思います。この上なく都合がいい。――しかし、姫様のお気持ちはどうなるのです？」

私の気持ちなんてどうでもいいわ――とは言えなかった。

少なくとも、この盟友の前では。

リーサは、カルロの手に自分の手を重ねた。

「想像してみて、カルロ。あの男を、王位から引きずり下ろすのよ。それも、カタリナ王妃の娘と呼ばれた私が、実子のウルリク殿下と。こんな愉快な話はないじゃない。それに……彼と手を組めるのは嬉しいわ」

カルロの表情は、諸手を挙げて賛成している風ではなかった。

しかし「大丈夫よ」とリーサは言った。

半分は嘘で、半分は本当だ。

「本当に、大丈夫ですか？」

リーサは、笑顔で「えぇ」と答える。しかし——カルロが一番心配している、リーサ本人の柔らかな心は、たしかに悲鳴を上げていた。


大聖殿への道は、急峻《きゅうしゅん》で馬の通れぬ道がある。

ここから先で使うのは、嶺山羊《みねやぎ》という名の大型の山羊だ。北にしかいない種で、はじめて見た時はその巨体に仰天したものだ。

カルロが十年の間、なかなか大聖殿に行きたがらなかった理由の一つが、この嶺山羊との相性だ。私邸では犬と猫を飼い、馬もこよなく愛する彼だが、この大きな山羊だけは苦手らしい。今も顔が青ざめている。

ウルリクも、さすがにこの独特な生き物には驚いているらしい。

「この先の崖は、馬では落下の危険が高いのです。安全のためですのでご理解ください」

リーサは、ウルリクとその横にいた護衛の兵士に話しかける。

もう、会話の度に一々動揺などしていられない。なにせ勝負の一日だ。交渉は、聖剣を手に入れるまでの、こちらの価値が高い内に済ませたい。

「なるほど。では、世話になるとしよう」

ウルリクは、ぽん、と嶺山羊の首を軽く叩いて、人の手を借りずに鐙に足をかけた。

先に進みだしたウルリクを「殿下！」と副官のレンが呼び止める。彼は列を離れていたようで、後ろの方から馬で駆けてきた。急ぎの報告だったのだろうが、嶺山羊は馬を嫌うし、馬も嶺山羊を嫌う。どちらも騒ぎ出し、収拾まで時間を要した。

多少の遅れはあったが、一行は太陽が上り切る前に崖を上りはじめた。九十九折《つづらお》りになった崖ぞいの道を、ひたすらに上がっていく。

信じられないような立地だが、そもそもここは三千年前から古き民の聖地であったそうだ。土地を奪って国を建て、不便だ、と評するのも勝手な話である。
二、三度折り返すと、森の木々より視線が高くなった。
十年で乗馬に慣れたお陰で、はじめて上った十年前よりも恐怖心は少ない。振り返れば、カルロは変わらず青い顔をしていた。

(蒼雪城が見える……)

森の海の中に、城が静かに佇んでいる。

内部で混乱が起きているとは、信じられない姿だ。しかし、その混乱は領主たる自分がなんとしても終息させねばならない。

焦燥はあるが、もう浮き足立ってはいなかった。

坂の終わりが見える。抜けるように青い空が、心地よく緊張感を高めるようだ。

ついに崖を上り切り、嶺山羊を休ませるための休憩を取った。茶の準備がはじまる。

(『凍土に種を蒔く』よ。ここで、話をまとめてみせる!)

切り立った崖の上は、真下を見さえしなければ絶景だ。

ウルリクは、森を――あるいは、王都のある南を見つめている。リーサは心中の意気込みを隠し「殿下、どうぞ」と手に持っていた黒茶のカップを渡した。

　礼を言って、ウルリクは受け取る。

　二人はどこまでも続く、海のような森を前に並んで立った。

「あ、あの……」

「リンドブロム女公」

　意を決し発した声が、ウルリクのそれと重なる。

「どうぞ」

「いや、貴女が先に」

　譲り合いをしたあとでは、勢いがつかない。

　しばし黙ってから、また、

「殿下」

「話が……」

　と声が重なった。ままならない。

　また多少の間を置いてから、

「「こん――」」

　と声が揃った。

（こん……？）

　こん、からはじまる言葉が揃う可能性を諸々考え、リーサは恐る恐るウルリクの顔を見た。ウルリクも同じようなことを思っているのか、怪訝そうな顔でこちらを見ている。

美しい男女が見つめ合う場面は、絵画を思わせる。たとえ互いに困惑の色を浮かべていたとしても。

「殿下、お先にどうぞ」

「そちらから――いや、こちらから言うのが筋だな」

ウルリクは足元にあった岩にカップを置いてから、リーサの前に跪いた。

「え、殿下……？」

「貴女を、守らせてほしい。リーサ・リンドブロム。この騒ぎが落ち着くまで、俺の婚約者としてふるまってもらいたいのだ」

ウルリクは、自らリーサに関わる道を選んだ――ということだ。

巻き込みたくない、すぐにも出ていく、と昨日まで言っていた人が。

その決意を覆すようなことが、この短い期間に起きたのだろう。

「状況が……変わったのですね？」

「あぁ。先ほど報せがあった。セレンスティアにいる姉は、イェスデンの王位継承争いへの介入を拒絶した。こうなると、俺が一時的に聖剣の所有者になるしかない。追討令も出たことだ。もはや、俺が立ち去りさえすれば済む問題ではないだろう。貴女を守るためには、あえて巻き込むのが最善と判断した」

跪いたまま、ウルリクは「すまない」と謝った。苦渋の決断であったろうと察せられる。

（ウルリクも、私と同じだったのかしら。私が見栄を張りたくなったように、涼しい顔で通り過ぎたかったのかもしれない……）

巻き込みたくない。しかし守るためには他に道がない。

立場は違えども、互いの置かれた状況には通じ合うものがあるような気がする。

「私も、同じように考えておりました、殿下。こちらからもお願いいたします。我が領が提供できる物資は多くはありませんが、北方諸領もランヴァルド殿下の脅威に立ち向かうための協力者を求めていますので、援助は見込めます。国外でも、ロザン王国と縁がございますので、支援の要請は可能です。婚約は一時的なものとして、ウルリク殿下が王位に就かれるにあたっては――」

「俺は、王位には就かない。生きていれば弟に、死んでいれば他の継承権を持つ王族に譲るつもりだ。王にならずとも、受けた援助に関しては、必ず報いると約束しよう」

勢いで、王になる決意をしてはくれないかと期待したが、それは難しいようだ。

無理強いのできる内容でもない。リーサはいったんウルリクの言葉を受け入れた。

「わかりました。だとしても、ランヴァルド殿下打倒の暁には、私は病を理由に縁談を遠慮させていただきます。かねてからの望みどおり、大聖殿で神官になり、領に留まるつもりです」

「わかった。貴女のカール公への思いは聞いた。貞節は、決して汚さぬと誓う」

ウルリクが、リーサの手に口づけようとした。

「殿下、これは同盟です。どうぞお立ちになって。この場は握手こそ相応しいかと」

「たしかにそうだな。これは同盟だ」

ウルリクは手を持ったまま立ち上がり、しっかりと握手をし合った。

手が離れる時には、互いの頬に笑みが浮かんでいる。

こんな風に、ウルリクと手を携える未来など、ほんの少し前までは考えられなかった。

それなのに、今はとても自然なことのように思えてならない。

「よろしくお願いします、殿下」

「よろしく頼む。……リーサ、と呼んでも構わないだろうか。できれば、貴女も」

「その方が、それらしく見えますね。では、ウルリク、と呼ばせていただきます」

ウルリクが、くしゃりと相好を崩す。目尻にシワを寄せる笑い方は、子供の頃と変わらない。

「リーサ」

笑顔で名を呼ばれると、きゅっと胸が切なくなった。

今だけの、一時的な、仮初の縁。

必要なのは、信頼に基づく協力関係で、愛情ではない。

——大丈夫ですか？

カルロの声が、頭の中で聞こえてくる。

（大丈夫なわけないじゃない！）

彼が、好きだ。

これまでも、ずっと。はじめての恋。唯一の恋だ。

リーサの心の中には、いつもウルリクがいた。カールとの結婚を決めた時に、思った。

これで私の心は守られる、と。喪服を鎧にしているのも、エルガーに座を譲ったあとは大聖殿に入りたいと願ってきたのも、動機は同じだ。ただ、この恋を抱いたまま、墓に入りたかった。

「ウルリク」

名を呼べば、いっそう胸は締めつけられる。

十年の別離より、形ばかりの婚約の方がよほど遠く感じられるのはなぜだろう。

頰は熱くなっているのに、心は少しずつ冷えていく。

「ご婚約おめでとうございます！　大聖殿も目の前でございますし、話が早い！」

手を取り合う二人の姿で、副官たちは交渉の成立を知ったようだ。

レンがパチパチと拍手し、周りにいた兵士たちも拍手をしだす。

「おめでとうございます、姫様！」

カルロは、涙目で祝辞を述べていた。複雑な感情は見て取れる。それでも、この場は祝うと決めたのだろう、誰より激しく手を叩いていた。

目と目を見かわすのに、もう過剰な緊張は必要ない。

かくして元婚約者の二人は、多くの拍手に包まれながら、作戦上の婚約という同盟を成立させたのであった。

同盟が成って早々に、二人は副官を交えて情報の共有を急いだ。

崖上の山は木々が少なく、ゴツゴツとした岩場が多い。各々が嶺山羊の上で近づいたり離れたりしながら岩の坂を上っていく。

「聖剣が手に入ることを前提としますが、蒼雪城に戻り次第、聖剣を手に入れた旨と婚約を全国に発表いたします。その後は、北方諸領の協力を仰ぎましょう。リーサ様には、ロザン王国への婚約の報告と、援助の要請をお願いできますと幸いです」

「わかりました。戻り次第、すぐにかかります」

リーサが承諾するのに重ねるようにカルロが、

「我が領と、ロザン王国の縁は深いのです。馬の取引にはじまり、縁だ――」

と誇らしげに言い、途中で止めた。

「えん……なんですか？」

レンが問うのに、カルロは慌てて、

「え――え、燕麦《えんばく》の取引もあったのです」

と目を泳がせながら答えていた。リーサも、

「そう、燕麦。燕麦です。ロザン王国とは、ワインの他に、穀物の取引もありました」

その流れに乗って全力で話をそらした。

——縁談が、あったのだ。

ロザン王国の第二王子に、求婚された。実に三度も。

（そんな話、ウルリクにだけは知られたくない！）

なんとかレンは納得してくれたようだ。会話は元の軌道に戻った。

「それは心強い。対外的には、簒奪者《さんだつしゃ》から王位を奪い返し、聖剣を持った真の王として即位する、と言いたいところですが、ここは父王の敵討ち、という表現に留めましょう」

レンは、ちらりとウルリクを見ていたが、ウルリクの方は嶺山羊に揺られつつ涼しい顔をしているので、王になれ、ならぬ、というやり取りには慣れているのかもしれない。

先ほどの失言を忘れたように、カルロは深くうなずいた。

「それでも十分に、北方所領は救われるでしょう。先日の誓紙の件がありますので、反対する者もいない——いや、そうとも言えませんね。造反者も出るでしょう。リーサ様不在の間に、どんな話し合いがなされていることか。恥をさらすようですが、放逐されていたカール公の弟君が、突然お帰りになりまして。問題の多い方なのです。リーサ様が刺客に狙われたのも、無関係とは思えません」

ウルリクが「その件だが……」と言い淀み、かわりにレンが話題を継いだ。

「我ら灼岩城軍の山賊退治は、ご存じのことと思いますが——」

「はい、それはもう。よく存じております。特に炎の谷での、極悪非道な青熊との戦いが好きですね！」

灼岩の狼の山賊退治は、吟遊詩人の歌にもなっていて有名だ。領内の宿の酒場でも、しばしば耳に入る。

「山賊と言いましても、荒くれどもが酒をくらって、洞穴で気ままに暮らしているわけではありません。領の管理下から外れた僻地暮らしではありますが、一部の稼業が強盗だっただけの集団です。村には、やせた土地ながら畑もあれば牧もあり、パン屋もあれば、乾物屋もありました。自治による秩序も保たれていたのです」

「なるほど……私などは、荒くれの巣窟だとばかり思っておりました。お恥ずかしい」

「いえいえ。彼らもそう思われることで、自身を大きく見せようとしていた節もありますから。その山賊よりも厄介で悪質なのは、山賊を食い物にする連中です」

「……とおっしゃいますと？」

レンとカルロは、会って間もないはずだが、息の合った掛け合いをしている。

「我らが介入する直前の山賊――我々も、彼ら自身も、山の民、という呼称を使っていました。彼らはその頃、お偉いさんの密輸の代行を生業《なりわい》にしておりまして、生活に必要なものを、旅人から奪うような悪さはしていなかったんです。変な話ですが、ただの盗賊業からは遠ざかっていたと言いますか。ただ、住まいは荒れた僻地ですから、暮らしに必要な、小麦だの野菜だの、薬、茶、桶、服、帽子といったものが以前より手に入りにくくなっていたわけです。そうしたものを売買する小悪党がいましてね。足元を見て高値でふっかけるんです。その裏で、人買いも横行してました。――北の赤山猫っていうのが、また性質の悪い男でして。犠牲者は二百人を超えるだろうと言われていました」

「北の……赤山猫？」

カルロとリーサは、目を見合わせた。

人買い、赤山猫、そして北。

十年前、二人は蒼雪城でオットーを見ている。あの赤山猫の皮はとても印象的だった。

「我らは、山賊狩りはしていません」

「え……？」

カルロだけでなく、リーサも、同じように驚きを声に出していた。

山賊狩りが山賊狩りをしていない、とは、思いもよらぬ告白だ。

「山賊が消えたのは、我らが山の民を保護し、領民として迎え入れたからです。相手にしていたのは、山の民を食い物にする悪徳商人の方でした。もちろん、国の中枢にいる大物との取引を担うような連中ですから、相手にするのは大変でしたよ。赤山猫にはさんざん手こずらされましたが、丁々発止《ちょうちょうはっし》の末になんとか捕らえることに成功したんです」

一瞬落胆していたカルロだが、そうと聞いて目を輝かせた。

「本当に、青熊との戦いのようなことがあったのですね……！」

山賊・青熊と、ウルリクをなぞった剣士・紅狼が戦う物語は、吟遊詩人の歌の中でも人気が高い。取り分け新南宿では、人買いへの憎悪がそうさせるのか、毎日のように歌われてきた。カルロも好んでいれば、リーサも気まずさを忘れて好んでいる。

「その青熊の胸の悪くなるような逸話は、ほぼ赤山猫のものです」

「あの、極悪非道な青熊が……！」

カルロが絶句している。リーサも、驚きで声が出ない。

まさか、あの放逐されて戻ってきた男が、吟遊詩人が語るほどの大悪人になっているとは想像もしていなかった。

「捕らえたはいいが、領軍への引き渡し直後に逃げられてしまったんです。二年ほど前になりますか。だが、アイツの顔を忘れた日はない。どれだけの山の民が、あの男に人生を奪われたことか。……その赤山猫を、部下が見かけたと言うんです。この領の宿で。驚きましたよ。懲りもせず、また人買いで荒稼ぎする気だと思いましたから。ところが……もっと驚いたことに、そいつを領主様の弟君だと言う町民がいるんです」

岩を避ける嶺山羊の動きで、先ほどより近い位置にいたカルロとリーサは、顔を見合わせ、うなずきあった。

「それは、オットー様に間違いないかと思います」

オットーの人相には個性があり、別人と間違うとは思えなかった。なにより、人買いという恐るべき罪を負う者が、そうそう多くいるはずもないだろう。

ウルリクは、

「人買いが、領主になる道はない。逃げ帰って余生を過ごすにしては、目立ち過ぎだ」

と言い、レンが続きを引き取る。

「我々は、琥珀宮からの誓紙の使者殺害に、赤山猫が一枚嚙んでいるものと思っています。宿での騒ぎを隠れ蓑にして、自分が殺した使者を発見させる。一定期間の拘束のあとで日程はギリギリ。混乱こそ赤山猫の狙うところでしょう。ヤツは集団に入りこみ、混乱を起こして、集団のリーダーの信頼を揺らがすのが得意なんです。そこにつけこみ、自分の利を貪る。ただ、殿下がおっしゃるように、赤山猫が領主になるのは不可能なはずですが……ヤツの目的に、心当たりはございますか？」

「オットー様は、妻子を連れておいでした」

カルロが言うのに、リーサが「パメラという奥方と、トマスという七歳のご子息です」と補足した。

「はぁ、なるほど。赤山猫は、まだ罪に染まっていない息子を領主に据え、領主の父親として安住の地を得ようとしているわけですか。ありそうな話だ」

リーサは揺れる手綱を握る手に、きゅっと力をこめた。

今もオットーが、こちらの留守を狙って堂々と余所者の女公の頼りなさを吹聴しているかと思えば、胃の腑が焼けるように痛む。

（あぁ、早く帰らなければ。人買いの好きなようになんてさせるものですか！）

リーサは、嶺山羊がちょうど近づいたところでウルリクに話しかけた。

「残念なことに、オットー様には支持者も多いのです。リンドブロム家の直系の男子ですから。カール公は、オットー様を処刑されるつもりでいながら、追放することしかできませんでした。ただ、いくら味方がいるといっても、あまりに堂々としているのが解せません。恩赦の約束でももらっているのではないかと……」

　リーサが推測を述べると、ウルリクは、

「ランヴァルドだろうな。今のヤツになら可能だ」

　と感情に乏しい声で言った。

　嶺山羊の向きが変わって、ウルリクとの位置がさらに近くなる。

「はい。私もそれを懸念しております。夫の十忌祈の前後に、ここまで事が重なるとはなんという不運かと思っていましたが、そうではないのかもしれません。オットー様は赦免状が効力を発揮する、十忌祈の日付を把握していました。北方領主が、蒼雪城に集まることもわかっていたのでしょう。トシュテン陛下も、先王陛下の二十忌祈をランヴァルド殿下に狙われています。偶然ではなく狙いすました機のように思われます」

　共に狙われた、先王の命日とカールの命日が近いのは、偶然ではない。カールは、先王の二十祈忌を大聖殿で過ごすべく、荒天の中を強行軍して、病を発した。その経緯も、オットーは記憶していたのかもしれない。

「だとすれば、周到だな」

　また向きが変わり、今度はウルリクの声が少し遠くなった。

「ただ、その周到さが気にかかります。聖剣の件を、ランヴァルド様はご存じなのでしょうか？」

「それはあり得ない。王太子さえ知らぬ内容のはずだ。俺も、陛下からの密命を受けるまで知らなかった」

「聖剣以外を理由に、それほど周到な罠を、この辺境の領にめぐらす意味がわからないのです。価値のあるものなど、あれば嬉しいですが、まったくありません」

王領からも遠く、貧しい領だ。リーサには、このリンドブロム公領の攻略に手間をかける意味が理解できずにいる。そこにレンが、

「価値あるもの……というと、比類なき美貌の未亡人くらいでしょうか」

と言い出した。

ぐっと息が、つまる。

なにか言わねば、と思ったが、声にならない。

「レン」

ウルリクが窘めると、レンは「失礼しました」と素直に謝罪した。

（いけない。こんなことで動揺しては……）

そのうち「見えました」とカルロが言う。

指で示す方を見れば、十年前に見たきりの石の屋根が見えてきた。

「姫様、大丈夫ですか？」

よほどひどい顔をしていたのか、自分も青い顔をしたカルロに声をかけられる。

「えぇ、大丈夫。カルロこそ、あと少しだから頑張って」

リーサは、弱々しく微笑んだ。——レンの言葉が、頭にこびりついて離れない。

大聖殿まで距離はあったが、一行は嶺山羊から下りた。ここから先は、ひたすら続く長い階段を歩いて上っていく。

古き時代の建築物ながら、補修を繰り返して今も祈りの場として用いられる場所だ。

人が十人横に並べるほど広い階段には、塵一つない。大聖殿には神官は百人近く住んでおり、彼らは神殿を美しく保つことで信仰を示しているそうだ。

大聖殿の石の柱には、すべて人や獣の顔が彫られている。かつては彩色されていた名残があったと聞く。古き時代の建築技術は継承されていないので、二度と同じものは造れないそうだ。

「リーサ」

階段の半ばで、やや後ろにいたウルリクに呼ばれた。

レンの言葉がもたらした衝撃で、頭が上手く働かない。

「はい。——え？」

やや遅れて足を止めようとするよりも、ウルリクが距離を詰める方が速かった。

視界いっぱいに臙脂色が広がる。

（……！）

金属の音と、人の叫ぶ声が、耳に届いた。

抱えこまれていたせいで、視界がきかない。けれど、また刺客に襲われかけたのだと理解することはできた。悲鳴を上げそうになるのを、必死にこらえる。

「殺すな。聖域だ。――リーサ、振り向かずそのまま進んでくれ」

刺客が襲いかかり、灼岩城軍の兵士が捕らえたのだろう。

リーサに見せまいとしている以上、多少の流血はあったのかもしれない。

「ぶ、無事ですか？　怪我人は……？」

「先手を打って、軍に紛れ込んだ刺客を捕らえただけだ。被害はない」

また、彼に助けられてしまった。安堵と同時に、情けなさも湧く。リーサは刺客が身近にいたことにさえ、まったく気づいていなかった。

「また、私を狙った刺客でしょうか……？」

「いや、今のは俺を狙っていた」

命を狙われていたというのに、ウルリクは冷静だ。

昨夜、躊躇いなく刺客の首を刎ねる様には仰天したが、彼が十年身を置いた場所は、それほどまでに過酷だったのだろう。

ウルリクが「そのまま、振り向かずに階段を上ってくれ」と言うのに、リーサは従った。

パタパタと足音が聞こえ、大聖殿から聖装束の人が出てくる。

「ようこそ、おいでくださいました。ウルリク殿下、リーサ様」

階段の上で一行を出迎えたのは、小太りの神官長だった。

リーサは驚いて、目をぱちくりとさせてしまう。

「神官長……もう戻っていたの？　早いのね」

「聖剣のこともございましたので、いち早く戻っておりました」

リンドブロム公領の深い森の道は、夜間は獣を避けて移動を控えるものだ。

大聖殿に向かうと決めた会話の翌早朝に出発した自分たちより、神官長が早く戻っているのが不可解だ。あの会話の直後に出発したのでは、日が沈む前に孤鹿砦にはたどりつけない。雨も降っていた。だが、気が急いていて、深く考える暇はなかった。

「いろいろと頼みたいことがあるのだけれど……まずは、聖剣を手に入れたいの。案内をお願い」

「承知いたしました。どうぞ」

歩き出した神官長の背に、ウルリクが、

「一つ頼みがある。牢があれば借り受けたい」

「いずれ出す方の牢でございますか？　それとも、出さぬ方の牢で？」

神官長の質問が物騒で、リーサは鼻白む。

「出す方で頼む」

顔色を変えず、ウルリクは答えた。

神官長の合図で、どこからか聖装束の神官が現れた。縛られた男が、三人連行されていく。先ほどの刺客を、牢に入れておくつもりなのだろう。

「さ、参りましょう」

人か、神かを象《かたど》った柱の聳える廊下を進み、大きな聖堂に着く。

建物の造り自体は、蒼雪城の小聖堂と変わらない。七面の席と中央の祈禱台。ただ丸い天井は遥か高く、七本の柱は倍ほども太い。

城の小聖堂では奥庭へと続く扉にあたる部分に、地下への道がある。

(石箱があるのは、この地下室だったのね)

リーサは十年前に刻印を受けたあと、この扉をくぐった記憶があった。

殺風景な石の扉を、神官長は開けた。

「ウルリク殿下には、こちらでお待ちいただきます。例の資格のある者しか、立ち入りの許されぬ聖域でございますので」

ウルリクがリーサの耳元で「大丈夫か？」と囁く。

資格——というのは、刻印のことだ。

身に刻む方法は、魔法の類である。魔法嫌いの王家の人間には説明しにくい。

リーサにはダヴィア家での教えが身についていた。疎まれて婚約の作戦がふいになっては困るし、個人的にも避けたい。だから、説明は省いた。リーサは、ウルリクと笑って別れたいのだ。

「大丈夫です。もしなにかあれば、矢笛でお知らせします。念のため、四半刻ほど音沙汰がなければ、入っていらしてください」

こそりとリーサも囁きを返し、神官長の後ろに続いた。

地下室の細い階段は、弧を描きながら下へ下へと向かっていく。壁の青白い灯りは、火ではない。魔法のなせる業である。この灯り一つとっても、ウルリクを置いてきて正解だったと思う。

「……教えて。本当に、エルガーではいけなかったの？」

ひんやりと湿った空気の中、リーサは問うた。

「石箱は、刻印のある者にしか入れぬこの聖域にございますので」

「刻印が馴染むまで、時間がかかると言ったわね？　てっきり別の部屋があるのかと思っていたけれど、私は刻印を受けたその日に入っているわ。貴方の目的はなに？」

神官長は、足を止めずに進んでいく。

すぐに答えないのは、後ろ暗いところがあるから――としか思えない。

「まさか、私をお疑いですか？」

「ええ、疑っているわ。私でなければいけない理由を答えて」

「そのお話は、いずれ。ですが、我々はリーサ様の敵ではございません」

「あの男と――ランヴァルドと繋がっているの？　目的は、私の身柄？　嘘をついてまで、私をおびきよせたのね？」

ねばつくような視線。伸びてくる手。――十一年前の式典の日、リーサはカタリナ王妃に呼ばれて、琥珀宮の奥にある小部屋に向かった。

待っていたのは、ランヴァルドだった。

――俺の妻にしてやろう。

身体に触れられた途端、悲鳴を上げて逃げ出した。そして、リーサを捜しに来たカタリナ王妃に、泣きながら訴えたのだ。

――王妃様！　王弟殿下が……！

あの日、自分が口を噤んでいれば、斧狼の乱は起きなかったのではないか――とリーサは心のどこかで思っている。

ウルリクが母親を奪われたのは、自分が騒いだせいではないか。

故郷の城が焼かれたのは、自分が間違ったからなのではないか。

ランヴァルドの執着の記憶が、リーサの恐怖を掻き立てる。

「違います。どうかお察しください」

リーサは、神官長の弁解を聞きながらも矢笛を構えた。これがランヴァルドの罠ならば、一刻も早くウルリクに伝え、大聖殿を制圧する必要がある。

「理由を言って。なぜエルガーではいけなかったの？」

「それは……」

「やはり、私を琥珀宮に差し出すつもりで――」

「エルガー様に、その資格がないからでございます！」

その声は、殷々《いんいん》と地下の洞に響いた。

呪いのような響きが、リーサの足を竦ませる。

「な、なにを言っているの。エルガーはカール公の――」

「数多の神々に誓って、違います。十年前、年齢の制限があると申し上げたのも方便でございました。カール公がご存命でしたらお伝えもしたでしょうが、寄る辺ない貴女様にそれをお伝えするのは、あまりに酷だと判断したのです。公子様には、リンドブロム家の血が、わずかでも入っていれば、必ずや浮き出るはずの刻印が施せませんでした。それが、すべての答えです」

リーサは、胸の刻印のある場所をとっさに押さえた。

衝撃のあまり、呼吸が苦しくなる。信じ難い。けれど否定できる材料もない。

「……待って。じゃあ、どうして私には刻印ができたの？」

「古き血のなせる業でございます。カール公はお認めになるのに時間がかかりましたが、リンドブロム家には、古き血が流れております。東方のダヴィア家でも同じであるとうかがっておりましたので、そのためかと。正直申しまして、こちらはリンドブロム家でなくともよいのです。古き血が、この地を治める領主様に流れていさえすれば」

神官長は、以前からリンドブロム家の縁談に口をはさんでいた。

早い時期から、エルガーとカールの姪との縁談を進めていたのも彼だ。北方では従兄妹婚は一般的ではないため成立しなかったが、今となればわかる。リーサに再婚を再三勧めていたのも、理由は同じだろう。古き血の領主が、彼らには必要だったのだ。

（そういう……ことだったのね）

頭の整理が追いつかず、リーサは額を押さえ、ため息をついた。

「たしかに、この話は改めて別の機会にすべきね。……ごめんなさい、疑ってしまって」

「いえ。麗しき真珠のご苦労は想像に難くありません。ご心痛、お察しいたします。さ、どうぞ」

禁欲を旨とする神官らしからぬことを言ったあとは、神官長は黙って階段を下り切った。

ここには、あの星の浮かぶ敷石があるはずだ。

神官長の示した先には、棺じみた石の箱があった。

（今は、聖剣のことだけを考えなくては……前に進まないと……）

リーサは、手早く首飾りを外した。

鍵を手にして、神官長が示す鍵穴に入れる。

ふっと青い光が浮かび、すぐに消えた。鍵を回す前にかちりと箱が開く。

もう少し厳かに扱うべきかもしれないが、気が急いている。

勢いよく開け――

「これが――宝剣？」

リーサは、戸惑いを声と顔に出していた。

剣――でさえない。そこにあったのは、石箱の大きさを裏切る小さな――剣の形をした、なにかだ。それらしくもないばかりか、焼物としても優れてはいなかった。

「リーサ」

階段の上の方で、声がした。

ウルリクが、入ってきたようだ。遅くなるようならば入ってきてほしいと頼んだのは、他でもない自分である。

「ごめんなさい。貴方を疑っていたから、殿下に入ってきてほしいと言ってあったの」

「……一切の迫害を控えていただけるなら構いません」

神官長は「嘘ばかりで申し訳ない」とつけ足した。刻印がなければ入ることができない、というのも嘘であったらしい。

そんなことよりも、聖剣だ。

リーサはとっさに焼物の聖剣を手に取り、背に隠していた。

ウルリクの失望が、怖い。

じりじりと後ろに下がる。突然、ふっと青い光が辺りを包み——

「え……？」

眩しさに閉じた瞼を上げる前に、湿った冷たい空気が、爽やかな風をまとったものに変わっているのに気づいた。

そして、目を開けると——そこには、見覚えのある大木があった。

明るい灰色の壁。黒い煉瓦敷きの道。灌木。

そして——ひしゃげた楕円の、星が浮かぶ敷石。

（どういうこと……？）

間違いない。ここは、蒼雪城の小聖堂の裏庭だ。

「……誰？」

突然、木の向こう側から子供の声が聞こえ、リーサは飛びあがるほど驚いた。

そこにいたのは、オットーが連れてきた少年だ。目を丸くしてこちらを見ている。

「トマス……？」

「あ……はじめまして……女神様！」

少年らしい無邪気さで、トマスは明るく挨拶をする。

リーサはトマスの名も知っていれば、姿も見ている。だが、トマスはこの城に到着した時に眠っていた。突如として宙から現れた、見覚えのない女性に、知るはずのない名前を呼ばれたのだから、少年の勘違いも責められない。

「は、はじめまして、トマス。私は、領主のリーサ・リンドブロムよ。お願いがあるの。ここを出て、ヘルマンという人を呼んできて。できるかしら？」

「うん。いいよ！　任せて！」

そのうち「本当にリーサ様が？」「本当だよ、おじさん。月の光みたいな髪の女神様だよ」という声が聞こえてきた。

「見間違いってことはないんですか？　坊ちゃん」

「瞳は紫色で、睫毛がうんと長くって。夢のように美しい女神様なんだ」

リーサは、容姿に関する賛辞には慣れている。けれど、それらは大抵、早く再婚しろ、という意思のもとに発せられたものでしかない。子供の無邪気な称賛には、胸がくすぐったくなってしまう。

「そんな見た目の人間は、そうそういるもんじゃありませんが……でも、今はこの城にはいらっしゃらないんですよ、そのお美しい方は」

「でも、絶対に女神様だよ。きっと僕を助けに来てくれたんだ！」

扉が開き、ヘルマンとトマスが近づいてくる。

「ヘルマン！」

木の陰から囁き声で何度か呼ぶと、ヘルマンの太い眉が、生え際とくっつくほどの勢いで跳ねあがった。

よく見、目をこすり、もう一度見、次は天を仰ぐ。

「……どういうことです？　まさか……まさか、魔――」

「悪いけど、多分、そうみたい」

魔法、とヘルマンが最後まで発声しなかったのは、カールの影響だろう。王への忠誠は、すなわち古き文化の否定。魔法を語るなどもっての外だ。

「なんてこった……」

頭を抱えているヘルマンを放っておいて、リーサはトマスに礼を伝えた。

「助かったわ、トマス。今のことは、人には決して言わないでほしいの。約束よ」

「うん。わかった！　任せて！」

トマスは笑顔で手を振り、黒い煉瓦の小道を走って奥庭を出ていった。

ヘルマンは、まだ頭をかかえてしゃがみこんでいる。

「大聖殿にいたのよ。さっきまで」

よほど受け入れがたいらしく「少々お待ちを」と彼らしからぬ弱々しい声が返ってくる。

「腹をくくりました。どうぞ」

やっと立ち上がったヘルマンに、リーサは例の聖剣を見せた。

「これを見て。大聖殿にあった聖剣よ」

「聖剣？　焼物じゃないですか、そりゃ」

「これを見て、人が兵を貸すと思う？　これを持つ者を、真の王だと思う？」

「思いません。まったく」

「私も思わない。だから、新南宿のイルマに、『大至急、例のものを孤鹿砦に持ってきて』と頼んでほしいの」

リーサの目は、爛々と輝いている。その瞳は彼女の父親のそれによく似ていたが、この場にいる者は誰もそれを知らない。

「念のためお聞きしますが、例のもの、というのは？」

「詳しくは言えないけれど――いえ、貴方を信頼して話すわ。海の底に眠っている宝というものは、たいてい、がっかりするような出来なの」

「はぁ。なんとなくわかります。この聖剣のようにということですな」

リーサは、手に持った聖剣を改めて見て、ため息をもらした。

「そういうこと。ダヴィア家の祖は、海の民だったと言われているわ。それで……まぁ、海の底に眠っていた宝なんかを、売ったりしていたわけだけど——」

「贋作《がんさく》……ですか」

彼らしい察しのよさで、ヘルマンは話の核心に触れた。

「平たく言うとそうね。イルマは天才なの。特に大陸の古代剣を作るのが上手いわ。彼の剣を孤鹿砦まで運んでもらうのよ。殿下は、立派なそれらしい剣を持って、蒼雪城に戻ってくる、というわけ。噂をぱっと広めて、北方諸領に応援を求めましょう。帰ったらすぐ、延期していた宴を開くわ」

リーサの提案に対し、ヘルマンの眉は八の字になったままだった。どうしても魔法は受け入れられないらしい。わかりました、と言う声はひどく細かった。


孤鹿砦で、イルマから剣を受け取ったのは翌日の夕だった。

それからずっと、簡素なベッドの上で、リーサは悶々と悩み続けている。

(どうしよう……ウルリクに、なんと説明したらいいのか……)

北の大聖殿に向かったはずの領主が、なぜか南から来たと騒ぎになっては困るので、リーサはこっそりと砦に入り、奥まった一室に隠れている。

目下、次にどんな顔でウルリクに会えばいいのかがわからない。

王家は、古き血の否定を是としている。魔法の魔の字さえ、避けるものだ。魔道具を聖具と、魔道に関わる建物を聖堂や聖殿と名を変えさせたほどだ。

リーサは、古き血の文化が残る故郷の、海の色の話さえしないように言われた。

何代も、何代も、黒髪の血を薄め続け、やっと生まれた金の髪の娘が、リーサなのだ。

魔法以外のなにかで、人が、一瞬にして長距離を移動することなど起こり得ない。リーサの古き血が、無関係だとも思えなかった。

隠したい。けれど、大聖殿から蒼雪城への移動は、彼の目の前で起きている。

王族に染みついた、古き血の魔法に対する嫌悪が、自分たちの関係にどう作用するのか、想像もつかなかった。

(大丈夫よ。なにもこれから本当に結婚するわけでもないんだし、嫌われたって――いえ、嫌だわ。嫌われるのが怖い)

礼を失さず、完璧にもてなしたい、と思うのも。

滞在中に不便をかけたくない、と思うのも。

嫌われたくない、と思うのも。

すべて、根は同じところにある。彼は、リーサにとって特別な存在なのだ。

眠れぬ夜を過ごし――翌朝。

ウルリクが、孤鹿砦に到着するとの報せがあった。予想より早いのは、彼が馬を単騎でとばしてきたからだろう。

彼の表情に、嫌悪が浮かぶ瞬間が、怖い。

(あぁ……もう、いっそ逃げてしまいたい!)

コンコン、と気忙しいノックに飛び上がり、「どうぞ」と応える声は震える。

部屋に入ってきた臙脂のマントの武人を見て、リーサは呼吸を忘れた。

「リーサ。無事だな?」

「……はい」

まず身を案じられたことで、呼吸が戻ってくる。

ウルリクの表情に嫌悪の色がないことにも、安堵せずにはいられない。

「その——大聖殿でのことは……」

「よく、わかりません。どういうことなのか、さっぱり」

「そうだな、よくわからない」

「はい。わかりません」

リーサは、この件を曖昧なままで済ませたい。

ウルリクの方も、曖昧なまま進めることに賛成しているようだ。

「ともかく、無事でなによりだ」

「はい。それで——聖剣の件ですが……」

リーサは、卓の上に例の聖剣を置く。

ウルリクの表情が、曇った。

「なるほど、神官長も言葉を濁すわけだ。……白く、淡い光を放つものだと聞いていたのだが、まったく違うな」

「それと知る者は、少ないのですね？」

「あぁ。陛下の他に知る者はないはずだ」

「実は――勝手ながら、聖剣らしく見えるものをこちらでご用意しました」

リーサはベッドの下に隠していた包みを出してきて、焼物の聖剣の横に並べた。布を取り去れば、出てきたのは美しい剣だ。粘土細工とは比較にならない威厳がある。

「……なんと美しい剣だ」

波を模した文様が刻まれた蛇行剣《だこうけん》。束も装飾的で、それでいて古代の剣らしい欠けも施されている。鍛冶匠イルマの最高傑作だ。リーサも最初に見た時は、言葉を忘れるほどに魅了された。

「どうぞお持ちください。これから兵を集めるにも、波濤の聖剣――ではありませんが、この剣の美しさは、きっと役に立つはずです」

ウルリクは剣に触れ、細工の精緻さを確認したのち、腰にさした。偽物の聖剣は長いが、彼の体軀ではまったく見劣りがしない。

「必要な方便だ。ありがたく使わせてもらおう」

「では、これから砦を歩きましょう。間諜も潜んでいるはずですから、聖剣を持った姿と、私といるところを見せておきたいのです。……構いませんか？」

言葉の最後が弱気になったのは、大聖殿の出来事があったからだ。嫌悪されても不思議はない。カルロが嶺山羊を恐れるように、好悪の情とは抗いがたいものだ。

「なにを言う。こちらが申し訳なく思いながら頼むところだ。カール公への思いを知りながら、無理強いをしてしまったのだから。……少しの間、耐えてくれ。すまない」

差し出された手を、リーサは取る。

ウルリクは、リーサのカールへの愛を真実だと思っているようだ。

貞節を鎧にしてきたのは、他でもない自分なのだから、当然の帰結である。だが、やや複雑な痛みを覚えるのは、避けられない。

「いえ。領を……領を、守るためですから。さ、参りましょう」

だが、どんな誤解をされていようと、構わない。

ウルリクはすぐにこの領を去るのだ。心の内など知らせるつもりもなかった。

(あんなことがあったのだから、婚約が流れないだけでも御の字だわ)

手を携えられれば、それでいい。

王にはなってほしいが、現段階では難しいだろう。まずは、婚約による同盟を強固にすることこそ肝要だ。

ウルリクのエスコートに任せ、二人は部屋を出、砦の中を歩いた。

砦の歩廊には、秋の風が強く吹いていた。

「大聖殿で、必要な手続きは済ませておいた。カール公との婚姻は無効になり、貴女は公子の養母として、リンドブロム家の一員のままだ。公子に領主の座を譲るにあたって、大聖殿は一定の条件を満たした妻を娶るよう要求していた。話は通じていると聞いているが、間違いないか？」

「はい。問題ありません」

エルガーを領主の座に就けるためには、古き血を持つ妻が必要だ。リーサは、こくりとうなずいた。

「我らは婚約者となった。作戦上の関係ではあるが、破談になる時までは、貴女を守らせてほしい。巻き込んだ償いをさせてくれ」

「ありがたいお言葉です。ですが、今も十分に助けられております」

「貴女の記憶に、厄介者として残りたくない」

リーサは、横にいるウルリクの顔を見上げた。

どんな顔でそんなセリフを言ったのかと思えば、その横顔の耳が赤い。

（あぁ、たしかにヘルマンの言うとおりだわ）

これは、人の性なのだ。懐が多少寒くとも、かつて縁のあった相手の前では、上等な酒を頼んでしまう。

リーサがウルリクに見栄を張りたくなったのと同じ。

ウルリクも、見栄を張りたいのだ。

巻き込みたくない。守りたい。できれば、笑って別れたい。

「では、お言葉に甘えさせていただきます。その代わり、どうぞ私にも守らせてくださいませ。手を組んだのが、私でよかったと思っていただけたら嬉しいです」

「とうに何度も思っているが……そうだな、遠慮なく援助は受けたいと思う。その上で、借りは必ず返すつもりだ。民を餓えさせはしないと約束しよう」

金がない、と叫んだことを思い出し、リーサは苦く笑って「ありがたいお申し出です」と伝えた。ウルリクが、柔らかな表情でうなずく。

——面白くもなければ、やってられないわ。

いつぞや自分が口にした言葉だ。

いっそ、この状況を楽しめたらいい。魔法のことも、口にさえしなければ忘れられる。

「では、改めてよろしくお願いいたします」

「よろしく頼む。婚約者殿」

二人は笑顔で握手を交わすと、蒼雪城へと戻るべく歩みを進めたのだった。


リーサとウルリクは、蒼雪城に帰還した。

到着したその足で梟の間へ向かい、集まっていた旗主たちと、十忌祈ののちも城に留まっていた北方領主たちの前で「大聖殿でのお告げがありました。これもカール公のお導きでしょう。私は、ウルリク殿下と婚約いたしました」と発表した。

ヘルマンが最初にパン、と手を叩くと、一斉に拍手が起こる。

祝福を示す者が大半の中、形だけ手を動かす者もいた。

石の卓を叩き、立ち上がったのはオットーだ。

「ランヴァルド陛下に弓を引く、ということだな？　女公」

横にいた青年も続く。ヒィル家の若き騎士ロラスだ。

「ランヴァルド陛下は、すでに琥珀宮にて即位を宣言なさいました。ウルリク殿下には追討令も出ております。ここでウルリク殿下と婚約となりますと、討伐軍がこの城を焼くことになりましょう！」

オットーはロラスに「そのとおりだ！」と勢いよく同意し、また卓を叩いた。

「女公は、追討令の出た王殺しと婚約するのではなく、ランヴァルド陛下の温情におすがりすべきだ！」

山賊より性質の悪い男だけあって、恫喝《どうかつ》にも慣れが見える。

リーサは、眉間に深いシワを寄せた。オットーに靡《なび》いた者はごく少ないが、風向き次第で動きそうな者は恐らく少なくはないだろう。

「赤山猫」

ウルリクが、梟の間に入ってはじめて声を発した。

味方のはずのリーサの背さえ寒くなるような、冷たい声だ。

「……わ、私は……そのような者では……」

「次に俺の前に顔を出した時は、その首はもらいうけると言ったはずだ。そなたが大陸に売った人間の数を、この領の者は知っているのか？　いかに取り締まりが甘くとも、国は人身売買を禁じている。一領主の赦免状で免れ得る罪ではないぞ」

オットーは、すぐには言い返さなかった。

ウルリクがいるとわかった時点で、想定されていた状況だろう。だが、動揺は明らかだ。

「つ、罪など犯してはおりません。殿下」

赤山猫ではない、と言い張るのはやめたらしい。

オットーは、血走った目でウルリクをにらんでいる。

「どんな取引をしたか知らんが、あの男はお前がこれまで騙し続けてきた人間とは違う。化け物だ。食い物にされる前に、尾を巻いて逃げるがいい。――狼の牙が、お前の喉を狙っていることも忘れるな」

オットーが、卓の上に紙を叩きつけた。

「私は罪人ではない！　牛馬を売る者が罪に問われぬのなら、私も罪人ではありません！　尊い仕事ではありませんか！――皆、よく聞け！　ランヴァルド陛下は、女公が直接謝罪に来れば、北方諸領の罪は問わぬと仰せだ！」

牛馬と黒髪の人を並べられ、リーサだけでなく、準旗主の面々の顔が強張る。

しかし、事態はその耐えがたい侮辱に抗議する間を与えない。

ヘルマンが「そんなバカな！」と叫びながら、叩きつけられた紙を手にする。

その顔から、表情が消えた。

カルロが横から覗き込み、同じように表情をなくす。

リーサは「読んで、ヘルマン」と促した。

「リンドブロム女公が、喪服を脱ぎ、琥珀宮に上れば、リンドブロム公領並びに北方諸領の罪は許す――と」

ヘルマンが読み上げるのを、一同は驚きをもって聞いた。

リーサの顔からも、血の気が引いていく。

喪服を脱ぐ、という表現は、喪を終えることだけを意味しないだろう。

カルロが「これは侮辱です！」と怒りを滲ませたのを機に、わっと抗議の声が上がる。

「これでは、慰み者になれと言うのと同じではないか！」

「許しがたい！　斧狼の乱の再来ではありませんか！」

リーサは、侮辱的な申し出を断らねばならない。感情的にならず、強さを示すべき場面だ。そんなことはわかっている。

しかし、身体が動かない。

周囲の声が、急速に遠くなっていく。

「――答えろ、赤山猫」

波に似た人々の声の中で、はっきりと聞こえた声がある。

ハッとリーサは顔を上げた。今のは、オットーと対峙するウルリクの声だ。

「女一人の犠牲で、領が救われるのだぞ！　リンドブロムでもなんでもない、よそ者の女が、一晩王に召されるだけで――」

「聞くに堪えん愚弄《ぐろう》だ。この場で首を刎ねられないだけ、ありがたいと思え」

「し、しかし――」

「誓紙の使者の死亡に関し、申し開きのための使者が城を発ったのが四日前の早朝。いかな名馬でも、まだ王都に着くのがやっとのはずだろう。北方諸領の罪は、いつ、どの段階で決定したのだ？」

梟の間が、一瞬静まり返ったあと、ざわめきに包まれた。

やっと、リーサの頭も正常に動き出す。

（あぁ、たしかにおかしいわ。早馬だって、四、五日で琥珀宮までの往復は不可能よ。北方諸領の罪が、誓紙の使者の死以前に決まったことになってしまう）

水車小屋での誓紙の使者殺害より先に、北方諸領の罪が決まっていたとすれば、使者殺害自体も仕組まれた罠だと判断せざるを得ない。

人が、一瞬で琥珀宮から蒼雪城まで移動するのは不可能なのだ。

――おかしな魔法でもない限り。

（まさか――）

恐ろしい想像が一瞬よぎる。

まだざわめきの収まらぬ中、オットーは、ふん、と鼻息を吐いた。

「誰がなんと言おうと、これは、たしかにランヴァルド陛下からいただいたものだ。ランヴァルド陛下は王で、こちらの王子は大逆人。皆もよく考えるがいい！　女一人と領。どちらが重いか！　十日もすれば、陛下はこの城を焼くぞ！」

　オットーは、また卓を叩いてから、梟の間をのしのしと出ていった。ロラスも続き、ロラスよりやや年嵩の、ヴォーシュ家のオリエも続いた。

　迷いを見せる者もあったが、今の二人以外は、明確に背を向けるつもりはないようだ。

　ここで、ダン！　と誰より激しく卓を叩いたのは、エルガーだった。

「こんな婚姻は認めない！　絶対に！　女公は、リンドブロム家のものだ！　この家を救うため、なによりも先にすべきは、陛下に慈悲を乞うことだろう！」

　顔を真っ赤にして叫び、エルガーも梟の間を出ていく。

　ヘルマンが呆れを顔に出し、カルロは口を引き結んでいた。

　沈黙が続きかけたところをウルリクが、

「この場に残った者には必要ない言葉だろうが、十年、喪服を着続けた女公の貞節と、領への献身を知らぬ者はないと信じている。ランヴァルドの要求も、それに乗らんとする者も等しく許しがたい。また、己が売る人間を家畜と呼ぶ者も、俺は決して許さない。北方諸領は、一丸となって理不尽に振り下ろされる斧から身を守らねばならん。明日の正午よりランヴァルドの脅威を除くべく軍議をはじめる。各々、参加していただきたい」

　と会議を締めくくった。

　梟の間から人がいなくなるまでの間、リーサは動けずにいる。

扉のところでヘルマンと話していたウルリクが、こちらに戻ってきた。

「申し訳ありません……会議をお任せしてしまって」

「助け合ってこその同盟だろう。気にするな」

ウルリクは、リーサの椅子の隣に腰を下ろした。

顔を、見ることができない。

ランヴァルドの要求は、ウルリクの母親の命を奪った斧狼の乱を彷彿とさせる。

自責と、繰り返しの予感が、リーサを苛んでいた。

「……宴の前に、公子と話をしてきます」

ゆっくりと立ち上がろうとするのを、ウルリクが手を取って止めた。

「俺の方から話そう。貴女では、かえってこじれそうだ」

「いえ、これは家の中のことですので」

リーサはウルリクの顔を見ぬまま梟の間を出て、小聖堂の奥庭へ向かった。

そこにエルガーがいる、という確信がある。

小さく重い扉を開ければ、やはり彼がいた。大木に背を預けるいつもの格好で。

「オレを裏切るんですか？　このリンドブロムの家を」

エルガーの目は、リーサを責めている。

足が重い。リーサの足は、黒煉瓦の道の半ばで止まった。

「裏切りはしないわ。領のために最善の道だと、私が判断したの。ランヴァルド殿下に目をつけられたが最後、私だけでなく貴方も殺される。安寧の広場で首を斬られ、さらされ、城とて焼かれるわ。そういう相手なのよ」

「どんな理由があろうと、貴女はここにいるべきだ！　十年、養われていたんだぞ。死ぬまでリンドブロムに——オレに尽くすのが筋だろう！」

養われていた、とは嫌な言葉だ。カールへの恩は、領を守ることで返してきたつもりだ。今回の選択も、その延長だと思っている。恥じるものはない。

「貴方がなにを言おうと、私は領を守る。邪魔だけはしないで」

今回の婚約は、作戦上のものだと説明するつもりだった。

しかし、エルガーへの不快感が、口を重くする。

「貴女は王子に誑《たぶら》かされたんだ。甘い言葉で騙された。それを正当化するおつもりか？　なんと恥知らずな！」

カールの葬儀の時から、手を取りあって生きてきた。必死に。

寄る辺ない二人が、力を合わせて生きてきたと信じていた。

それが、どうしてここまで隔たってしまったのだろう。

(私は、手当たり次第に村娘や使用人に手を出す男に、恥知らずと言われるの？　領を守りたい一心で、心を殺して耐えている、私が？)

顔だけでなく、手足の指先まで冷たくなっていく。

リーサの十年を、彼も間近で見てきたはずだ。ウルリクが領に入ってから、聖剣を取りに行くまでの流れも知っている。手を拱《こまね》いていれば、ランヴァルドに家も城も滅ぼされると彼もわかっているはずだ。それでも、恋に溺れ、道を誤った恥知らずと責められるのは、あまりに理不尽ではないか。

「カール公に恥じるような行いは、一度としてしていないわ」

「ならば恥じるべきです。父上からの恩を忘れて家を捨てるなど、人の道に悖《もと》る！」

エルガーが、大股でこちらに近づいてくる。

恐怖を感じ、リーサは扉に向かって黒煉瓦の道を走った。

扉に手をかけ開く直前、顔の横に、どん、とエルガーの手が置かれる。

びくっと身体が震えた。

「エルガー。私に、貴方と領を守らせて」

「領のためと言うのなら、琥珀宮に行くべきだ」

琥珀宮に行き、喪服を脱げ。――彼は、そう言ったのだ。

怒りが、恐怖を上回る。

リーサはくるりと体勢を変え、パシッとエルガーの頬を打った。彼に手をあげたのは、この十年ではじめてのことだ。

「恥を知りなさい！　どこの世に、母親に身を売れと強いる息子がいるの！」

エルガーは顔を引きつらせながら、しかし、なにも言わずにリーサの横を通って扉から出ていった。

どっと疲れた。リーサは扉を背にして、その場にしゃがみ込む。

重要な話を、なに一つできなかった。

こんな時だというのに、なに一つ。

どのくらい、その場にいただろう。ふと、耳にパタパタと軽い足音が届いた。

――それは、幼い頃のエルガーを思い出させる。

「こっちだよ。こっちに女神様がいたんだ！」

小さな足音に、子供の声が重なる。

（あれは……トマス？）

そのあとに続くのは、ブーツの音だ。

「教えてくれて感謝する。だが、これからは女神様のことは人に言ってはいけない」

ウルリクの声だ。経緯は謎だが、二人は奥庭に向かってきているらしい。

リーサは、のろのろと身体を起こした。

「王子様は、女神様と結婚するから言ってもいいんでしょう？」

「あぁ、俺にならいい。他に言えば、女神様が危うくなる」

「わかった。絶対言わない。女神様は、僕が守る！」

リーサを女神様、と呼んだまま会話が進んでいる。子供ならばともかく、ウルリクの口から聞くのは、どうにも落ち着かない。

扉をこちらから開けると、トマスが「女神様！」と明るい笑顔を見せた。

　しかし、嬉しそうな顔はすぐに曇る。

「……泣いているの？」

「いいえ、泣いてなんかないわ。大丈夫」

　トマスの労わりに対し、リーサは笑顔を返した。

　涙はこらえたつもりだが、目元は赤くなっていたかもしれない。エルガーとの間にできた溝が、泣きたいほどに悲しかったのはたしかだ。

「あのね、お母さんは、毎日泣いて、泣いて、泣きすぎて死んでしまったの。女神様は死んじゃやわない？」

　トマスが、リーサの喪服の裾をつかんで尋ねた。

　実母は、すでに世を去っているらしい。ますますエルガーの境遇と重なる。

「心配してくれてありがとう。じゃあ、今のお母様にも心配させてはいけないわね。部屋に戻りなさいな」

　ウルリクが「部屋まで送ろう」と申し出たところ、トマスが、

「あの、パメラという人はお母さんじゃないの。知らない人」

と人の耳を恐れるように囁いた。

　小聖堂の方から「トマス様ー」と使用人の声がする。

　トマスはビクッと身体を竦ませ「人と話してるのが見つかるとぶたれるの」と言うと、一人で奥庭を出ていった。

(これは、放っておくわけにはいかないわね)

子供の安全を守ってやりたいが、彼らは表向きは家族だ。探るにも慎重になる必要があるだろう。まったくもって、家族ほど厄介な単位はない。

「それで、公子との話は終わったのか？」

「あ、はい。……婚約が作戦だとは伝えそびれましたが」

リーサは目を伏せ、ウルリクの視線を避けた。

家の中のことだから、と助けを拒んでおきながら、情けない話だ。

「いや、かえって助かる。公子には、事が収まるまで内密にしておきたい」

伏せていた目を、パッと上げる。潤んだ菫色の瞳に、ウルリクの明るい色彩が映った。

「……なにか、不都合がございましたか？」

「トマスが言っていた、パメラという女だが、貴女は会ったか？」

「はい。挨拶だけは……いえ、その前にここで……」

黒髪の美しい人は、この奥庭から出てきた。

あの時リーサは、エルガーが、また新しい使用人にちょっかいを出したのだと思った。

しかし、本当にそうだったのだろうか？

(ウルリクは、エルガーがオットー様と――ランヴァルド殿下と繋がっているのではと疑っているんだわ)

恐ろしい疑いだ。それは、エルガーが、リーサとも、彼を養育した人々とも敵対することを意味している。

けれど、本当に恐ろしいのは、否定が難しい点であった。

「伝えるのは心苦しいが、公子が内通している可能性を考えておいてもらいたい」

トマスを領主に据える気でいるオットーと、エルガーの利害は一致しないはずだ。

だが、琥珀宮に行って身体を差し出せ、と言ったのは、オットーもエルガーも同じ。関わりの度合は断定できないが、強く影響は受けているのだろう。海千山千のオットーに、年若いエルガーが騙されている可能性も高い。

「……わかりました。目を離さぬようにいたします」

「それで、貴女が、その……大聖殿から移動した先は、ここなのか？　トマスが教えてくれた。突然、貴女がこの庭に現れたのだと」

嫌な話の流れになっている。できれば、避けたい話題だ。

「私も、その、謎の現象については、よくわかっておりませんので……」

「知っておきたい。協力してくれ」

疎まれたくない。話したくない。しかし、断り切れず、リーサはウルリクを木の裏に案内した。

「大聖殿の地下にいたはずが、どういうわけか、こちらの敷石の上におりました」

星の浮かぶひしゃげた楕円の敷石を、手で示す。

「似たものを、見た記憶がある」

「琥珀宮の、裏庭にございました。あれは、星が二つだけでしたけれど」

「……星？」

「星が、ほら、こちらに。……四つ？　変ね、たしか三つだったはずなのに」

紫暁城のものは、一つ。琥珀宮のものは、二つだった。

蒼雪城のものは、三つ。大聖殿のものは、よく見てはいないので不明だ。

今、目の前にある敷石の三つだった星は、四つになっている。

「俺の目には、なにも見えない」

「え……？」

誰しもの目に見える魔法かと思っていたのだが、違ったらしい。

リーサは、渋々「ここと、ここと――」と星の位置を指をさして説明する。

「もう一度、教えてくれ。どこだ？」

星が、ウルリクの目にはまったく見えないらしい。

（これも古き血の力なのかしら。……うっかり琥珀宮にいた頃に、星の話をしなくてよかったわ）

ウルリクは、自分の立つ位置を変え、考え込むように見つめている。

もう一度、と頼まれ、リーサは手近にあった石を、星の上に置いていった。

「以前からあった三つがこちらで、今増えたのに気づいたのがこちらです」

「紫暁城にも、同じものはあったか？」

返事をするより先に、リーサはびくっと身を竦ませていた。

故郷の城の件は、頭の中にあっただけで、会話の中では一度も出していないはずだ。

「どうして……」

「この敷石は、ラーエナ島の形に似ている」

見慣れた敷石が、急に気味の悪いものに見えてきた。

たしかに、この形は地図で見る島の形に似ている。星の位置はちょうどイェスデン王国のあたりに集中していた。

「紫暁城に……琥珀宮――蒼雪城に、北の大聖殿――」

星の位置と、地図上の位置は、それぞれの土地と一致している。

「貴女が実際に見た……あるいは、触れたことのある敷石の位置……ではないかと思うのだが……どう思う？」

「でも、私、どこぞに飛ばされたことなど、ただの一度もありません。大聖殿では……」

リーサは、記憶をたどる。

石箱から出てきたのが、焼物の剣であったことに動揺していた。見せたくない。ウルリクが地下室に入ってきた時、咄嗟に隠したのを覚えている。

「どのような状況だった？　その敷石の上に立っていたのか？」

「恐らくは。慌てていたので、よく覚えていません。ただ、聖剣を持っておりました」

「本物の方だな」

ウルリクが、懐から焼物の聖剣を出す。

それを手に取った――瞬間のことだ。

ふわりと青い光が立ち、リーサは「いけない！」と叫ぶ。

ウルリクを突きとばそうとしたが――遅かった。

二人は抱きしめ合う形になり――

「あ……」

青い光の眩しさで閉じていた目を、開けた時には地下にいた。

ひんやりとして、湿った空気。

あの、大聖殿の地下室だ。

リーサはしっかりとウルリクにしがみついていて、ウルリクの腕も、きつくリーサを抱き締めている。

「おぉ、お戻りでしたか。お待ちしておりました」

神官長に声をかけられ、二人は抱きしめ合っていた身体を、パッと離した。

「ど、どういうことなの？　これ」

「古き時代の技術のようですが、実は私どもにもよくわかっておりません」

神官長は「なんで王子をお連れに？」と小声で苦情を言った。

リーサは「そんなつもりはなかったの」と小声で弁解をする。

「待ってくれ。俺はたしかに王家の人間だが、魔法には――」

神官長とリーサが、共にびくっと身体を竦ませたのを見て、ウルリクは、はぁ、とため息をついた。

「イェスデン王国は、建国の段階から古き文化を否定し続けてきた。黒髪の者が奴隷として売られていると知りながら、いまだ放置もしている。だから、貴女がたの恐怖は否定しない。しかし、聞いてくれ。山賊と呼ばれた山の民の多くは、黒い髪を持っていた」

そうと聞いた途端、二人はハッと息をのんでいた。

黒髪ということは、山賊が古き血を持っていたということに他ならない。

「俺が山賊退治をしたことになってはいるが、山賊が消えたのは、領民として組み込まれたからだ。彼らが、不思議な術を使っていたらしいことも把握している。俺に配慮して、魔法の話を避ける必要はない」

ダヴィア家の祖は、海賊と呼ばれた海の民だった。

のちに力をつけ地方領主として地位を固めたが、それは運がよかったということだろう。もし運に恵まれていなければ、自分たちも海賊のままでいたのかもしれない。山の民と、自分たちを隔てるものは少ない。

リーサと神官長は、顔を見合わせ、嘘とは思えないと無言のうちに結論を出した。

「迫害の意思はない、と受け取ってよろしいですね？」

神官長が確認すると、ウルリクは「数多の神々に誓う」と請け合った。

「私は、ウルリクを信じます。もし古き文化を迫害する意思があるのであれば、もっと早い段階で拒絶なさっていたはずですから」

リーサが言うと、神官長はやっと警戒を解いた。

「地星盤《ちせいばん》――この、敷石のことでございます。これを用いるには、古き血、刻印、聖具の三つが揃う必要があるのです」

「刻印とは、なんのことだ？」

これまで刻印を例のあれ、と誤魔化してきたせいで、ウルリクにとっては初耳であったらしい。

「聖なる土地――聖殿内で、一等神官が用い、まぁ、その――」

「魔法だな？」

「そうです。認めます。魔法です」

「続けてくれ」

神官長は、まだ残った警戒を収め、話を続けた。

「刻印は、数多の神々に許された一等神官のみが、その資格のある者に授けるものでございます。北では領主様にも刻印をお授けしますが、北の他では絶えた伝統だとか。聖具を守る都合だったのやもしれません」

「貴方も、その力を使えるのか？」

「はい。ずいぶん白くはなりましたが、私も黒髪でございます。古き血、刻印、聖具が揃っておりますから、星渡りが――地星盤の移動をそのように呼びます――可能ではございます」

神官長は、胸の玉珠に触れた。その下には刻印があるはずだ。

（どうりで、城から大聖殿までの移動が速すぎたわけだわ！）

最初に大聖殿に到着した日、神官長に出迎えられた時に覚えた違和感の正体が理解できた。あの時、彼はその星渡りをしていたのだろう。

「その力を、どのように使っている？」

「我らはこの大聖殿と、蒼雪城の奥庭と、この森のはずれの祠を行き来するのみでございまして。まぁ、たしかにふらりといなくなって、それきりの者もおりますが、なにも悪用しているわけではございません」

神官長は、二つの星と、リーサには見えない一箇所を示した。そこが森のはずれの祠なのだろう。

リーサが首を傾げ、

「森のはずれ？　そちらに行くと、ロザン王国があるわね。……用事でもあるの？」

と問うと、神官長は微妙な顔をした。

すかさずウルリクが「酒と食料だな」と言えば、神官長はぎょっとした顔になった。

「そ、それは……」

「部下に調べさせた。ロザン産のワイン樽の他、嗜好品が多数見つかっている」

禁欲と粗食を旨とする神官にしては肥えていると思っていたが、そういう理由であったらしい。神官長が「ご内密に」と言うので、ひとまず不問とすることにした。

「ともあれ、我々はわずかな楽しみと、蒼雪城でのお勤めのために力を使うばかりでございます。これまで黙っておりましたのは、何事もカール公の政治をなぞるとおっしゃっていたリーサ様を、警戒したがためでございます。お許しを。本来、新たな領主様に地星盤を踏んでいただく儀式さえ、避けておりました」

神官長側の理屈は理解できた。カールが古き血を厭っていたのは事実で、彼の立場であれば、当然の判断だ。

「では、この聖剣を持っていたから二人とも……いえ、待って。殿下は古き血をお持ちじゃないわ」

「星渡りができるのは、聖具を持った当人だけ……のはずなのですが……」

神官長は、高いところにあるウルリクの顔を見上げた。

彼にも、ウルリクがなぜ移動したのか、わからないらしい。王家に、古き血が入っているはずがない。当然、刻印も受けてはいないだろう。

「聖剣を殿下から受け取った拍子に、二人とも移動してしまったの」

「では、その聖剣の力なのかもしれません。優れた聖具なのでしょう」

リーサは、手元にある聖剣をまじまじと見た。

仰々しい石箱に、何百年もしまわれていたものだ。見た目だけで低く見積もってしまったが、秘された力があっても不思議はないように思えてくる。

「……ひとまず、城に戻るわ」

「しばらくお待ちを。二日は置きませんと」

「二日!?」

思わず、大きな声が出た。

この状況で、二日も足止めなどたまったものではない。「星渡りは、そういうものでございます。いや、しかし聖剣の力があれば……」

「試してみるわ。――ウルリク、ごめんなさい。帰れるかどうか、試させてください」

リーサは、ウルリクに向かって手を伸ばす。

ウルリクの躊躇いは感じつつ、思い切ってぎゅっと抱き着いた。

こちらの顔も赤いが、ウルリクも冷静ではないのが、鼓動から伝わってくる。

そして、蒼雪城の位置にある星を踏むと――拍子抜けするほどあっさりと、移動は叶っていた。

小聖堂の奥庭の、敷石の上に戻っている。

二人は「戻ったな」「戻りましたね」とひとしきり辺りを見渡してから言った。

「聖剣の力……ということか」

うっかりまた移動しては困るので、腕が離れたのを機に、二人は敷石の外に出た。

ここでやっと、胸を撫で下ろす。

「そのようですね。……とにかく、無事に戻れてよかった。寿命が縮みました」

「まったくだ。二人揃って雲隠れなどしては、勝てる戦も勝てなくなる」

互いの顔を見て、ふっと笑う。

緊張が解けたせいか、ふふ、と声を上げて笑ってしまった。

「貴方と魔法の話をする日が来るなんて。まだ信じられません」

「俺も、この十年で学んだ。琥珀宮にいた頃とは違う」

「古き血を感じさせたら、疎まれて縁が終わると言われておりました。今は疑いこそいたしませんが、やはり……まだ、少し怖いです」

笑みは浮かべたまま、眉が寄る。

ウルリクの手がリーサの手を取り、軽く引き寄せた。

先ほどしがみついた時よりも、距離はある。けれど、今のは、やむを得ない接触ではない。意図があっての行動だ。

リーサは「あ」と口を開けたまま、菫色の瞳でウルリクを見上げた。

「あり得ない。俺が貴女を厭うなど――未来永劫」

なんと愛に似た言葉か。

口は開きっぱなしのまま、かっと頬に熱が集まる。

「……は、はい」

「疑いたくなったら、いつでも言ってくれ。言葉を尽くして否定する。我々は、こ……いや、同盟を結んだのだから」

そうだ。自分たちは同盟を結んだ。

舞い上がってしまいそうな心は、自分の置かれた状況を再認識して熱を失った。

「そう……そうですね。同盟に、信頼関係は大事ですもの」

触れたままの手が、浮いている。

親愛のようで、信頼のような、曖昧な位置で。

「あぁ、それがなにより大事だ」

「では、ウルリクもどうか、不安なことがあれば聞いてください。必要なら、何度でも。私、必ず答えますから」

ぎゅっと手を握り返すと、その行為は信頼を示す方向に傾いた。

これで、安心して手を離せる。

「リーサ。一つ、聞かせてくれないか。貴女がくれた手紙――」

その問いが終わるより先に――人の声が、扉の向こうから聞こえた。

第三幕　海蛇の子

蒼雪城の城主は、リーサだ。

こんな時でもなければ堂々としていただろうが、今は二人とも命を狙われる身。逃げ道のない奥庭で、のんびりと構えているわけにはいかなかった。

(隠れなくちゃ……！)

奥庭の木々は、大木以外はすべて人の腰ほどの高さしかない灌木だ。

オロオロとしていると、さっと引き寄せられていた。

伏せろ、と聞こえたような気がしたが、ウルリクの動きの方が速かった。

「あ……ッ！」

なにがどうなったかわからぬまま、リーサはウルリクのマントを敷く形で、地面に伏せていた。ウルリクの身体に、守られるようにして。

思う相手に抱えられて、平静でいられないのは人の常。

恐怖と、動揺でどうにかなってしまいそうで、目をぎゅっとつぶって息を殺した。

すぐに重く小さな扉が開き、声がはっきりと聞こえてくる。——オットーとパメラだ。

「なんで、あの二人の婚約なんて許したのよ！　もっと旗主の手綱を握りなさいな。ついてくるのがたった二人なんて！　話と違うわ！」

「ちょっと騒ぎを起こせば、すぐに旗主どももなびくと思ったんだよ。顔だけが取り柄の女領主だぞ？　旗主どもも、ままごと遊びに飽きているはずだろうが。こんなことになったのは、あの忌々しい狼のせいだ！　灼岩城軍の兵が目を光らせているせいで、海賊狩りもできやしない！　大損だ！」

「海賊狩りは後回しにして。とにかく、私が戻るまでに、坊やをもっと焚きつけておいてちょうだい。いっそあのお姫様を傷物にさせたらいいわ。そうしたら、王子とも破談になるでしょう。愛人として差し出す話だって簡単に進むわ」

「簡単に言うな。あの狼が傍にいて、なにができる。あの男は、情け容赦なく敵を叩き潰す、冷酷非情な男だ。とにかく、恩赦状を取ってこい。話はそれからだ！　売られたくなければ裏切るなよ？」

　二人は大声で怒鳴りながら、大木に向かって近づいてくる。

「アンタこそ、あの狼に斬られないでよ？」

「お姫様が止めるさ。斬れるものか。オレはリンドブロムの直系だぞ？」

「そのお姫様を琥珀宮に連れていくのが、アンタの役目よ、赤山猫」

「恩赦状さえあれば、あと五人は引き入れられる！　さっさと行け！」

　オットーは、ここで身体の向きを変えたようだ。声の位置が変わった。

　少しして、バタン、と扉が閉まる。

　近い場所で「負け犬のくせに！」とパメラが罵ったのを最後に、声は途切れ、人の気配まで消えてしまった。

しばらく息を殺していたが、周囲に変化はない。

鴉が、があ、があ、と高いところで鳴くのが聞こえた。

誰もいない、となると、ただ木陰で抱き合っているだけになってしまう。急に恥ずかしくなって、慌てて身体を起こす。

敷いていたマントから急いで退くと、すぐにウルリクは立ち上がった。

「……彼らも力を使っていたのだな。どうりで、情報が速すぎると思った」

大木の周りを確認してから、ウルリクはリーサに手を貸し、立ち上がらせる。

「我々が大聖殿に行っている間に、琥珀宮と往復していたのですね……あぁ、そういえば、パメラ様はオットー様に先んじて蒼雪城に潜入していました。この奥庭にいたのは、地星盤を踏むのが目的だったのかもしれません」

様々な気まずさを横に置き、リーサはウルリクを見上げた。

ウルリクは、渋い表情で地星盤を見ている。

「……星渡りは、ワインを手に入れるばかりの力ではないな。山の民は、この力を使って僻地で生き延びてきたのかもしれん。人の裏をかくのに、適した力だ」

「こんな時です。平時よりも活用できる機は多いように思います」

ウルリクは、リーサを見た。

その表情は、琥珀宮での日々では一度も見たことのない険しさだ。

ウルリクは南の方を見たのちに、リーサの菫色の瞳を正面から見つめる。

「俺は、あの男に勝たねばならん。手段は選ばぬつもりだ。――だが、同じだけ、貴女を巻き込みたくないとも思っている」

リーサは、眉を八の字にして苦笑した。まったくもって、自分たちはよく似ている。

「お気持ち、よくわかります。けれど、今の私たちは、同盟を結んだではありませんか。使えるものはなんでも使う――とは、海蛇の子の耳に、心地よく聞こえる言葉です」

ウルリクの表情が、ふっとゆるむ。

「『凍土に種を蒔く』――か。それは心強い」

「今だけは、手を携えましょう」

リーサは、ウルリクの手に自分の手を重ねた。

斧狼の乱を招いたかもしれない自分にできる、せめてもの贖罪だと思っている。彼から目を逸らすより、前を向いて進みたい。

ウルリクの手が、リーサの手を握り返す。

「では……一つ貴女に頼みがある。ロザン王国に、使いを出したい」

「わかりました。さっそく大聖殿に飛んで、神官長に親書を託しましょう。あぁ、それから、小聖堂に兵を配し、パメラが戻ったところを拘束します。彼女はまだ、我らが星渡りを把握しているとは知らぬはず。無防備に戻ってくるでしょう」

「パメラを捕らえる兵は、こちらで出す。貴女の立場では、手を汚さぬ方がいい。事実はどうあれ、相手は亡夫の弟の妻だ」

リーサの顔が、強張る。

——カール公の遺志。カール公の望むままに。

リーサは、その言葉を鎧にして、前へ、前へと進んできた。

よそ者の中継ぎの領主に、オットーを罰する力があるのか。その妻を断罪できる力があるのか。突きつけられた問いに、答えが出せない。

「……わかりました。お願いいたします」

一瞬の葛藤ののち、リーサはウルリクの提案を受け入れていた。

手を携えましょう、と、たった今、自分から伝えたばかりだ。

「大聖殿に向かうのは、宴のあとにしてもらいたい。行き来の回数の上限は不明だからな。念のため、披露目を終えてからにしよう」

「はい。……その時、トマスを大聖殿に連れていきたいと思っています。宿に避難させるつもりでいましたが、オットー様の配下もいるでしょうし、今はそちらの方が安全かと。オットー様の狙いがわかった以上、彼の手元には置いておけません。この件は、私どもでなんとかいたします」

「それは良案だ。俺も、場合によっては陣の天幕に避難させることも考えていたが、大聖殿の方がより安全だな。——では、ひとまず宴を乗り切るとしよう」

「はい」

そのまま、自然にウルリクがエスコートする形で、歩き出す。

婚約者らしいふるまいも、板についてきた。

小聖堂を出てすぐ、リーサを捜すエマと行き合った。エマはウルリクとリーサの姿を見て、感極まった様子で涙を押さえつつ「宴のお仕度を急ぎませんと！」と言った。

この姿のままでいい、とは言えない。喪服は、婚約の披露目の席には似つかわしくない。

「宴の席で会おう」

「……はい。では、のちほど」

ウルリクと別れ、壁の梟の視線から逃れるように寝室へと戻った。

着るのは、人の勧めで昨年作っておいたドレスだ。喪服と同じデザインで、色も浅い紺色という華やぎのない姿ながら、エマは「お美しい」「どうぞお幸せに」と言っていた。あまりに嬉しそうなので、作戦上の婚約だとは言いそびれたままだ。

淡い金の巻き髪がゆたかに背で波打つ。顔の周りの髪の束を、エマは丁寧に結っていく。施された化粧は、しっかりと目的をもってリーサの顔立ちを際立たせていた。

ふと、鏡の向こうの自分に、うすら寒いものを感じる。喪服から装いを改め、化粧をしっかりとしただけのはずが、不可逆の変化が起きているかのようだ。

（この嵐が去ったあと、日常は戻ってくるの……？　本当に？）

これまでの日々が、どんどん遠くなっていく。

なにより遠くなるのは、エルガーの存在だ。

（いえ、戻るのよ。戻すの。なんとしても）

遠ざかっていく彼を、元の道に戻したい。

今ならばまだ、間に合うはずだ。

「本当にお綺麗です。リーサ様」

エマが嬉しそうに言うのに、ありがとう、と答える。

ただ、その笑みはどこか虚ろだった。


宴に向けた身仕度を終えたリーサは、執務室に戻った。

机に向かっていた相談役の二人は、揃って目をぱちくりとさせている。

「……驚きました。さすがは東方の真珠。まことにもってお美しい」

詩心の壊滅的なヘルマンが、比較的まともな感想を言うので、リーサは「今は辺境の真珠なんでしょう？　知っているわ」と肩を竦めた。

「急で悪いけれど、この宴の席でエルガーの縁談を進めたいの」

エルガーの縁談に関する資料を、棚から二ヶ月ぶりに引っ張り出す。穴が開くほど見てきたものだが、改めて読み返す必要があった。

目元を押さえて「お美しい！」と言っていたカルロは、

「エルガー様が、うなずかれたのですか？」

と驚きを顔に出して尋ねた。

「まだよ。でも、エルガーの領主就任は、妻帯が条件になるわ。そうでもなければ、大聖殿が反対する。……急ぐの」

　机の上に置いた資料を、パラパラとめくりながら、オットーとパメラがしていた会話の内容と、恩赦状を持ってパメラが戻ってき次第、待ち伏せて捕縛する件を伝えた。トマスを大聖殿に避難させる件についても。

「その、おかしな魔法の件では、驚く暇がないですな。もう、当たり前にあるものとして話が進んでいる。カール公が聞いたら卒倒しますよ」

　ヘルマンは、重いため息をついた。

　別の理由で、リーサもため息をつく。

「そこは諦めてちょうだい。私にもわからないのよ。……とにかく、エルガーをなんとかしなくては。オットー様にそそのかされて、道を誤ろうとしているわ。踏みとどまらせたいの」

「しかし、新王の愛人になって領を救え、と養母に言い放つお方に、どこまで話が通じるものか……いや、ここは私が説得いたしましょう」

「お願いね。縁談さえ決まれば、成年を待たずに、領主の座を譲ると伝えて」

「わかりました。首に縄をつけてでも、獣道からひきずり戻します」

　ヘルマンが厚い胸を叩くのに「ありがとう」と礼を伝える。

　リーサは、資料から候補の娘の名を抜き出し、カリカリとペンを走らせた。急がねばならない。嵐は近いのだから。

「……リーサ様、私どもでしたら大丈夫ですよ」

三人分のペンの音の合間に、カルロが言った。

「カルロ、なんの話？」

「ウルリク殿下と本当にご婚姻なさることになっても、我々は根を下ろす時間を十年もいただきましたから、大丈夫です。エルガー様も、さすがに領主になるとなれば、ああだこうだとわがままはおっしゃいますまい。あれはただ、リーサ様に甘えているだけです。いつまでもつきあう必要はございません」

リーサがなにかを言う前に「勘弁してくれ！」と嘆いたのはヘルマンだ。

「小枝め、余計なことを言うな。この領には、まだまだリーサ様が必要だ。道の補修だって、ロザン王国との貿易だって、次の十年を見すえて動き出したばかりだろうが」

「私にとっては、リーサ様の幸せが一番大事なんです。それに、私は多少の修行をすれば、琥珀宮に遊びに行けますし」

ふふ、とカルロが笑っている。東方人らしい呑気さだ。ヘルマンは苦虫を嚙み潰したような顔になり、リーサは苦く笑った。

「カルロ。気持ちは嬉しいけれど、ウルリクが王になったら、その妻は王妃よ？　私に務まるわけがないわ」

「なにをおっしゃる。内政の才が、王妃にどれほど求められることか。カタリナ様がご存命の頃、国は豊かだったではありませんか」

「カタリナ様と私は違うわ。買い被りよ。それに——ウルリクには、思い人がいるはずだし」

どちらにせよ、話にならないわ、と言いかけて、ぎょっとする。

机の前に、ペンを持ったままの二人が、血相を変えて集まってきたからだ。

「本気でおっしゃっています？　あのウルリク殿下に、他の思い人がいるとでも？　いるわけないじゃないですか！　見ればわかります！」

「あんなに一途な方の傍にいて、わからないんですか？　長年独り身を貫くほど、リーサ様を深く思っていらっしゃるのに！」

二人はほとんど同時に言ったあと、

「だから、行かないでください」

「だから、行けばいいんですよ」

と別々のことを言ったので、リーサは小さく苦笑した。

「そんな話は後回しよ。ウルリクが誰を思っていても、私がどう思っていようと、首を斬られたら終わりだもの。——さ、決まったわ。候補をこの三人に絞る。二人とも、宴の席でそれとなく話を持っていって」

リーサが示した内容に、二人は怪訝そうな顔をする。

その三名は、リンドブロム家との婚姻が、二代以内に行われた家の娘であったからだ。

北方では従兄妹婚も避ける傾向がある。これまでは候補から自然と外されていた。

「よろしいんですか？　本当に、この三名様で」

ヘルマンの問いに、リーサは、

「えぇ。理由は、この騒ぎが落ち着いたら話す――いいえ、話さずに済むならそうしたい。

……大聖殿を黙らせるには、それしかないの」

と答えた。

そうと口にしたわけではないが、察せられるものはあったのだろう。

二人は質問を重ねず、書類仕事に戻ったあとも黙々とペンを動かしていた。


十忌祈の宴の準備は、時間をかけて進めていたので、料理は予定どおり卓を埋めた。羊肉の塩釜焼きと、塩漬けの鰊《にしん》と酢漬け丸葱、鶏の香草焼きも並ぶ。ロザン産のワインで酒杯が満たされたところで、宴がはじまった。

北方七領の内、参加は六領。キリエィ公領は、領主の病を理由に欠席していた。病が事実であるか否かの確認はできていない。

旗主の他に、北方領主とそれぞれの家族らも参加しており、客の人数は百人に近い。

――エルガーの縁談の候補者も含まれていた。

「ご婚約おめでとうございます。ご戦勝を心より祈念いたします」

「殿下、女公。心より、ご婚約を祝福いたします。まったくもってめでたいことで」

梟の壁画を背に並ぶ婚約者たちのもとに、領主らが挨拶に来る。

彼らもウルリクの勝利——ひいては即位こそが、自領に最大の利益をもたらすことは承知しているのだろう。予想よりも、提案される援助の規模は大きい。

二人は領主たちに丁寧な挨拶をし、援助への礼を伝えた。

音楽が鳴り始めたのを機に、ウルリクが領主たちの席に酒を注ぎにまわりはじめる。

(さすがに、オットー様は顔を出さないわね。あちらについた旗主の顔も見えない)

リーサは柔らかな笑みを浮かべつつ、列席する人々の顔を見ていた。

酒瓶を手に、隣に座ったのはシュトラ女公である。凜々しい姿に老いの色は薄い。

「公子に、やっと手綱をつけたのね?」

その表情は、先ほど祝辞を伝えに来た時よりも険しい。

シュトラ女公の孫娘は、改めて選んだエルガーの縁談の候補に挙がっている。

リーサは、黙って酒杯を空けるエルガーをちらりと見た。

宴がはじまる前にヘルマンと話をし、縁談の件も了承しているはずだ。

「はい」

「そう。それはなによりだわ。ランヴァルド様は、トシュテン王以上の悪王になりそうな男だもの。望ましくない。これを機にカタリナ時代が戻ってくるのなら、北方にとっても悪い話ではないわ。——貴女に、期待している」

女公は笑顔で席を立ち、次はエルガーの横に移動する。

(罪深いことだわ。私は、これから人を欺き続けることになる)

エルガーに、リンドブロムの血は流れていない。今後は、それと知った上で縁談を進めることになる。騙すのだ。罪でなくてなんだというのだろう。良心の呵責が、心を鬱々とさせていく。

酒杯を持つ手に、知らず力がこもっていた。

ヘルマンとカルロは、それぞれエルガーの縁談候補者の親族の席に行って、談笑している。見たところ、感触は悪くないようだ。

(今後は、カール公のお考えもあてにはできない)

連れてきた庶子が実子ではないことを知らぬまま、カールは世を去っている。これまで、様々な局面で彼を指標にしてきたが、この件ばかりは意味をなさない。

(エルガーが、このまま縁談を受け入れてさえくれれば……元の道に戻すこともできる)

ふだんは一杯飲むのがせいぜいのワインを、一気に呷る。

ふと目の端に入ったのは、扉から身をすべらせるように入ってきたエマだ。右足と右手が一緒に出ていて、明らかに挙動が怪しい。

ハラハラしながら見守っていたが、なんとか近くまで来て、

「リ、リーサ様。ご、ご指示どおり、オットー様に秘蔵の糖酒をお渡しして参りました」

と囁いた。間諜の真似事は、彼女には難しかったようだ。

気つけにワインを注いで酒杯を渡すと、エマは立て続けに二杯飲む。

「ありがとう、エマ。慣れないことをさせて悪かったわね」

今日は、やるべきことの多い一日だ。

エルガーの縁談もまとめねばならないが、トマスの保護も行う必要がある。

まず、第一段階として、カールが大事にしていた『一番上等な糖酒』を、オットーに提供させた。過ぎた酒で、今日はぐっすり眠ってくれることだろう。トマスを連れ出すのは、そのあとだ。

エマが三杯目を干した頃、穏やかだった音楽が変わった。

若者たちは色めきたち、卓に囲まれた中央の空間で踊りはじめる。

ちらり、とリーサはエルガーの方を見た。これから、エルガーは三人の候補者のいずれかをダンスに誘う――はずだ。できれば、三人と順に踊ってもらいたい。

「リーサ。踊ってくれないか」

ここで席に戻ってきたウルリクが、リーサを誘う。

「喜んで」

事前に決めた段取りどおり。ここまでは順調に進んでいる。

「ダンスは十年ぶりだ。足を踏まぬよう気をつけなければな」

「まぁ、私もです。もしもの時は、お互い様ということで気楽に参りましょう」

それまで踊っていた客が、今日の主役のために道を譲る。

背が高く、堂々とした体軀のウルリクは、その場にいる誰とも違って見えた。

端整な顔を見上げ、リーサは目を細める。想起される彼と過ごした日々の記憶に、眩ささえ感じて。

互いに一礼して、ダンスがはじまった。

十二歳の頃、はじめて社交の場に出てから、幾度か彼と踊っている。習った足型だけでなく、彼と踊る緊張や、楽しさ、誇らしさもしっかりと記憶に刻まれていた。

ドレスの重い裾が、ふわりと広がる。

くるり、くるりと、軽やかに。

十年ぶりとは思えぬほど、ウルリクのステップは安定していたし、リードのお陰で難なくリーサもついていけた。

蠟燭の灯りが、菫色の瞳の中で輝く。

(私は、恋を叶えた幸せな女に見えるのかしら)

身に迫る危機は依然としてあり、身内には大いなる憂いを抱えている。どれほど幸せそうに見えたとしても、作戦上のものでしかない。

それでも束の間、リーサは幸せな酔いに身を任せた。

さざ波のような賛辞が、かすかに届く。

「貴女と、またダンスをすることになるとは――」

ウルリクの方も、感慨を抱えていたようだ。

そうですね――と簡単な相槌を返すつもりの声が、出なかった。

目の端に、エルガーの姿が映る。

憎しみをこめ、こちらを睨みつける目が。

ふわふわと浮き立っていた心は、一気に水底にまで引きずり下ろされた。

（いけない。エルガー……こちらを見ないで。相手が違うわ！）

エルガーが見つめるべきは、目の前にいるシュトラ女公の孫娘だ。

彼が使用人や宿の娘に手を出す度、リーサは苦言を呈してきた。玩具にしないで、と。

彼女たちは、道具ではなく、人なのだ。縁談の相手も、また。

どれだけ言っても、届かなかった。今も、届いてはいないのだと痛感させられる。

手の中にあるものが、音を立てて壊れていく。

（あ……！）

シュトラ女公の孫娘の手を、エルガーが振り払った。相手を見もせず、人の波を掻き分けて、梟の間を出ていってしまう。

曲が終わり、わっと拍手が起きたせいで、多くの人は彼の無礼な態度に気づいていないようだった。しかし、気づく者は気づく。

勘がよければ、エルガーが養母に向ける感情にまでも、恐らくは。

それまで領主らに交じって談笑していた赤毛のレンが、呆然としているシュトラ女公の孫娘を、次の曲に誘っていた。山賊退治で知られた美丈夫の登場に、わっと声が上がる。

「貴女は、席に戻っていてくれ。俺が取りなしてくる」

ウルリクは、すぐにシュトラ女公の席に、酒瓶を持って向かった。

ヘルマンとカルロは、相手をしていた領主たちを宥めるのに必死になっていた。

(どうして自分の首を自分で絞めるような真似をするの？　わからない。黙っていれば、望んだ領主の座は手に入るというのに！)

引き返せば、まだ間に合う。元の道に戻り得る。そうした機を、エルガーがことごとく逃している。彼は、整えられた道をただ歩けばいいだけだ。なぜ、進んで獣道に踏み入ろうとするのだろう。

席に戻ったリーサは、震える手で肘掛をつかんでいた。

ダンスは、続いている。

しばらくして、ウルリクが戻ってきた。

「女公とは、後日、改めて場を設けることで話がついた」

「すみません、お任せしてしまって」

「こうしたことは、他人が入った方が丸く収まるものだ。あとは相談役に任せるといい」

席に着いたウルリクが、空いていたリーサの酒杯にワインを注ぐ。

注ぎ返そうとするのを「今、ずいぶん飲まされた」と断られたので、自分の分をちびりと飲む。やり切れなくなって、残りをぐいと呷った。

ウルリクの言葉が届いたわけでもないだろうが、カルロが酒瓶を持って外に出ていく。

エルガーを追ったようだ。

(戻ってきて、エルガー。そちらの道に、未来はないのよ！)

肘掛を握りしめるリーサの手に、ウルリクの手が重なる。

「ウルリク……」

「あとは人に任せて、貴女は部屋に戻るといい」

「いえ。計画どおり、宴が終わるまでここにいます」

「無理はするな」

「……少しだけ、このままでいさせてください」

リーサは、ウルリクの手に自分の空いていた方の手を重ねた。

ほんの少し、心の強張りが解ける。

「傍にいる。——談笑をしている風を装おう」

そうだ。今は幸せな婚約者同士を装わねばならない。士気に関わる。うつむいていた顔を上げ、リーサは微かに笑みを浮かべる。

太陽の色の瞳が、優しくリーサを見つめていた。

(この道は、間違ってはいない)

ランヴァルドの魔の手から、領を守り、民を守る。

それがリーサの使命だ。

宴の終わる頃、シュトラ女公にエルガーの態度について謝罪したところ、

「次までに、手綱はつけておいて。——類まれなる美貌というのも、罪なものね」

と苦笑まじりに言われた。

その言葉が、胸を鋭く刺す。

きっとリーサの顔は、青ざめていたことだろう。

(これは、私の罪なの？)

では、どうすればよかったのか。自分の容姿が違っていれば、斧狼の乱は起こらなかったのか。エルガーは道を外れずに済んだのか。

わからない。罪とは、そもそもなんなのだろう。

「貴女の罪などであるものか」

ただ、横にいたウルリクの言葉だけが、リーサの心をわずかに救った。


その日の夜半、リーサは小聖堂の奥庭にいた。

騒がしい宴の客は、もう中層の迎賓館《げいひんかん》に移動しており、城内は静かであった。

高い位置にある月が、明るい。

青白い月明かりの下で、リーサは月の神に祈りながら待っていた。

ギィ、と扉の音が聞こえたのは、すっかり酔いも醒めた頃だ。

入ってきたのはウルリクで、片腕にトマスを抱えている。

「よかった。無事ですね？」

「あぁ、上手くいった。この子は敏《さと》いな。騒ぎもせず、寝たふりを通してくれた」

リーサが「トマス、もう大丈夫よ」と声をかけると、トマスはパッと顔を上げた。

歩けるよ、とウルリクに伝え、降りるなり黒煉瓦の道を元気よく走ってくる。

「女神様！　やっぱり、王子様と一緒に僕を助けに来てくれたんだね！」

「まぁ、トマス。その顔の痣は……」

リーサは膝をつき、手燭《てしょく》を近づけトマスの顔を確認する。

左の頰と、左の額にはっきりと痣が見えた。

「平気だよ、女神様。父様が迎えに来た日から、ずっとこんな感じ。腕とか、背中にもたくさんあるんだ。近所にいた仲間も皆そうだったから、珍しくない」

ほら、とトマスはシャツの裾をまくって見せた。あちこちに痣がある。リーサは悲鳴をこらえた。

「父様とは、いつから暮らしているの？」

「冬の終わりくらい。僕、ベリウダ王国にいたの。母様が朝起きたら死んでいて、はじめて会った父様がそこにいた。母様をお墓に入れてくれて、それで、これからは父様と暮らそうって。そのあと、いろんなところに行って、途中であの女の人も一緒になって、ここに来たの。お城に住めるぞって父様が言ってた」

目を覚ましたら、母親が死んでいて、それまで会ったこともない父親がいた――ということらしい。母親の死に、オットーが無関係だとは思えない。

ウルリクも察したようで、二人は顔を見合わせたが、余計なことは言えなかった。

女に子供を産ませておきながら打ち捨て、その血が必要になった途端に子供だけを引き取る。カールと同じだが、より性質が悪い。

「ねぇ、トマス。少しの間、かくれんぼをしない？　安全な場所で、勉強ができるの。そこでは誰も貴方を殴ったりしないわ」

「本当？」

「えぇ、本当よ。私が迎えに行くまで、待っていてくれる？」

「行きたい。……仲間が言うんだ。服で隠れてるところを殴られるうちは殺されないって。でも……今日は違った。僕、まだ死にたくない」

歪な関係は、いつまでも続きはしない。人に気づかれぬよう続けても、それがもれ出す瞬間がある。人の目をはばからなくなるのは、終わりに近づいた合図だ。

杯に注いだ水は、一度溢れれば元には戻らない。生涯関わらないのが、唯一の道である。

ふっと脳裏に浮かんだのは、宴の最中のエルガーの姿だ。

(違う。……違うわ。まだ、間に合う)

リーサは、嫌な想像を振り払った。

エルガーとオットーは違う。

「行きましょう、トマス」

リーサはトマスの手を引き、地星盤に向かった。

翌朝、寝室から執務室に向かう途中で「トマスをどこにやった！」と叫ぶ声を聞いた。

リーサは、浅い紺の華やかではないドレスを着て、小聖堂の扉の前あたりで足を止めた。

「小娘！　トマスをどこにやった！」

螺旋階段の半ばで、オットーが叫ぶ。

「おはようございます、オットー様。トマスでしたら、夜明けに大聖殿へ向かいましたわ」

リーサは冷たい怒りを腹に収めて、優雅に一礼した。

「大聖殿だと？」

「あら、昨夜お話ししたではありませんか。まさか、お酔いになっていてお忘れに？」

「……なんの話だ」

この距離でも、饐《す》えた酒のにおいがする。不快感に耐えながら、リーサは螺旋階段を数段上がった。

「刻印を授かるには、大聖殿へ参りませんと。――でも、エルガーはまだ済ませておりませんので、内密にとお約束したはずです」

小声で囁けば、オットーは充血した目を大きく見開いた。

「刻印？　刻印――あぁ、そうか。そうだ、そうだったな。うっかりしていた！」

ははは、と笑いながら、オットーは客室に戻っていく。なんとかごまかせたようだ。

「うまく行きましたね」

切り揃えた髪をボサボサにしたまま、柱の陰から出てきたのはカルロだ。

オットーが激昂した場合、ヘルマンではなんの助けにもならないので、彼に待機してもらっていた。エルガーの説得で一晩を明かした直後なので、げっそりとしている。

「このままで済めばいいけれど。……エルガーの様子は？」

「なんとか納得してはくださいましたが、軍議にはいらっしゃらないかと。深酒のあとですから、よくお休みです」

瑠璃色の空間に負けないほどの青い顔で「顔を洗って参ります」と言って、フラフラと出ていくカルロに「ありがとう」と声をかける。

カルロは「わかってくださると信じています」と弱々しく呟いた。

エルガーを弟のように思ってきた彼の、その言葉は頼もしい。

（まだ間に合う。エルガーは、きっと戻ってきてくれるわ）

彼が求めた領主の座まで、あと少し。条件を満たした妻を選び、迎えるだけ。

それだけでいい。今のエルガーでは、力の足りぬところもあるだろうが、周囲が支えればいい。きっと領は、次の十年でもっと豊かになるだろう。

（オットー様と手を切ってさえくれれば――あとは、なんとかなる。目を覚ましてさえくれれば……）

瑠璃色の玄関ホールから廊下を進み、梟の間に至る。

広間の中にはウルリクだけがいて、卓の上の地図に駒を置いていた。

挨拶をして、リーサは隣に並ぶ。

「昨夜はありがとうございました。お陰で、無事にトマスを保護できました」

リーサが頭を下げると「力になれてなによりだ」と優しい笑みが返ってきた。

彼の顔には、いつもどこか陰がある。笑んでいてさえ消えることはない。人の姿に境遇が表れているとすれば、この陰は、十年の過酷さの証左だろうか。

「軍議が終わり次第、城を出て陣に向かう。その前に、宿の様子を見ておきたいのだが、同行してもらえるか？」

「もちろんです。私も、宿には行かねばと思っておりました」

「話しておきたいこともある。いろいろと、伝えそびれたままだ」

「では、道々お話をいたしましょう。なにかと、バタバタとしておりましたものね」

再会当初のぎこちないやり取りやら、恥ずかしい勘違いやらが連携を遅くしたのは事実だ。時間の無駄だったようでもあり、必要な遠回りであったようにも思う。

「……そうだな。会話もままならなかった」

ウルリクも、これまでの経緯を思い出したらしい。おかしそうに笑っている。

「刺客に、襲われるかと思っていたのです」

「視線が痛かった。穴が開くかと」

「……忘れてください」

リーサは、視線を地図に移した。恥ずかしくて、顔が上げられない。

「生涯、忘れないだろう。束の間、夢が見られた」

自分の鼓動が、はっきりと聞こえた。

窓からさす朝の光が、手元に濃い影を作っている。影は、かすかに震えていた。

「……わ、私は……」

「すまない。失言だったな」

カールへの貞節を汚すつもりはない。それがウルリクの約束だった。

失言だった、と謝るならば、意図は明確だ。

生涯で唯一の恋は、勘違いではなかった。――胸が苦しい。

「私も――忘れません。生涯」

呟くようにリーサが口にしたのと、ヘルマンが扉を開けるのとは、ほぼ同時だった。

二人の距離は近かった。ウルリクの耳にも届いてはいただろうと思う。

けれど、すぐに人が入ってきて、会話は続かなかった。


間もなく軍議ははじまった。エルガーの姿はなかったが、誰も気にしてはいない。

ウルリクは地図の前に立ち、リンドブロム公領の南端を示した。

「ランヴァルド軍との戦闘は、灼岩城軍三千六百が主に行う。戦場はリンドブロム公領南端の白鵠野《はっこくや》を想定している。ランヴァルド軍はすでに王都を発しており、到着は今月の末から、来月のはじめになるだろう。諸兄らに頼みたいのは、前線への物資の支給と、各々の領内勢力の掌握だ。すでにランヴァルドは、利をちらつかせて内部の切り崩しを行っている。背後からの襲撃こそ、今、俺が最も恐れるものだ。身内の手綱を握り、治安維持に努める。これに勝る援助はない」

耳の痛い話だ。どこの家も、目を泳がせている。

身内の手綱を握るということが、いかに難しいかが一同の表情からも察せられた。

リーサは地図を見つめたまま、ウルリクの話を聞いている。

補給には、二つの宿を活用することになるだろう。オットーからの妨害も予想される。隙をついて、黒髪の領民が攫われる恐れもあった。

(今後は、灼岩城軍にも頼れない。背を預けてもらえるよう、自力で宿は守らないと)

寡兵のリンドブロム公領にできることは多くないが、足を引っ張るような事態だけは避けたいところだ。

「悪女の息子に、なにができる——と思う向きもあるかもしれない」

思いがけない言葉が、耳に飛び込む。驚きに、リーサはパッと顔を上げていた。

(……え？　今、なんて……)

それは列席する、旗主や北方領主たちも同じであった。彼自身の口から、その言葉を聞くとは思っていなかったのだろう。

ヘルマンとカルロは、顔を見合わせている。

「今、諸兄らの中にある侮《あなど》りは、斧狼の乱に端を発するはずだ。ランヴァルドの奸計《かんけい》によって、母は安寧の広場で処刑された。悪女の汚名を着せられてな。俺は後継者候補から外され、先王陛下の忌祈への出席さえ許されなかった。しかし――この聖剣を手に入れるよう陛下から命じられたのは、この俺だ。ランヴァルドを倒し得る者として、山賊殺しの俺が選ばれた」

聖剣――本物ではないが――が、卓の上に置かれた。

やはり偽物を用意して正解だった。これが粘土細工では締まらない。

梟の間の空気が、熱を帯びつつあるのをリーサは感じていた。

「十年、俺は復讐のためだけに生きてきた。母と、あの男によって名を汚された者すべての誇りを取り戻すために、あらゆることをしている。それを陛下はご存じだったのだ。山賊退治は、あの男の不法な資金源を断つことが目的だった。ベリウダ王国に潜伏していると突き止めたのも、我が軍だ。この戦で、十年かけた復讐の幕を引く。間もなく、俺はあの男に罪を認めさせ、安寧の広場で斬首するだろう。すべての準備は、整った」

彼から、ここまではっきりとした過去を聞くのははじめてだった。

十年。彼はこの十年を、復讐のために捧げてきたのだ。

(ウルリクは戦い続けてきたんだわ……斧狼の乱から、ずっと。今日のこの日まで)

ここで一人の青年が手を挙げた。ゴーラ公領の若き領主だ。彼の末の妹は、エルガーとの縁談の候補者の一人である。

「恐れながら――殿下。琥珀宮には、都護軍だけで二千の兵がおります。ランヴァルド殿下を支えるベリウダ王国の兵は、一万とも伝え聞くところ。殿下の軍は三千六百。北方の諸領が兵をお貸ししても、合わせて千には届かぬ数でございます」

　ウルリクは、若者の言葉にうなずいた。

「そうだな。北方へ進軍しながら、ランヴァルド軍には王領の各地の軍が加わる。少なく見積もっても、さらに二千は増えるだろう」

「我らも、領を守りたい一心でお味方しております。座して待てば攻め滅ぼされる。しかし、剣を取っても負けるのであれば、手綱を握る手にも力が入りませぬ」

「もっともな言だ。手の内を明かせば、勝利の機は――ここにある」

　ウルリクが示したのは、南。南部五国の内、最大の領土を誇るベリウダ王国である。

「ベリウダ王国でございますか？　十年もランヴァルド殿下を匿い、一万もの兵を貸しているのです。国を挙げての援助と判断すべきでしょう」

「今、ベリウダ本国では内乱の種が燻っている。情報を持っている者は？」

　北方領主は、南部の国の事情には疎い。顔を見合わせる面々は、なにも知らない様子だ。

　カルロが控えめに「行商人に聞きました。王の甥御が力をつけているとか」と言った。

　ウルリクは「詳しいな」と感心した様子を見せる。

　小さなざわめきが、波のようにおきはじめた。

「そ、その甥御がどのような動きを？」

　ゴーラ公は、怪訝そうな顔で問う。

「こちらも、あちらを真似たまでだ。この数年、俺は王の甥に資金援助を続けている。一万の国軍が国を出た隙を狙え、と助言もしている。すでにベリウダ本国で、騒ぎが起きているのは確認済みだ。留守の間に家を焼かれては敵わんと、一万の兵は本国の火消しに戻るだろう。不法な資金源を潰され、ランヴァルドは窮している。こちらがあの男の奸計に追い詰められているのではない。俺が、あの男を追い詰めているのだ」

ざわめきが起き、しかし波はすぐに収まった。

悲劇を背負った王子の執念が、追い風となったのだろう。

「殿下！　我が領は、兵士を二百五十、お貸しします！」

「兵三百を送ります。是非とも、勝利を！」

「百五十、いえ、百八十を出しましょう！」

増援の申し出が、一斉に起こりはじめる。

ウルリクは、それらの申し出に対し、大きくうなずいた。

「諸兄らの助力に感謝する。この恩には必ずや報いよう。俺は、母に汚名を着せて殺した男を、そして一度ならず二度までも、愛する婚約者を奪わんとした男を決して許さない！」

ウルリク陛下、万歳！　と声が一つ上がり、次は十、その次は梟の間を揺るがすほど大きくなる。陛下、という尊称を彼は拒絶しなかった。心から受け入れているわけではないだろう。横で如才《じょさい》なく笑むレンの表情からも察せられる。

ただ、この場にいる者たちの目には、見えたはずだ。この危機を乗り越え、若き王が立ち、脅威が取り除かれ、援助が報われる未来が。

(……どうして、王になるとは言ってくれないの?)

王になる。その一言で、熱はもっと高まるだろう。

運命が望み、世が望み、人が望んでいるというのに、なぜ彼は拒むのか。

城を出ていく領主たちを送り出すリーサの中には、一抹の空しさがあった。


北宿へと向かう道を、リーサはウルリクと馬を並べていた。

「私、なにも知りませんでした」

つい恨み言がもれてしまう。もし最初から、ウルリクがランヴァルド打倒を目指していると知っていたら、少なくともあのバタバタした時間は不要だったはずだ。

「巻き込みたくなかった」

ウルリクの方の答えは、短い滞在の間に何度も聞いたものだ。予想どおりである。

「貴方の十年の戦いに、心から敬します。……私にはできないことでした」

「人にはそれぞれの戦場がある。貴女の戦場は、この公領だったのだろう。見事な内政の手腕だと、噂は度々耳に入っていた。戦い方は、それぞれだ。優劣も貴賤《きせん》もない。俺には、暮らしを奪われたダヴィア家の人々を救う力はなかった」

ダヴィア家の旧臣を、この領に根づかせることも、カタリナの教えを活かして領を再生させることも、リーサにとっては戦いであった。

互いに連絡を取り合いもしなかったが、それぞれの戦いに身を投じていたと思えば、どこかで縁が繋がっていたようにも思えてくる。

「今日は北宿に行きますが、あとで新南宿にもおいでください。十年かけて育てた自慢の宿です。あぁ、その時は、牧にも足をお運びになって。良馬が揃っておりますよ。旧道を使えば、二刻ほどで――」

山の方を示しながら、ふと、目が合う。

ウルリクの、こちらを見る視線に好意がにじむ。

気恥ずかしくなって「すぐに着きます」と小さくつけ足した。

「あぁ、案内してくれ。貴女の十年を、この目で見たい」

約束は、果たされないと思っている。

ウルリクがこの領にいる時間は、わずかだ。幼い頃、桜を見ようと言った約束が果たされなかったように、自分たちはまた道を分かつことになるのだから。

「戦が終わったら……ですね」

「そうだな。終わったあとの話だ」

あとわずか、と思えば、どうしてもその踏み込んだ問いは避けられない。

一瞬だけ迷ったあと、

「――ウルリクは、王にはなられないのですか？」

リーサは思い切って問いを発していた。

望む返事は得られない、とわかっていたのに。

「王には、ならない。なるべき者がなればいい。少なくとも俺ではない」

ウルリクの横顔に怒気はないが、明確な拒絶がうかがえる。

「王妃様の名誉が回復されれば、もう誰の誇りも受けないでしょう」

「そうではない。猟師の子は、猟師になる。商人の子は、商人になる。そうなるべく教育を受けるからだ。俺は王になるに相応しい教育を受けていない。復讐のため、命を捧げた。人を騙しもし、この手にかけたこともある。山の民の村に潜伏した日もあれば、他国で諜報に身を投じた日もあった。陛下が俺を毛嫌いしたのは、俺が母の子であるからだけではない。この手があまりに血で汚れていたからだ。俺は、王には相応しくない。今も、ランヴァルドの首を引きちぎ――いや、首を落とすことの他は、なにも考えられない」

ウルリクが、勢いだけでものを言っているわけではないのは明白だ。

それでも、機を逃したくない。リーサは食い下がる。

「ご立派なことではありませんか。ランヴァルド殿下によって、これまでどれだけの血が流れたことか。ここまで彼を追い詰めたのは、ウルリクの努力です。今後、彼が強いてくるであろう流血の量を思えば、貴方は英雄以外の何物でもありません」

「武人としては、経験を積んだ。だが、王と将は違う。――いや、よそう。この話は、続けても得るものがない。あの男の首さえ落とせれば、それでいい。未来の話は、この手には余る」

やっとウルリクはこちらを見て、苦く笑った。

ごまかされた、とは思わなかった。彼の目には、本当に復讐の向こう側が見えていないのかもしれない。

(それでも、王になってほしいと願うのは罪なのかしら)

王たる者にふさわしい教育を受け得ていない、と彼は言う。

だが、だからこそ――と思うのだ。

山の民を山賊と蔑まず、救った人だ。魔法を毛嫌いもしていない。人買いの蔑みも許さなかった。リーサは、そんな彼にこそ王になってもらいたい。

ウルリクの「見えてきた」という声に誘われ、遠くを見る。

丘の向こうに、橙色の屋根の群れが見えてきた。

古くから栄える北宿は、山の傾斜に作られた、坂の町だ。

家屋だけでも新南宿の五倍はあり、リンドブロム公領で最も人口が多い。四割が空き家だった十年前とは違って、今は町にも活気がある。

(でも……人のことは言えないわ。私も、エルガーに代を譲ったあとのことなんて、きちんと考えたことはなかったもの)

周囲が言う未来の話は、耳に入っているようでいなかった。領政の計画は立てられても、そこに自分自身の姿を見いだせてはいない。

ウルリクも同じなら、王位の話を遠ざける気持ちも理解できる気がした。

宿に近づくと、北宿の代表が迎えに出てくる。

「リーサ様！　あぁ、ウルリク殿下も！　ご婚約、おめでとうございます！」

商人街の代表でもあるボルガは三十代の青年で、古株から若者たちまで上手くまとめてきた人だ。今、鉢巻きをして武装しているのは、自警団を率いているからだろう。

「ありがとう、ボルガ。その後、宿の様子はどう？」

「灼岩城軍の皆様のお陰で、その後は落ち着いております。旅客の避難も済みました」

「ご苦労様。できれば、今は皆にも宿同士の確執を忘れてほしいわ。この機に白城派や黒森派の名も捨てましょう。どちらも、大切な領民に違いないのよ」

リーサとボルガは、馬を並べて北宿に近づいていく。

「御使者の件では、まことにご迷惑をおかけしてしまい、申し訳ございませんでした。おっしゃるとおり、領なくして宿なし、でございます。怪しい輩もうろついておりますので、皆にも気を引き締めるよう、伝えました」

町全体をめぐる白い階段に、見回りをする臙脂色のマントがよく映えていた。中には、ボルガと同じ鉢巻きをする若者の姿もあった。自警団も、巡回を強化しているようだ。

「頼むわね。宿は、戦になれば情報と物資の拠点になるのだから」

「はい、領軍と連携を取り――あぁ、ご多忙のところ申し訳ありませんが、いつものように、宿の様子を見てまわっていただけませんでしょうか。お二人がお揃いのところを見れば、皆も安心することと思います」

ボルガからの提案を受け、リーサは、ウルリクを見上げる。

ウルリクの方は「では、そうしよう」と馬を下りて腕を差し出してきた。

リーサも愛馬から下り、笑顔でその腕を取る。

オットーの目的は、宿での混乱だ。自分たちの姿を見せることも、彼の望みを挫くことに繋がるだろう。

「助かります。これ以上の混乱は、望むところではありませんから」

「こちらも、背後を脅かされるのだけは避けたいところだ」

町の中心の円形の広場には、いつもの賑わいはない。少ない数の露店が出ている他は、子供たちが元気に走り回っていた。

すれ違う町民が「ご婚約おめでとうございます」と笑顔で声をかけてきた。

リーサは笑顔で応えながら、市場から続く階段を上がっていった。

「安心して背を預けていただけるよう、必ずや宿は守ります。人買いには負けません」

「あぁ。ここからは、宿に兵を割くのは難しくなる。数日、持ちこたえてくれ。――いっそ、斬っておけばよかったな」

恐らく、オットーのことを言っているのだろう。西方で彼を捕らえた時に殺しておけば、この憂いもなかっただろう、と言っているのだ。

（いっそ――そうだったらよかったのに。オットー様がいる限り、この領を守ることはで

きない)

東方育ちのリーサにとって、人買いほど邪悪な存在はない。彼らは人を騙し、売り払い、巨額の富を得る。大陸に売られた奴隷で、故郷に帰り得た者は一人としていないのだ。

ダヴィア家は、人買いを決して許さなかった。——売られるのは黒髪の者だったから。

国は、大いなる犯罪を野放しにしてきた。——売られるのが黒髪の者だったから。

オットーがこの領で力を持てば、まっさきに狙われるのは新南宿の面々だ。

「オットー様は、こちらで押さえます。これ以上、好きにはさせません」

「——リーサ」

会話の途中で、サッとウルリクがリーサを背に庇った。

この動きには覚えがある。きっと、刺客が迫っているのだ。

「ウルリク！　こちらへ！」

とっさに、身体が動いていた。

こんな街中で、流血騒ぎを起こしたくない。ウルリクの剣は、抜かれたが最後、容易く賊の首を刎ねるだろう。復讐に燃える男に相応しく。

「殺す方が早い！」

「貴方には、英雄であっていただきたいんです！」

ぐい、と腕を引いた。が、当然、リーサの力だけで屈強な男は動かせない。抵抗を感じなかったのは、彼の意思が働いたからだろう。

リーサは、ウルリクの手を引いたまま、路地裏に駆けこんだ。

角をいくつか迷いなく曲がりながら駆け、さらに細い道へと入る。

戸口にいた女が、よちよち歩きの子供を抱えてパタンとドアを閉めた。

立ちはだかる塀を、積まれた空き箱を使って乗り越える。もたついていると、ウルリクが先に上って引き上げてくれた。

(この先の望楼《ぼうろう》まで逃げれば……兵士がいる！)

急な階段を、いっきに駆け上るつもりだったが、足が重くなってくる。まるでヘルマンだ。なんとか足を動かし、階段を越え、丘を走り、望楼の前までたどりつく。

はぁ、はぁ、と肩で息をしながら、望楼の背の低い石塀に腰を下ろした。

身体が、根でも生えたように重い。

「撒いたようだな」

高い空を背に立つウルリクは、涼しい顔をしている。さすが武人だ。体力が違う。

「……よかった。殺さずに済んで」

ややしばらくして、やっと呼吸が整ったリーサは、深く吐息をもらした。

「裏道にも詳しいとは、領主の鑑だな」

顔を上げると、汗が額をつたって落ちた。

唇が、言葉を紡ぎかけて、止まる。

いけない。堪えなくては――そう思ったのに、顔がくしゃりと歪む。

「あ、あの道は、逃げるエルガーを……追いかけた道です。……ずっと彼を、正しく導かねばと思ってきたのに……どこかで、私は間違ってしまって……」

「そう自分を責めるな。貴女はよくやっている」

労わりの言葉が引き金となって、堰を切ったように涙がぽろぽろとこぼれだす。

「いいえ、私が間違ったのです。なにかを。……すみません……こんな話……」

いつの間にかウルリクは隣に座っていて、リーサの手をしっかりと握っていた。

「話せば楽になることもあるだろう。聞かせてくれ」

大きな手の温もりと言葉の優しさが、リーサの口を軽くした。

「……エルガーは、カール公が病に臥せ、オットー様を追放なさった日に迎えられた庶子です。私が、城に花嫁衣装で到着した日……亡くなる三日前でした。カール公に、まだ七歳だったエルガーと婚姻するよう勧められましたが、断りました。きっと……それを覚えているか、人に聞いていたのだと思います。いつの頃からか、自分は私の夫になっていたはずだと言うようになって……長じてからは、思う人がいる、と縁談もすべて撥ねつける有様で……」

「なるほど。どうりで俺への当たりが強かったわけだ」

「失礼な態度を取ったかと思います。申し訳ありません」

リーサは身体を起こし、エルガーに頭を下げた。

「子が母を奪われるのを恐れているのかと思っていたが、妻が無断で他の男と婚約したと思っていたのなら立腹もするだろう。彼の愛が――」

「愛などではありません！」

自分でも驚くほど、大きな声だった。

愛。そんな言葉で語られては、肌が粟立つ。

「違うのか。公子は、貴女を――」

「手あたり次第、あちこちの女に手を出して、思い人が振り向かぬせいだと言う男の思いは、愛などとは呼びません。養われた恩を返すために、琥珀宮に向かえと言う男の思いも、愛などとは呼びません！」

断じて、愛ではない。

エルガーがリーサに向けるものは、愛に似ても似つかない。

リーサは宝玉に似た瞳に涙を浮かべながら、強く否定した。

「たしかに、貴女の言うとおりだ。それは、愛ではない」

繋いだ手に、力がこもる。

そうすると、不思議と少しだけ落ち着いた。多少落ち着くと、この状況が急に恥ずかしくなってくる。

「すみません。話し過ぎました。私、もう一度……彼と話してみます。相談役も交えて。せめて私だけでも、養子への愛をまっとうしなくては」

リーサは「聞いてくださってありがとうございます」と礼を伝え、立ち上がった。

ウルリクも続いて立ち上がり、来た道を戻りはじめる。

ずいぶん高いところまで来てしまったが、今は、町までの遠さが少しだけありがたい。

「手紙を――」

歩きながら、ウルリクが言った。

手紙、と彼が言いかけたのははじめてではない。

「あぁ、そういえば、そのお話は途中になっていましたね。手紙とはなんのことです？」

「貴女が琥珀宮を去る時、手紙を受け取った」

「……てっきり、捨てられたのかと思っておりました」

会いたい。会わせて。会いに来て。リーサは、蒼雪城に送られるまでの間、何度も、何度も手紙をウルリクに出している。捨てられたものとばかり思っていただけに、驚きは大きい。

「『思う人の妻になれるのが嬉しい』と……そう書いてあった。貴女の字で」

「え？」

リーサは、ぴたりと足を止めた。

丘の上の強い風が、淡い金の髪を揺らす。

「人から聞いたのだ。貴女はカール公と以前から縁があり、王家との縁談に問題ができたのを機に、望んで彼のもとへ行ったのだと……」

なんの話か、リーサにはさっぱりわからない。

それは、誰の話なのだろう。少なくとも、自分のこととは思えなかった。

「カール公と面識などありませんでした。それは……母にあてた、手紙かもしれません。乱の前に不幸が続き、出せずじまいだったので……あの頃、貴方にあてた手紙には、会いたいと……一目でいいから、顔が見たいと、そんなことしか書いていません」

「カール公との婚姻期間は、半月あったと聞いていた。貴女は献身的に看病をしながら、愛を育んだと……」

あ、と思わず口を押さえる。

カールが死ぬ三日前に城に到着した、と話したのは他でもない自分自身だ。

綻《ほころ》びの予感に、顔が青ざめていく。しかし、ごまかす方法も思いつかなかった。

「すみません。それは……世間体に配慮して、相談役と謀って流した噂です。ダヴィア家の旧臣も守らねばならず、足場が必要だったのです」

「てっきり、俺は、貴女が……」

「こ、この話はよしましょう。カール公への敬意は、忘れてはいません。行く場所のなかった私が、十年ここで生きていられたのは、カール公が、形だけの婚姻を承諾してくださったからです」

この話は続けても益がない。

リーサは、ウルリクを置いて一人で歩き出した。

「悪かった」

「謝らないでください。しかたなかったんです。私たちは、仲がよかったですし、あの時は、嘘でもつかねば離れることを了承しないと周囲もわかっていたのでしょう。……カタリナ様を、恨んではおりません」

「貴女の愛を、疑ってしまった」

背の方から聞こえる言葉が、胸を刺す。

「忘れてください」

「貴女は、庶子を自分が死ぬまで放っておく夫を、愛せるような人ではなかったな」

暴かれる。

とっさにリーサは、走り出していた。

自分でも、よくわかっていない。ただ、現実が受け止め切れなかっただけだ。

「放っておいてください！」

「できない！」

足腰の強さに、雲泥の差がある。懸命に走ったが、あっという間に追いつかれた。

行く手を遮るウルリクの向こうに、北宿の街並みがある。

辺境での十年に、彼の姿はなかった。本来は、いないはずなのだ。宿の屋根と、その向こうに広がる山々の稜線と、元婚約者の組み合わせはひどく現実感が薄い。

その幻じみた状況が、リーサの感情の箍《たが》をはずす。

「あ、当たり前です！　私が、そんな手紙を出すはずがないでしょう？　あんなに毎日顔を合わせて、話をして、たくさん約束をして……それなのに、会ったこともない人を……貴方ではない人を愛するようになるなんて、あり得ません！」

「すまない。……逃げていた。目をそらしてきたのだ。貴女が幸せだと信じた方が、楽だった。きっと幸せに過ごしていると信じたかった」

「私だって同じです。貴方の思い人が、他にいると思う方がずっと楽でした！」

ウルリクは、ずっとリーサを思っている。これまでも。今も。

気づいていなかったわけではない。彼の言葉は、あまりに愛に似ていたから。

それでも、心の中で否定し続けてきた。

彼は壊れた婚約の相手をまだ一途に思い続けているのに、自分は形だけでも夫を持ち、喪服を着続けているとは思いたくなかったのだ。

「リーサ。俺は、貴女以外の人を愛したことはない。……すまなかった。十年着続けた喪服が誰のためであったか、貴女を知る俺に、気づけぬはずはなかったのに」

これは、もう愛に似たなにかではない。

明確な、愛だ。

潤んでいた瞳から、はらりと涙がこぼれた。

「気づいていたところで、どうにもなりませんでした。どうか謝らないで」

ウルリクが復讐に生きていたように、リーサも領を守り、エルガーに代を譲ることだけを考えてきた。他の道など、選びようもなかった。これまでも、これからも。

この騒動が落ち着けば、また互いの道は分かたれる。

ウルリクが一歩近づき、リーサも一歩近づいた。

どちらからともなく腕を伸ばして、躊躇いながら、けれどひしと抱き合う。偶然でもなく、必要だからでもなく、愛だけを理由に。

「共に、生きられないだろうか」

その言葉を、恐れていた。

リーサは、ぎゅっと目をつぶる。

だから、知られたくなかったのだ。彼だけには、この思いを。

「できません。私は、この領を離れるわけにはいかないのです」

身体が、離れた。

見惚れるほど凜々しい顔が、涙でぼやけるのが惜しい。

そっとウルリクの手が、その涙をぬぐった。

「すまない。焦り過ぎたようだ。貴女の愛を知って、浮かれているらしい」

「浮かれるだなんて。……いえ、私も、きっと浮かれています」

いずれ別れると思っていても、抗えるものではない。

儚い幻でも、このひと時ばかりは酔わずにいられなかった。

「復讐を遂げたあとにも、人生は続くのだな。……今、やっとわかった気がする」

「……えぇ」

「話がしたい。すべてを終えてから、貴女と」

「話を……そうですね、話を、しましょう」

　今、お互いに冷静ではないことだけはたしかだ。

　答えを急がず、先送りにするのは正しい判断だろう。

「不思議なものだ。今は、空の色さえ変わって見える」

　ウルリクの言葉を、大袈裟だとは思わなかった。

　リーサも、風のにおいの変化を感じていたから。

　見上げる愛しい人の向こうに広がる世界は、たしかに変じている。互いの愛を、知っただけだというのに。

「えぇ。こんな美しい空を、はじめて見たように思います」

　微笑みあって手を繋ぎ、二人はゆっくりと来た道を戻った。

　赤毛のレンがウルリクを見つけたのは、急な階段の終わる頃だ。

　手を振りながら「捕らえました！　追討令を受けて送られてきた、他領からの刺客です！」と言っている。

　臙脂色のマントの兵士が集まり、馬も用意されていた。

　ここからウルリクは、南に張った陣へ向かうと聞いている。

「どうかお気をつけて。刺客も、今後はもっと増えるやもしれません」

「そうだな。ここに来て、命が惜しくなってきた。やっと――貴女の思いを知れたのに。

次の十年まで、貴女に喪服を着せるわけにはいかない」

「次は十年と言わず、死ぬまで脱ぎません」

リーサの手を取り、ウルリクはそっと口づけた。

「貴女も気をつけてくれ。貴女がいないこの世で、生きていく自信がない」

ふわりと浮かべた笑みの、なんと優しいことか。

ウルリクは、笑顔を残して去っていった。

まだ、その愛には慣れない。赤くなった頬を押さえていると、レンが詰め寄ってきた。

「リーサ様。ウルリク殿下は、もしやお心を固めてくださったのでしょうか？」

その真剣さに、リーサは「まだよ」と苦笑する。

「でも、少しだけ、未来のことを考えはじめていらっしゃるわ」

「ありがたい！　そりゃあ、いろいろ人には言えないこともやりましたけど、そんなものは全部私たちが被ったっていいんです。ああいう、政治の失敗がどれだけ人を傷つけるか、身をもって知ってる人が王にならなくちゃ、世はよくならないんですよ。……ありがとうございます、リーサ様。愛のなせる業ですね！」

レンは何度も礼を言いながら、ウルリクのあとをついていった。

他の臙脂のマントの騎士たちが、口々に「ありがとうございます」と言う。涙を浮かべる者さえいた。彼らが、いかにウルリクを慕っているかが伝わってくる。

「ウルリク国王と、リーサ王妃の治める国をどうぞ見せてください」

若い騎士の言葉に、虚を衝かれた。

リーサは、ウルリクに王座に就いてほしいと思っている。

ウルリクが王になり、彼と共に生きるということは、リーサが王妃になるということでもある。しかし――その覚悟はできていない。

（考えなければ……もっと、未来のことを。私の人生を）

未来の話をするために、越えるべき障壁は多い。

まだ、リーサにも嵐の向こう側は見えていなかった。

「リーサ様！　エンダール卿から、緊急のお知らせです！」

ヘルマンから届いたのは、パメラを捕縛したとの報せであった。

預けておいたカナを呼び、すぐに城へと引き返す。

（いつか、私は領を去るのかもしれない）

見慣れた道を駆けながら、リーサは思った。

それは、この十年ではじめて頭に上った言葉だ。

（それでも――いえ、だからこそ、領を守ってみせる）

リーサは強い風に耐えるように前を見すえ、手綱を握る手に力をこめた。

蒼雪城の瑠璃色の玄関ホールに入ると、ヘルマンが待っていた。

「一芝居打つわ、手を貸して。ここからは、領軍の手で進めましょう」

「かしこまりました。灼岩城軍の皆様には、退出願いましょう」

二人は廊下を抜け、梟の間の横にある扉を抜けた。秋薔薇の咲く東庭の奥に、地下牢の入り口がある。ヘルマンの指示で、臙脂色の房飾りの槍を持った兵士と、瑠璃色の束飾りの剣を持った兵士が入れ替わった。

「こんなことをして許されると思っているの!? オットー様が黙ってないわよ!」

牢にいたパメラは、リーサを見るなり鉄格子を握りしめ、叫んだ。

ヘルマンが人払いするのを確かめてから、リーサはにこりと笑顔で話しかける。

「申し訳ございません、パメラ様。小聖堂の奥庭には、領主とその家族しか立ち入れない決まりでございます。侵入者は火あぶりにするよう、カール公はご遺言なさいました。私としては、すべてカール公のご遺志のままに――」

パメラは、どん！ と鉄格子を叩いた。

「ひ、火あぶりですって!? 冗談じゃない。オットー様は、前領主の弟よ。その妻が、どうして家族じゃないと言えるの!? 赦免状を見たでしょう？」

「たしかに、ご夫婦なのですね？」

「そうよ！ 私たちは夫婦よ！」

「ご婚姻は、何年前ですか？ 季節は？」

「え……」

「トマスが生まれたのは、いつです？ どの町で？」

リーサは、一歩鉄格子に近づいた。

一歩、パメラが下がる。その表情には困惑の色が濃い。

「婚姻式は……さ、三年前よ。夏だった。トマスが生まれたのは……えぇと……違うの。トマスが生まれた時は、婚姻はしていなくて、婚姻が三年前なの」

リーサが、ちらりとヘルマンの方を見る。ヘルマンは「オットー様は、五年前とお答えでした。季節は冬だと」と手元の白紙を見ながら言った。詩は下手だが演技は上手い。

「夫婦よ！　本当に！」

「火あぶりね。準備をして。神官でもない者が、奥庭に入るなど許されないことよ」

リーサが手で合図すれば、ヘルマンは「おい！　薪の用意を！」と誰もいない階段に向かって指示を出す。

「し、神官よ！　私は、神官なの！　東方出身の、神官よ！　東方の大聖殿で、二七五年の八月五日に一等の位を授かった、神官よ！」

偽の婚姻に比べ、こちらは詳細だ。さらに「これを見て。玉珠よ！」とドレスの袖に隠れた場所にある、腕輪にあしらった玉珠を見せてきた。

「あら、奇遇ですこと。実は、真の王のみが所持する聖剣を狙う間者が、神官らしいとの情報が入ったところでございまして。今しばらく、こちらでお過ごしください」

「ふざけないで！　聖剣なんて偽物じゃない！　私は知っているのよ！」

牢を出ようとしていたリーサは、足を止め、振り向いた。

「偽物？」

「ランヴァルド様がベリウダに逃げる時、密かに持ち出したとおっしゃっていたもの。アンタたちの聖剣は、偽物よ！　私は本物を見たわ！　光るのよ、本物は！」

リーサはパメラの声を無視して、地下牢を出た。

早足で東庭の、秋薔薇の間を抜けていく。

「まずいですね。今になって聖剣が偽物というのも……」

「構わない。イルマの剣が見劣りするはずはないもの」

「あ、こちら、パメラが所持していたオットー様の赦免状です。燃やしますか？」

ヘルマンが差し出した書筒を、リーサは受け取った。

「そうね、燃やし――いえ、なにかに使えるかもしれないわ。私が持っておく。それで、オットー様は？」

問うたのと、ガシャン！　と派手な音が二階の方から聞こえてきたのは同時だった。

「まぁ、あんな具合です。部屋からは出さぬようにさせていただきました」

二人は庭から城塔へ戻り、執務室に入った。

瑠璃色の執務室には、リンドブロム家の梟の家章が飾られている。

（よそ者だからと遠慮をしていては、領は守れない）

城は内部から瓦解しようとしている。遠慮して崩れるに任せるか、腹をくって建て直すか。二つに一つ。嵐を前に、前者は選べない。

「オットー様と同じように、エルガーも部屋から出さないで。責任は私が取る」

「そう致しましょう。今、領を守れるのは、貴女様だけです」

ヘルマンが、彼にしては身軽に執務室を出ていく。

(この領の草一本たりとて、あの男に奪われてたまるものですか)

誰もいない執務室で、リーサは壁の家章の梟を見上げる。

「カール様。どんな手を使ってでも、領は必ず守ります。……許しは求めません」

誰もいない執務室で独り言《ご》ち、リーサは胸元の鍵を握りしめた。

――牢が破られた、との報があったのは、その二日後の夜であった。


報せを受けて地下牢に駆けつけた時、辺りは血の海になっていた。

担架で運ばれるヘルマンの姿に、リーサは悲鳴を上げかける。

「面目ない……」

城医が「芥子《けし》の汁を飲ませました」と言った。

右の腹部が血まみれになっている。鉄格子の前では、二人の兵士が絶命していた。瑠璃色の束飾りのついた剣は、抜かれていない。

「一体、なにがあったの?」

ヘルマンは、口を引き結んで答えない。

芥子の汁のせいではない。告白に抵抗を覚えているのだ。遠慮がないようで、遠慮の塊のような、この男は。

「リーサ様。私が死んだら……」

「よして。貴方が死ぬのは、エールで溺れ死ぬ時よ。貴方が引退を決めた時は、城で一番上等な酒を贈るつもりだったんだから……勝手に死ぬなんて許さない！」

「それは、オットー様に、飲ませちまったでしょうが」

「別にあるわ。あんな男に、一番上等な酒なんて渡すものですか！」

「……飲むまで死ねません」

まったく重要な情報は提供せず、ヘルマンは目を閉じた。

駆けつけたカルロは「酒の話しかしていない」とひどく呆れていた。

「ヘルマンに死なれたら……私、どうしたら――だって、苦労をかけどおしで、なにも彼に報いていないわ！」

「大丈夫です、姫様。あの酒樽は、城の酒を飲み尽くすまで死にませんよ」

カルロは、近くにいた兵士に「状況を報告してくれ」と頼んだ。

兵士が話しはじめるより先に、駆けつけた別の兵士が「オットー様が、いらっしゃいません！」と報告した。

「……エルガー……なのね？」

兵士が、躊躇いののちに「お部屋には、いらっしゃいませんでした」とだけ報告した。

（パメラを捕らえてから、二日経っている。星渡りで逃げられたわね）

リーサは足早に小聖堂へと向かう。カルロも後ろをついてきた。

パメラを捕らえて以来、厳重に封鎖していた扉は、鎖が切られ、鍵も壊されていた。

「やはり、逃げられましたね……」

「カルロ。私、大聖殿に行ってくるわ。オットー様も星渡りができるなら、大聖殿にいるトマスが危ない」

「私も参ります。姫様一人では身を守る術がありませんから」

カルロは、剣術に優れた兄のマリロと肩を並べるほど、腕は立つ。

頼もしくはあるが、リーサはうなずけなかった。

「いけない。貴方にまでなにかあったらどうするの」

「貴女にだって、なにかあっては困りますよ、姫様。同じ馬車で、紫暁城からも、琥珀宮からも、旅をしてきたではありませんか。今更、怯みはいたしません。引き継ぎをして参りますから、少々お待ちを」

紫暁城を出発してからの日々が、脳裏に蘇る。

ヘルマンが刺された今、次はカルロにも害が及ぶ可能性がある。相手は、人の情につけこむのが上手い。――リーサは決断せねばならなかった。

「カルロ」

小聖堂を出ていこうとする彼を、リーサは呼び止めた。

「はい」

「エルガーの行いは、隠さなくていいわ」

「しかし――」

「エルガーを守ることよりも、エルガーがこれからもたらす害から、領を守ることを優先したい。私の、領主としての決断よ。公子としての権限を剝奪し、彼に領に関わるものを、馬具一つとして提供しないよう伝えて」

エルガーは、間諜をそれと知って逃がし、見張りの兵士も二人殺した。

オットーの口車に乗って宿を襲いでもしては、戦に臨むウルリクの足を引っ張る形になる。負ければ、ランヴァルドの斧は、領を容赦なく襲うだろう。

カルロの顔が、くしゃりと歪む。

しかし、反論することなく「わかりました」と答え、小聖堂を出ていった。

戻ってきたカルロと共に、リーサは地星盤で大聖殿へと移動した。カルロは驚いてこそいたが、はしゃぎはしなかった。

言葉少なに地下の階段を上がり、扉を出る。

大聖殿の扉の前には、神官長の他、若い神官が五人集まっていた。交代で番をしていたらしい。経緯を掻い摘まんで説明すると、神官長は、

「オットー様には、刻印はございません。ご安心を。むしろ刻印のことさえご存じないのではございませんかな」

と答えた。さらに早口で言うには、オットーだけでなく、カールも刻印は受けていな

かったそうだ。カールの死に先んじること半年、二人の生母であるグスタフ公夫人が臨終の際に、次男の罪を「同じ古き血を持つ者を海の向こうへ売るなんて」と糾弾したそうだ。そこでカールは、弟の罪と共に、厭うてきた古き血を自身が持つことを知ったという。その後様々な変化が、カールの中にあったらしい。リーサとの縁談も、カタリナ王妃から持ち掛けられたとはいえ、最晩年の変化がなければ実現はしなかっただろう――と神官長は言った。

「知ってはいたようだけど、疎そうな様子だった。あちら側には一等神官もついているのよ」

「仮にそうだとしても、オットー様は、大聖殿の地星盤を踏んではおられません」

やっと、身体の力が抜ける。

オットーが大聖殿に来る心配は、不要なようだ。

「それはそうと、神官長はロザン王国から戻っていたのね。貴方の無事も喜ばしいわ」

「よい仕事でした。こんなご用でしたら、いつでもどうぞ」

神官長はニコニコとしており、そこにワイン樽がある。ロザン王国で手に入れてきたらしい。リーサは苦笑しつつ、礼を伝えた。

「トマスの様子を見てから戻るわ。構わない？」

どうぞ、と神官長に案内され、大聖殿を出て宿舎へと向かう。

月が、明るい。

夜に見る柱は、古き時代の神々が実際に佇んでいるかのようにも見え、緊張を誘う。

「トマス様に、刻印が叶いました。今度こそ、たしかなお血筋です」

寝室に手をかけたところで、神官長は言った。

怪しいものだと思っていたが、トマスはオットーの実子であったらしい。ただ古き血を持っているだけなのかもしれないが、真相など知りようもない。

「……そう。元気にしているの？」

「お元気です。毎日、女神様はいつ迎えに来るかとお尋ねにはなりますが」

寝室の扉が開き、神官長は一礼して立ち去った。

大きなベッドの上で眠るトマスの寝息は、穏やかだ。

すすり泣いているのは、後ろにいるカルロだった。

「あんまりです……こんなこと……」

カルロは、今のやり取りで真実を知ったようだ。リーサが改めて選んだエルガーの縁談の候補者からも、察せられるものはあったのかもしれないが。

「ごめんなさい、黙っていて。彼を領主にしてから伝えるつもりで――いえ、そのまま黙っていたかもしれないわ。何事も起きていなければ……」

「どうして姫様を責められましょう。でも、己を愚かだとも思いません。誰も……責めたくありません」

カルロは、声を殺して泣いていた。

エルガーと彼は、兄弟のように親しかった。

共に剣術の稽古に励み、乗馬の練習をし、川で遊び、青春を共にした仲だ。

「ありがとう、あの子のために泣いてくれて」

誰もがエルガーに冷淡であった。この悲しみを共有できる人は、残念ながら少ない。

トマスの寝室を出、神々の柱の前を歩きながら、リーサはこぼれた涙を拭った。

カルロは「アイツは、大馬鹿野郎です」と、涙で震える声で言っていた。


ランヴァルドは、トシュテン王から授かった——ことにしている、琥珀宮から盗みだした——波濤の聖剣を各地で披露しながら進軍しているらしい。噂は、静かに広がっていた。

ウルリク追討軍が日に日に近づく中、エルガーらの消息は杳《よう》として知れない。十日余りの間に一度、西側の峨《が》風砦《ふうさい》でエルガーに似た男が目撃されたと報告があったきりだ。

外層のあちこちから、煙が上がっている。

軍に提供するための、パンを焼く窯からの煙だ。

リーサは城の歩廊の上にいて、書類を手に旗主たちと話し合っていた。幸いにして一命を取り留めたヘルマンは静養中で、彼の仕事もカルロと分担してこなす必要があった。

「リーサ！　久しぶりだね！」

歩廊の階段を上がってきた人の姿を見て、リーサは口元をほころばせた。

「まぁ、ヴィード王太子！　こんなに早く来ていただけるなんて！」

現れたのは、ロザン王国のヴィード王太子だ。彼の姿はしばしば春風になぞらえられる。金の巻き髪は軽やかで、すらりと背が高い。実直とされる北方の女性たちでも、彼が目に入ると、ほぉ、とため息をもらすほどの美丈夫だ。

「ロザン王国の気持ちを、ウルリク殿下に示したかったのだ。――貴女にも」

爽やかな笑みに、リーサはわずかに戸惑う。

「ありがとうございます、王太子殿下」

「あぁ、違う。そうではない。気持ちというのは、祝う気持ちだ。婚約おめでとう、リーサ。心から祝福するよ」

戸惑いはすぐに解け、リーサは頬を染めて頭を下げた。

「恐縮です、ヴィード様」

ヴィードはリーサの手を取り、そっと甲に口づける。

八年ほど前から、ロザン王国とは縁ができた。使節団の一員として旧道を通ったヴィードの兄が、すっかり新南宿の牧を気に入り、馬の取引がはじまったのだ。当時王太子だったヴィードの兄は、その後若くして亡くなってしまったが、その弟で新たに王太子になった彼が、その縁を引き継いでいた。

以前から関係は深かったが、今回の件でもリンドブロム公領が擁立するウルリク支持を決めてくれたようだ。ありがたい決断である。

（今、ヴィード様と顔を合わせるのは、少しだけ気まずいのだけれど……）

この爽やかな貴公子とリーサには、浅からぬ縁がある。

じっと見つめてくる、明るい青い瞳から目をそらしかけ――

その目の端に飛び込んできた臙脂のマントに、飛び上がるほど驚く。

(ウルリク!?)

一番見られたくない人に、見られてしまった。

とっさに手を引っ込めようとしたのは、後ろめたいところがあるからだ。

「あ……」

「おや、婚約者殿がおいでになったか」

ヴィードは、名残惜し気にリーサの手を離し、くるりと階段の方を振り返った。

ウルリクの方も、ヴィードに気づいたようだ。

「お初にお目にかかります、ヴィード王太子殿下。援助に感謝いたします」

二人の貴公子は、互いに笑顔で握手を交わした。

リーサは、姿のいい二人の間でハラハラとしている。

「ご婚約、おめでとうございます、ウルリク殿下。末永く、両国のつきあいの続くことを祈ってやみません」

「今日の援助によって培われた誼《よしみ》は、今後永く続くでしょう」

二人の会話はなごやかだが、リーサは青ざめた顔で、ヴィードに「あの件は言わないでください」と小声で頼んでいた。

「実は、私はこの麗しき真珠に三度求婚し、三度拒まれております」

「ヴィード様！」

願いも空しく、ヴィードは隠したかった事実を口にしていた。

「婚約したと聞いて、心穏やかではありませんでしたが……相手が、リーサが唯一の恋を捧げたウルリク殿下とあれば、もはや張り合う気持ちは消えました。今はただ、お二人の幸せを祈るばかりです」

隠したかった経緯を知られ、リーサは思わず天を仰ぐ。

（穴があったら入りたい……！）

恥ずかしい。顔が嫌というほど熱くなった。

「私にとっても、唯一の恋です」

ウルリクもウルリクで、勝手なことを言っている。

ヴィードはさすがに、リーサに悪いと思ったのか「すまない」と今更謝る。

「リーサ。貴女に三度も求婚したのは、本気だった。最初は貴女の類まれなる美しさに。次第にその聡明さに。いつしかその健気さに惹かれたのは、事実なんだ。だからこそ、心から祝福し、新たな関係を結びたい」

真摯な表情でそう言われては、リーサもそれ以上の抗議がしにくい。

ヴィードは、ウルリクとリーサの手をまとめて握り「我らはきっと、よき友になれる。そして、よい未来を築けるだろう」と言った。

他国の未来の王への、それも先陣切っての援助は、ロザン王国にとって大きな賭けだったはずだ。

だが、ウルリクが勝利すれば、ロザン王国は多くの利益を得るだろう。その中間地点にあたるリンドブロム公領も多くの利を得る。まさによき友、よき未来だ。

ウルリクは、大きくうなずき、

「両国の友好の、末永きことを祈ります。ともに、よき未来を」

と笑顔で言った。

リーサも「よき未来を」と続く。

「ご戦勝を心より祈っております。ウルリク殿下。お二人が統べる国ならば、カタリナ王妃の頃のように、国を大いに富ませることでしょう」

ヴィードは「相談役とも話したいので、見送りは結構」と言って歩廊から出ていった。

その背が見えなくなり、二人は向かい合う。

「……忘れてください」

「そうだな、忘れた方がよさそうだ。俺も、できれば嫉妬など気取られたくない」

ウルリクが苦笑するので、リーサは目をぱちくりとさせた。

「嫉妬？　必要ありません、そんなもの」

「貴女が十年、目に映したものすべてが、妬ましくさえある。まして、求婚までされたとなれば、なおさら。相手が凜々しい貴公子であると思えば――いや、よそう。この話は終わりそうにない」

そうまで言われては、あれこれ言い訳をする気も失せた。

リーサは、ウルリクの腕に手を触れ、まっすぐに見上げる。

「やっぱり、今の話は忘れないでください。きちんとお断りしましたし、理由も嘘ではありません。——唯一の人です」

今度は、ウルリクが目をぱちくりとさせる番だった。

それから、ふっと目をそらす。耳まで赤いのは、気のせいではないだろう。

「……わかった。この話はここまでにしよう」

「そうですね、そうしましょう。……今日は、ヴィード様へのご挨拶に戻られたのですか？」

「それもあるが——」

ウルリクがこちらを見た時には、わずかに見せた甘やかな空気は消えていた。周りの耳を気にしている。

（あぁ、エルガーのことなんだわ）

リーサは察して「場所を移しましょう」と提案した。

いつもなら小聖堂を使うところだが、今は見張りの兵士が多くいる。執務室を使うことにした。

長椅子に座り、エマが運んできた黒茶を一口飲んだところで、ウルリクは口を開いた。

「赤山猫の一味が、陣の周囲をうろついている。武器や馬を狙われ、歩哨《ほしょう》が数人犠牲になった。目撃した者が言うには、その内の一人の風体が、公子に似ていたそうだ」

エルガーの姿が、脳裏に浮かぶ。

リーサは胸を押さえ、鋭い痛みに耐えた。

「申し訳ありません。城から逃がしてしまったのは、私の失態です」

「盗賊を斬る時、顔の確認はできない。……許せ」

忸怩《じくじ》たる思いに、リーサは腿の上に置いた手をぎゅっと握った。

なによりも恥ずべきは、まだ養子の心に一片の良心を期待している自分だ。

「ご配慮には感謝いたしますが、遠慮はなさらないでください。覚悟の上での行動でしょう。しかし……わかりません。この領になにがあるというのでしょう？　約束されていた領主の座を捨ててまで出奔する理由が、本当にわからないのです。聖剣を手に入れ、ランヴァルド殿下に差し出そうとしているのかとも思いましたが、あちらは本物の聖剣を持っていると言い張っておりますし……」

リーサは、ドレスの胴まわりのリボンに隠していた焼物の聖剣を取り出した。

威厳はないが、大いなる力を秘めていることは確かだ。偽物のはずがない。

「ランヴァルドは、貴女を狙っている」

「女一人のために、国を奪ったばかりのランヴァルド殿下が兵を発するとは思えません。たとえ私が、絶世の美女であろうとなかろうと――」

「絶世の美女だ。女神と肩を並べ得る」

「そうではなく。私が、どれだけ賢かったとしても――」

「知恵の女神ほども賢い。あるいは、賢妃ナーディアほども」

リーサは、いったん黒茶を一口飲んでから、仕切り直すことにした。

忘れていたが、ウルリクは愛を隠さぬところがある。

「トマスの話の限りでは、この領を狙う動きは今年の春以前から続いています。順序としては、まずランヴァルド殿下の動きがあり、トシュテン陛下の動きがあってから、ウルリクがこの領に来たのではないかと、相談役が推測しておりました」

酒の飲めないヘルマンは、ベッドの上で一日中考え事をしている。

――美女をめぐり世が乱れる話は、話としては面白いですが。

――リーサ様の美貌が、話の本質をわかりにくくしている気がするんですよ。

そう彼は言っていた。

「俺が陛下から聖剣の話を聞いたのは、出発の十日前だ。ランヴァルドが十年前に聖剣を盗んだという話は出ていなかった。さすがに、ヤツが本物を所持していると承知の上とは考えにくい。……あの日、陛下は俺の前に膝までついたのだ。名を呼ばれたのも、母が死んでからはじめてのことだった。並々ならぬお覚悟がうかがえた」

リーサは、難しい顔で聖剣をウルリクに差し出した。

「この聖剣が本物でなかったとしても、聖具として優れた力を持っているのは事実です。

これは、ウルリクがお持ちになってください」

「いや、貴女が持っていてくれ。いつ星渡りが必要になるかわからない」

「私の足を折ってまで攫おうとする者がいるのです。危険を避けなくては」

何度かやり取りをしている内に、顔の位置が妙に近くなっていた。

太陽の色の瞳が、間近にある。

窓からの明かりを弾いて、キラキラと輝く――とても、美しい瞳が。その瞳には、リーサがはっきりと映っていた。

どきりと胸が跳ねる音がした――ような気がする。

そこに、バキッ――という破壊音が重なった。

「え――」

「…………」

聖剣が、ウルリクの手の中で壊れていた。

察するに、動揺していたのは、リーサ本人だけではなかったらしい。

「え？　待って……これ、聖剣……」

焼物の聖剣は、ウルリクの大きな手の中で粉々に砕けていた。

唯一無二の、真の王の証が。

「……これは、なんだ？」

これはなんだと言われても、聖剣であった砂礫だ。

「あら……？　これは……」

だが、ウルリクの大きな手の中には、砂礫以外のものがある。

リーサはさっとハンカチを出し、砂礫にまみれたなにかを手に取った。

球状のものが、糸で連ねられている。

「玉珠……だな」

それは、素晴らしく大粒の、虹色に光る玉珠が三つ。

神官長の身に着けていた玉珠より、二回り以上大きい。

虹色といっても種類はある。それは月の光に似た、美しい輝きを持っていた。

「ウルリク、私、月の光を宿す玉珠を、一つしか知りません」

「あぁ。銀月の玉珠……だな」

まったく、想像もしていなかった事態である。これは聖剣ではなく、玉珠の入れ物であったらしい。

リーサは銀月の玉珠を卓の上に並べ、腕を組む。

「トシュテン陛下は、たしかに聖剣……とおっしゃったのですか？」

「聖剣……いや、リンドブロム公領で、真の王の証を手に入れ、捧げよとのおおせだった。

当然、波濤の聖剣を指すものだと思ったのだ。まさか、銀月の玉珠であったとは」

ウルリクは顎に手をあて、考え込んでいる。

銀月の玉珠は、王の証ではない。建国王の隣に並ぶ、王妃・ナーディアの首にかかっていたものだ。

「しかし、考えようによっては、銀月の玉珠を持った女性を傍らに置くのも真の王に相応しいような気もいたします。トシュテン陛下は、それを指していたのやも——え？　ちょっと待ってください。……そんなことって……」

リーサは、自分の想像の恐ろしさに言葉を失った。

トシュテン王は、この春の終わりに王妃と——なんの落ち度もなく、三人もの子をなした王妃と——離縁している。リーサは「まさか」と呟いた。

「父が、俺に膝をついてまで求めたのは……銀月の玉珠を持った貴女だったのか。今、ランヴァルドが執拗にこの領を狙っているのも……」

そんなわけはない、といくら否定しても、起きた事柄は他の答えを許さない。

リーサは青ざめた顔で、長椅子から立ち上がった。菫色の目は、怯えに潤んでいる。

ウルリクは立ち上がり、リーサをぎゅっと抱きしめた。

「私が、招いたのでしょうか……？　また、私のせいで……」

「違う。貴女の咎などであるものか。十年前も、今も、それは変わらない。待っていてくれ、リーサ。俺は貴女を奪おうとする者を決して許しはしない」

ウルリクは、腕を離すと執務室から出ていく。

その目が、怒りに燃えていた。触れれば火傷をしそうなほどに、激しく。

「ウルリク！　待って！」

リーサは、ウルリクを追った。

瑠璃色の廊下を大股で進むウルリクを追うのに、リーサは走る必要があった。

「止めるな。父は死んだが、まだあの男は生きている。——今すぐにでも、首をねじ切らねば気が済まん」

「貴方は、英雄にならなくては！　罪を告白させてから、堂々とあの男を安寧の広場へ連れていくべきよ！」

ウルリクは、足を止めない。

このままランヴァルドの天幕に、乗り込みかねない勢いだ。

「俺は、あの男を殺しさえできれば、そこで命が尽きようと構わない！」

そのまま、ウルリクは瑠璃色の玄関ホールを突っ切って外に出る。

そこに——「ウルリク陛下万歳！」と誰かが叫んだ。

ウルリクは足を止めていた。

前庭にいた兵士の誰かが、叫んだようだ。声は、繰り返される度に大きくなった。

リーサは、ウルリクの横に並ぶ。

「リンドブロム家に私を嫁がせたのは、カタリナ様でした。カタリナ様は、私か、私の娘か、孫か……ご自身の後継者が、王妃になる日を望んでおられたのかもしれません。それが、今、私がここにいる意味なのだとしたら、私の望む王は、貴方だけです。この国の王が山の民を救い、人買いを糾弾したことはありませんでしたから」

ウルリクが、リーサを見た。

リーサを見て、兵士たちの顔を見て、南の方を見る。

「……父が望んでおらずとも、貴女は、望んでくれるのか。俺が、王になることを」

「ここにいる皆も、苦楽を共にした灼岩城軍も、同じです。一日も早く戦が終わり、日常を取り戻したいと願う者は皆、貴方の王位を望んでいるでしょう」

ウルリク陛下万歳、の声はまだ続いている。

そこに「リーサ王妃万歳！」との声まで加わった。

「陣に戻る」

「はい。どうぞ、お気をつけて」

リーサは、用意された馬の前までウルリクを見送った。

「帰ったら、話をしよう。——未来の話を。何者かが仕組んだ未来ではなく、俺たちの未来の話だ」

「——はい。私たちの未来の話を、共にしましょう」

ウルリクはリーサの手に口づけると、身軽に馬にまたがって駆けていった。

去り際の表情は、どこか晴れやかだった。霧が晴れ、光が射しはじめた時のように。

なにかが変わろうとしている。リーサは、ウルリク陛下万歳、という声がやむまでその場を動かなかった。

ランヴァルドが、リンドブロム公領南端の白鵠野付近に天幕を張ったのは十月二日のことだった。

戦はウルリクに任せるばかりだが、リーサにも役割はある。

リンドブロム公領の領主として、戦闘開始の前日に横槊《おうさく》の儀《ぎ》に臨まねばならない。立ち合い人を立て、交戦相手と最後の調停を行うのだ。

(いよいよ……ランヴァルドと対峙するのね)

出発の前日、リーサはいつもより早い時間にベッドに入った。

眠れそうにもないが、少しでも身体を休めておきたい。

瞼を下ろし、胸の玉珠にそっと触れた。銀月の玉珠は首飾りにしている。鍛冶匠イルマ作の海賊の宝を転用した、玉珠を二つと真珠をいくつも並べた豪華なものだ。

「お休みなさいませ、リーサ様」

エマが、蠟燭を消して寝室を出ていく。

扉の前を守る騎士の姿がちらりと見えた。銀月の玉珠を持ったリーサは、戦局を左右しかねない存在になっている。護衛は、常につけるようにしていた。

(あの男を前にして、堂々と振る舞えるのかしら。動揺すれば、士気を下げてしまう。家族にも、死んでいった旗主たちにも申し訳が立たないわ……)

身体の疲労と頭の空回りが、交互に優位になって眠りは遠い。

長い時間を経て、やっと浅い眠りが訪れようかという時——窓が開く音がかすかにして、冷たい風が吹きこんだ。

彼だ——という予感がある。

「エルガー……？」

影が、少し動いた。

月明かりを背負うエルガーの姿が、はっきりと見えた。

一歩、二歩と近づいてくる。彼の髪は、ひどく乱れていた。森に潜伏していたのだろうか。衣類も乱れ、湿った落ち葉と泥のにおいがする。

「オレは、琥珀宮に行く。案内しろ。星渡りとやらを使うんだ」

かすれた低い声は荒んでいて、それまで聞いたことのない種類のものだった。

リーサはゆっくりと身体を起こす。

ここは逆らわない方がよさそうだ。エルガーは腰に剣を差している。

「星渡りのことは、パメラに聞いたの？」

「あぁ。……だが、アンタにその力があるのは、この目で見て知った。大聖殿に聖剣を取りに行ったはずのアンタが、こそこそと城から出ていくのを見てる。それに、牢を破った日、オレは奥庭に隠れていたしな。アンタは、カルロと一緒に地星盤の上で消えた。パメラがしていたのと一緒だった。……アイツは一人で逃げちまったが」

まさかあの時、人に見られているとは思っていなかった。

リーサは、ぎゅっと眉間にシワを寄せる。

「そう。……知ってしまったのなら、隠しはしないわ」

「よくもあんな力があることを隠していたな。オレには幼過ぎるから刻印はできないなどと言っておいて、トマスには受けさせたんだろう？　使用人から聞いたぞ。そんなにもオレを領主の座から遠ざけたかったのか」

「……貴方が、リンドブロム家の刻印のことをオットー様に話したのね？」

「あぁ。オットー様は、なにも知らなかったからな。さぁ、行くぞ。オレに償え」

　エルガーは、リーサの腕をぐいとつかんだ。

　窓から出て、小聖堂に向かう気らしい。

「見張りが大勢いるわ。危険よ」

「アンタが騒がなければいい。……そうだろう？」

　オレの命が惜しいなら、騒ぐな。そういう理屈らしい。

　悔しいが、ここで大声が出せないのは事実だ。リーサは、エルガーを死なせたくない。

　ガウンを羽織ってからバルコニーに出て、隣のバルコニーに移るように言われる。

　下は敷石がむき出しで、落ちれば命も危うい高さだ。足がすくむ。

「こうやって、オットー様も脱出させたのね」

「酔っ払いだから、苦労した」

　二回、バルコニー渡りを繰り返し、空き部屋を通って廊下に出る。

　見張りの目をかいくぐって存在も知らなかった小部屋に入れば、梯子のような細い階段があった。

（どうりで、講義から逃げ回れたはずだわ。こんな抜け道を知っているなんて）

予想もつかない道を通り、小聖堂の中に到着した。

リーサは、見張りの兵士に「少し、奥庭で一人になりたいの」と伝えて下がらせた。

人気《ひとけ》が消えてから、隠れていたエルガーを奥庭へと誘導する。

夜に見る黒煉瓦の道は、闇そのもののように深い。リーサは、大木の陰まで来て足を止めた。

「琥珀宮に行って、どうするつもり？」

「オレには価値がある。なにせリンドブロムだ。アンタを一晩貸すだけで、王領の城が手に入る。財宝の分け前だってな」

「財宝……？」

リーサは怪訝な顔で地星盤をはさんだエルガーの顔を見る。

明るい緑の目は、らんらんとしていた。

「とぼけるつもりか？　どこまでもオレを馬鹿にしやがって。さぁ、早く星渡りをしろ！琥珀宮に連れていけ！」

「琥珀宮に行けたとしても、殺されるだけよ。貴方は、ランヴァルド殿下に逆らうリンドブロム家の公子なのだから」

「ふん。もう話はついている。こんな貧乏領とはおさらばだ！」

民が貧しいのは政治の失敗。領の財政を立て直せるのは、領主しかいない。どうして、彼にはそれがわからないのだろう。

　これまで言葉を尽くしてきたものが、なに一つ伝わっていなかったのかと思うと、悔しさで目の前が暗くなる。

「……星渡りは、聖具を持って地星盤を踏めばできるわ。地星盤はラーエナ島と同じ形をしているから、行きたい場所の上を踏むのよ」

　リーサは、袖に隠れていた腕輪を外した。三つの銀月の玉珠を、首飾りに二つと、腕輪に一つにして分けておいた。いざという時に備えてのことだが、エルガーを相手に役立つとは思っていなかった。

「ラーエナ島？　琥珀宮はどこだ？」

　腕輪をリーサの手から奪い、エルガーは地星盤の上をウロウロと歩き出した。

　だが、すぐに思い直したのか、地星盤から足を外す。うっかり飛んでしまわぬようにしたらしい。

（この子を殺したくない。死なせたくない！）

　とうに取り返しのつかないところまで来ている。だが、諦めたくない。

「エルガー――あッ！」

　最後の説得をしようとした――その時だ。

　宙に、なにかが出現した。

まったく突然に、青い光に包まれて。

舞う黒く長いものが人の髪であると認識した時には、リーサの淡い金の髪をがっしりとつかまれていた。

「きゃあ！」

パメラだ。リーサは身体のバランスを崩し、地星盤の上に倒れ込む。

「財宝は……私のものよ！」

つかまれた手が、上からのしかかるパメラによって地星盤に叩きつけられ――青い光が、辺りを包む。

叫ぶために、肺に思い切り吸い込んだ空気のにおいが、変わる。あまりにも明確に。

「きゃ！」

「いやぁ！」

二人が揃って悲鳴を上げたのは、着地したのが膝の高さまである水の中だったからだ。

――海だ。

バシャン！　と音を立て、パメラが転ぶ。

そこは、海へと続く洞窟の中だった。

蒼雪城の玄関ホールほどもある大きさだ。洞窟の向こうに広がる海には、明るい月が映っている。――紫暁城の地下だ。幼い頃に何度か足を踏み入れた記憶がある。

バシャ！　バシャ！　と激しく海面を叩く音が足元で聞こえていた。

「助けて！　泳げないの！」

助ける義理もなかったが、元自宅の玄関先でのことと思えば、見殺しにもできない。暴れるパメラを必死に抱え、なんとか岩場に上らせる。

すっかり水浸しだ。リーサは距離を取った場所から岩場に上がり、ぺたりと座り込んだ。

（城からの道が……ふさがっている）

荒い息のまま、ガウンの裾をしぼりつつ洞窟の様子を確認する。

城の内部に続く階段は、人の手によってふさがれていた。紫暁城の焼け跡には新たな城が築かれていたはずで、そちらと関わらずに済むのはありがたい。

他に記憶と大きく違っているのは、地星盤の位置だ。潮の影響があろうとも、海に浸かるような場所にはなかったはずである。

（私が城に住んでいた頃より、海面の水位が上がったんだわ）

海面が、溺れるような位置になかったことだけは幸いだ。

仰向けになったまま、肩で息をしていたパメラが、突然声を上げて笑い出す。

「あ、あはは！　やったわ！　上手くいった！」

「……死にかけてたじゃありませんか」

はぁ、とリーサはため息をつく。どこも上手くなどいっていない。溺死せずに済んだのだけは、幸運だったかもしれないが。

「人の星渡りについていけば、二日待たずに、自分が踏んでいない地星盤にも渡れるって聞いていたのよ！　やったわ！　これで海賊の財宝は私のものよ！」

パメラはむくりと身体を起こし、洞窟の中をきょろきょろと見回しだした。

(海の民の財宝――)

くらり、と眩暈がする。

それが――彼らの目的だったのだ。

辺境の領への異様な執着、そしてリーサへの執着。

不可解だったものの理由が、明確になる。

「それが……目当てだったんですね」

「どこにあるのよ！　財宝はどこ!?　――きゃあ！」

パメラは、足をすべらせてまた海に落ちかけた。

なんとか持ち直したあと、またウロウロしては転ぶのを繰り返している。

「ここは脱出用の通路です。財宝なんてありませんよ」

「嘘よ！　隠したって無駄……あぁッ！」

懲りずに足を滑らせ、海に落ちかけたのを、岩場から手を差し伸べて助け上げる。

頭まで水浸しになったパメラは、這う様に洞窟をウロウロと歩き回る。そして、なにもないとわかると力なく膝を折った。

「ランヴァルド殿下からは、なんと聞いていたのです？」

「……ダヴィア家の城には……国が建つほどの海賊の財宝が眠っているって。ランヴァルド様は、斧狼の乱のあとベリウダ王国で事業をされていたのよ。何年か前に、それが潰されてしまって金に困ってたらしいわ。それで、イェスデン王国にいらした頃から狙っていた、海賊の宝をまた求めるようになったそうよ」

ウルリクは、ランヴァルドの資金源を断つため八年の歳月を費やしたという。

ランヴァルドが窮したのは、ウルリクの執念が彼を追い詰めたからだ。この話は、斧狼の乱から連綿と続いている。

「……あぁ……そういうことですか」

ヘルマンが言っていたとおりだ。リーサの容姿が、話の本質を見えにくくさせていた。

ランヴァルドは、リーサ本人ではなく、海の民の宝を求めていたのだ。

ランヴァルドが、式典の日にリーサに手を出そうとしたのも、斧狼の乱以前にリーサの兄と親しくなったのも、乱の勃発後に紫暁城へと逃げ込んだのも、財宝を狙ってのことだったのだろう。

リーサは、額を押さえて頭痛に耐える。

「必死だったみたい。イェスデン王国から神官を攫って、拷問して、情報を集めていたそうよ。星渡りには、私よりも詳しかったもの。でも、お陰でここに来られたわ」

「ご、拷問……？　そんなことまでしていたんですか……」

ふと、頭をよぎったのは、大聖殿での神官長の言葉だ。

――ふらりといなくなって、それきりの者もおりますが……

もしや、それもランヴァルドの仕業だったのだろうか。ぞわりと背が冷える。

「拷問した神官は、そのあと大陸に売ってたらしいわ。よくは知らない。王族だもの、黒髪の神官を人間扱いしなかったでしょうね。幸い私は女だったから、便利にいろいろ使われたの。ヘマをやらかして落ちぶれていた赤山猫と組めと言われたのは、去年の終わりくらいだったわ。琥珀宮に半年くらい勤めて、地星盤を踏んだ直後ね。アンタを攫って、私が刻印を施すっていう計画がはじまったのよ。この城に隠された財宝を運ばせるためにね。まさか、アンタがもう刻印を施されてるなんて知らなかった。お陰で遅れを取ったけど、手間は省けたわ。こうやって――ちゃんと――」

パメラは、そこまで言うと、突然「なんでないのよ！」と大声で叫んだ。

（財宝欲しさにランヴァルドの関心がリンドブロム公領に移って、聖剣を盗んだランヴァルドが銀月の玉珠まで狙っていると勘違いしたトシュテン王が、私を王妃に迎えようとした……そうして、ウルリクが領に来た――）

話の流れは見えた。欲だ。ランヴァルドの欲が、元凶だ。発端となった斧狼の乱から今日まで、どれだけの人が巻き込まれてきただろう。リーサに手を伸ばそうとしたトシュテン王自身も含め、築かれた屍の山は、身震いするほどに高い。

「そんな恐ろしい夢物語に、よく乗れましたね」

「金が必要だったのよ。私は、東方の大聖殿に捨てられた孤児なの。十六の時、神官長に、一級神官にしてやるから愛人になれって言われたわ。襲われて抵抗してたら、その拍子に殺しちゃって、そのまま逃げた。だから、刻印もあるし、玉珠も持ってる。お尋ね者として生きるには金が要るの。身体を売るのも、野垂れ死ぬのも、嫌だった。それだけよ。これだけ頑張ったんだから、人生をやり直せるだけの金をもらってもいいじゃない」

ゆっくりと、パメラは身体を起こして洞窟を見回し、がっくりと肩を落とす。

「いくら探しても、財宝なんてありませんよ。……戻ったら、オットー様と合流するんですか？」

「よしてよ、あんな負け犬となんて冗談じゃない。なにかと言うと、売ってやると息巻く最低な男よ。女領主を追い出すなんて簡単だって、どこぞの女に産ませた息子を連れてきておいて、なんの役にも立たなかったわ」

「エルガーとは……どんな約束をしたんです？」

「あぁ、あのバカ？　知らないわ。財宝の話をしたら、あっさり食いついてきたから利用しただけよ。よほど貧乏領を継ぐのが嫌だったんじゃない？　王領に城をもらったら、人生をやり直すって言ってたわ。愛しい人と、親子の縁を切って夫婦になるんだって」

ずん、と腹が重くなるのを感じた。

「……まさか」

王領に城を得て、リーサと夫婦になる。それがエルガーの望みの行きつく先であったらしい。領を捨て。民を捨て。そのような望みなど、知りたくなどなかった。

「こんな時に嘘なんてつかない。さ、あらいざらい喋ったわ。海賊の財宝を出して。本当はあるんでしょう？　国が建つほどとは言わないから、一生遊んで暮らせるだけの額をちょうだい。ランヴァルド様にも、他の連中にも内緒にしてあげるから」

パメラは、まだ財宝を諦めてはいないらしい。

むき出しの岩があるだけの洞窟を、大きな目をぎょろぎょろさせて探っている。

「財宝なんてありません。山賊退治が実際より大きな話になっていたのと同じです。海の民も、自分を大きく見せることで身を守ってきたのでしょう。だいたい、財宝があるのなら、私がまっさきに手に入れていますよ。蒼雪城の蔵を見てください。空です。突然やってきた三千六百の兵を養うのが、どれだけ大変だったことか。宴の予算も延期のせいで三倍になりました。騒ぎが長引けば、深刻な収入減は必至で——」

「もういいわ。聞くと貧乏がうつりそう」

パメラは、手で顔を覆うと「あぁ」と嘆いて動かなくなった。

時間も労力もかけ、希望を託した財宝が存在しないとわかったのだ。こちらからできる譲歩はないが、受け入れ難いという感情だけは理解できた。

ザザァ、と波の音が、静かに聞こえてくる。

慣れ親しんだ音は心地いいが、いつまでも呆けているわけにはいかない。

「それで、これから……どうします？　オットー様と縁を切り、ほとぼりが冷めるまで牢にいてくださるなら、蒼雪城に戻しますよ。二日、ここで宝を探してから自力で琥珀宮に戻っても構いませんが」

「一度渡ったら、二日渡れないわ。知らないの？」

「神官に聞いたんです。二人が同時に移動すれば、一日に複数回星渡りができると。……聞いただけの話ですが、試してみる価値はあると思いませんか？」

パメラを厳しく罰するつもりはない。だが、間諜だ。銀月の玉珠の、特殊な力については伏せておくことにした。

「本当に？　じゃあ……いいわ。試してみましょうよ。ここで二日も飢えるより、牢の方がまだましよ」

パメラの同意を取りつけ、リーサは慎重に海へと入った。

波の間に目をこらし、位置を見定めなければならない。

その光が、揺らいでいる――ように見える。波のせいばかりではないようだ。

「点滅……していません？　これ」

「人が、地星盤の上にいると点滅するの。その間は渡れないわ。あのバカが踏んでいるんじゃないの？　刻印もないっていうのに！」

「あぁ、だから、私たちがいる時を狙うことができたわけですか……」

「あの庭には、領主の家族しか入れないんでしょう？　アンタだと思ったのよ。点滅するのを十日待ったわ」

「十日も――あッ！」

いきなり、後ろから羽交い締めにされた。

「手ぶらじゃ帰れない！　縛り首も、娼婦になるのもごめんよ！」

パメラはリーサの腕をつかみ、地星盤に押しつけようとする。

（琥珀宮に飛ばすつもりなんだわ！　――させない！）

あの欲を張りつかせた男が制圧した王宮など、考えただけで虫唾が走る。

リーサは力の限り抗った。パメラの腕をつかみ、身体を投げ出すように後ろへ倒した。

「きゃあ！」

バシャン！　と派手な音を立て、二人は諸共ひっくり返る。

もがくパメラの手に髪をつかまれ、したたかに脛を蹴られた拍子に、ごぼりと口に海水が流れこむ。

（こんなところで……死んでたまるものですか！）

闇雲に抗い、なんとかパメラから離れた。

咳込みながら、星を探る。

バシャ！　バシャ！　とパメラの手足は、空しく、激しく、海面を叩いていた。

海藻のような黒い髪をつかみ、点滅の終わった蒼雪城の星に、空いた方の手を伸ばす。

見当をつけた場所に触れたはずが、青い光は起こらなかった。

見えた光が、海に映る月やら、地星盤の青い光やら、まったくわからない。

ただ、容赦なく鼻や口に入る海水が――気づけば消えていた。

「あ……」

空気が——変わっている。

(助かった……！)

大きな木と、黒煉瓦の小道。淡い灰色の城の壁。——蒼雪城だ。

「な、なんなんだ！　どういうことだ!?」

叫んだのは、少し離れたところにいたエルガーだった。

だが、そちらに注意は向かなかった。びしょ濡れのまま倒れているパメラが、動かない。

「……パメラさん……！」

倒れたパメラは、ぴくりとも動かない。目を見開き——死んでいた。

扉の向こうから「リンドブロム女公！」「開けてよろしいですか!?」と兵士の声が聞こえる。

判断に使える時間は、数秒しかなかった。

出会ってからこれまでの、エルガーと過ごした時間の記憶が脳裏をよぎる。

寄る辺ない七歳の子供。はじめて笑んでくれた日。馬の練習をしたこと。剣をやっと持てるようになった日。共に宿の見回りをし、森の開墾を手伝った。共に歩んできたつもりだった。養子への愛を、惜しんだ日はない。

今、エルガーを城兵に引き渡せば、なにかしらの処分は必要になるだろう。

領の情報をランヴァルド側に流し、相談役を刺した。拘束中の間諜を解放し、見張りの兵士を殺した。潜伏中にも罪を重ねている。このままにはできない。しかし——

(死なせたくない！)

リーサはエルガーの腕を取り、大聖殿の星を踏んでいた。

青い光に包まれ、ぎゅっと閉じた目を開ければ、いつもの地下室に出る。

「は……ッ、は……ッ」

海での大立ち回りの直後に、自分より大きなエルガーを引き寄せて星渡りをしている。心臓は張り裂けんばかりに大きく動いていた。

しかし、リーサは心を奮い立たせ、すかさず矢笛を吹いていた。

ピィッと笛の音が、空を裂く。

「よせ……ッ！」

エルガーが、リーサを突き飛ばす。

だが、もう音は外に届いていた。扉の開く音に、階段を駆け降りる音が続く。

「エルガー！　これ以上罪を重ねないで！　領は、貴方の所有物じゃないの。別のなにかを手に入れるために、打ち捨てていいものではないわ！」

「うるさい！　こんな時でも説教か！　くそ……なんなんだ、ここは。どこだ？　琥珀宮なのか……？」

エルガーは、辺りをキョロキョロと見回しながら剣を抜いた。

「北の大聖殿よ」

「大聖殿？　違う！　向かうのは琥珀宮だ！　二日に一度というのは嘘だったんだな？

それなら、今すぐ琥珀宮へ向かえ！」

「琥珀宮に私を差し出しても、貴方は殺されるわ。貴方には、星渡りはできない」

「刻印の話か。トマスに施させた以上、年齢の話は嘘なんだろう？　使用人に聞いたぞ。だが、本当に施されてないと言うなら、今済ませばいい」

階段を下りてきた神官たちの中に、神官長の姿を見つけたエルガーは、リーサの首に剣の切っ先を擬した。

「リ、リーサ様！」

神官長が、悲鳴のような声を上げる。

「今すぐ、オレに刻印を施せ。もう嘘やごまかしはたくさんだ！　さっさとしないと、この女を殺すぞ！」

躊躇う神官長に、リーサは「言われたとおりにして」と頼んだ。

神官長はエルガーの前に立ち、祈禱の言葉を並べ、七つの天を示す手ぶりをしたあと、エルガーの胸に手を置いた。刻印の儀式は、ごく簡単だ。

「もう一度言うわ。貴方には、星渡りはできない。――刻印が、施せないから」

向けられた剣に怯むことなく、リーサは襟のボタンをはずし、鎖骨の下の刻印を見せた。

この大聖殿の中では、刻印はほんのりと浮き上がっているはずだ。

エルガーは、怪訝そうな顔で自分のチュニックの襟を寛げる。そこにあるのは、ただ若者の汗ばんだ肌だけだ。

「……ない。どういうことだ。また、オレを騙したのか!?　なんなんだ、一体！　本当のことだけ言え！」

「貴方には、古き血が入っていない。だから刻印ができないのよ」

「リンドブロム家には……古き血が入っているだろう。ヘルマンに聞いた」

「ええ。リンドブロムにはね。……伝えるつもりはなかったの。貴方がリンドブロムの血を持つ娘を妻に迎え、領主となる未来を選んでくれていたら」

リーサが、震える声で「ごめんなさい」と言う前に、涙が顎をつたって落ちた。

伝えたくはなかった。けれど、伝えねば彼は琥珀宮を目指す。待っているのは死だけである。

「嘘だ。じゃあ……オレは誰なんだ？」

エルガーの手から、がらん、と剣が落ちる。

「少なくとも、貴方がヘルマンを刺すまでは、リンドブロム家の公子だったわ」

神官たちは、この隙を見逃さなかった。若い神官が五人がかりで取り囲んだエルガーを、体型の割に機敏な動きで神官長は縛り上げる。

エルガーは、抗わなかった。

「神官長。彼を牢に入れておいて。――いずれ出す方の牢よ」

「承知いたしました」

エルガーは神官たちに囲まれ、階段を上る途中で、

「……オットー様は、新南宿に火をつける。ウルリク殿下の背後を脅かすつもりだ」と言った。

それが、彼の良心だったのかどうか。

エルガーは、こちらの反応を待たずに階段を上っていった。

「神官長。彼自身が、血を偽ったことは一度としてなかった。その点にだけは配慮をお願い。……戦が終わり次第、国外に逃がして」

神官長はうなずいたあと「一体なにがあったのです？」とリーサの姿を見て驚いていた。髪から、まだ海水が滴っている。説明が難しいので、曖昧に濁して蒼雪城へ戻った。

幸い奥庭に人気はなく、兵士に星渡りを目撃されずに済んだ。

パメラの骸も片づけられており、海水の水たまりだけが残っていた。

新南宿の警備を増やすよう頼んでから、風呂に入り、ベッドへとたどりつく。

なんと長い夜だったろう。

あまりにも疲れていた。リーサは明るむ空を感じながら、泥のように眠った。ただ一筋、涙をこぼして。


王暦二八一年十月五日。白鵠野において新国王ランヴァルド・オールステットと、リンドブロム公領の領主リーサ・リンドブロムは、馬上で対峙した。

黒地に金の獅子の家章旗と、瑠璃色の地に白の梟の家章旗が、規則正しく靡いている。

獅子の旗のランヴァルド側は、半数近くが蓮花の旗だ。ベリウダ王国の国旗である。瑠璃梟のリンドブロム側では、臙脂に狼の家章旗が半数を占める他、翡翠の地に紺の海蛇の家章旗も見えた。ダヴィア家の旧臣にも、志願してこの場に来た者は多い。

(この光景を家族に……死んでいった旗主たちに、見せてやりたい)

横槊の儀は、戦を避ける最後の機会ではあるが、ほぼすべての場合において避けられることはない。

黒いローブをまとい、葦毛のカナに跨ったリーサは、長い巻き髪を風に靡かせている。作法どおり馬上で、二十歩の距離をおいてランヴァルドと向き合っていた。

ランヴァルドが、そこにいる。

すべての元凶が、目の前に。

くぼんだ目と大きな鼻はそのままで、以前はなかったヒゲが頬を覆っている。以前より肥えた身体に、金の派手な鎧は不格好に見えた。自分用にあつらえたものではないからだろう。それはどこか、就いたばかりの王位を連想させた。

(不思議だわ。顔を見たらもっと取り乱すかと思ったのに。……凪いだ海のよう)

やや離れたところに、立ち会いの騎士がそれぞれ二名待機するのも作法どおりだ。

リーサの後ろに控えているのは、ウルリクとレンである。

さらに百歩離れた場所には、規定どおりに百の歩兵。そこから二百歩離れた場所には二百の兵が控えていた。

白鵠野は、森の多い北方では珍しい広大な平地だ。どこまでも広い空の下、静かに冷たい風が吹いている。

「おぉ、辺境の真珠のおでましか。とうは立ったが、変わらず美しいな！　先日は、招待を断られ、傷ついたぞ！」

ははは、とランヴァルドは高笑いしながら、剣を掲げてみせた。

武具は横架の儀の場に持ち込めないので、殺傷能力はないと認められたのだろう。短剣よりやや大ぶりで、通常の剣としては小さいものだ。

雲が、わずかに辺りを暗くする。

驚くべきは、その刃にあたる部分がほのかに光っていたことだ。——本物らしい。

「一別以来でございますね、ランヴァルド殿下。そちらは幼児用の剣でございますか？」

リーサが微笑みながら言えば、ランヴァルドの顔色が変わった。

「聖剣だ！　波濤の聖剣！　貴様らの持つ偽物とは違う！　見ろ！　本物だ！」

ランヴァルドがさらに高く掲げると、後ろの兵士が「ランヴァルド国王万歳！」と唱和した。

「波濤の剣が、波を模してさえいないとは。急場しのぎの荒い芸でございますね！」

リーサがちらりと後ろを見れば、ウルリクが波を模した美しい剣を掲げた。偶然ながら晴れ間が広がり、辺りが明るくなる。わっと後ろから歓声が上がった。

「偽物ではないか！　これは、琥珀宮の銅像の下に隠されていた本物だ！」

リーサは、喪服めいた黒いローブを取り払った。

紺のドレスの胸元には、大粒の玉珠を飾った首飾りがある。

月を宿したような玉珠は、この距離でもはっきりと見えたことだろう。

ランヴァルドは、驚きを顔に出した。

銀月の玉珠の存在までは、把握できていなかったようだ。

「波濤の聖剣と、銀月の玉珠が、こちらに揃っていることをご承知おきください」

ランヴァルド本人だけでなく、ランヴァルドの後ろにいた二人の騎士にも動揺が見える。

さらに後ろの兵士たちにも、小さなどよめきは伝染した。

「この……海賊めが！　どうせそれも偽物だろう！」

「海の民の財宝を、獣のごとく執拗に狙い続けたのは貴方様ではございませんか！　十年前、私の兄に近づいたのも、都護軍の騒乱に失敗したのち紫暁城に逃げ込み、ダヴィア家を巻き込んだのも、すべて！　そこまで浅ましい真似をしておきながら、貴方は私を海賊と罵るのですか！」

この場まで来た時と、ランヴァルドの表情は明らかに変化している。

余裕の色は消え、鼻に寄ったシワがひくひくと動き、苛立ちの色が強い。

「カタリナとて同じではないか！　あの女も、どうせ財宝を狙ってお前のような、奴隷の娘を招いたのだろう！」

カタリナが主導したウルリクとリーサの縁談の真意など、もう知る術はない。

ただ、カタリナはリーサを、自身の後継者となり得るように育てた。カールとの縁談の件も含めて考えれば、リーサ本人なり、リーサの子孫なりに、銀月の玉珠を持つ王妃の役目を託したかったのではとも思う。古き血を理由に蔑む意思も、財宝を狙う意思もうかがえない。なんにせよ、恨むつもりはなかった。

「なにを目的とされていようと、カタリナ様はご立派な為政者でした！　貴方とは違う！」

「見ておれ、海賊めが！　吠え面かかせてやる！」

「国王と一族を殺した者は、国賊と！　人の財宝をかすめとる者は、盗賊と！　山の民を搾取し肥え太る者は、ただの賊と呼びましょう！」

リーサは手綱を操り、馬首を返した。

ランヴァルドの舌打ちの音が聞こえていたが、もうリーサは欲をむき出しにした大人に怯える少女ではない。恐ろしくはなかった。いっそ滑稽に見える。

「お見事でございました、リーサ様」

控えていたレンが、頰を赤くして喜んでいた。

「私にできるのはここまでよ。あとはお願いね」

「お任せを。未来の王と王妃に幸あれ。――さ、皆の前にお姿を見せてください」

レンに促され、リーサはウルリクと馬を並べる。

ウルリクは憎い仇を目の前にしても、我を失ってはいなかった。彼の太陽の色の瞳には、静かな落ち着きがある。

　彼は正しく復讐を終えるだろう。そう確信させるものがある。

「鮮やかだったな。溜飲《りゅういん》が下がった」

「やっと言えました。やっと」

　賊はどちらか。

　ずっと心の中にあった鬱憤だ。

　ウルリクが、もう一度兵に向かって剣を掲げる。

　兵士たちの喝采《かっさい》が、波のように聞こえてきた。

　ウルリク国王万歳！　リーサ王妃万歳！

　胸を張って首飾りを見せながら、兵士の周りをぐるりと駆ける。

　後ろに待機している二百の兵も、わっと声を上げた。

　波濤の剣と銀月の玉珠を示しながら、二人は馬を並べて兵の周りを駆け抜ける。

「背中は預ける。蒼雪城で会おう」

「はい。お任せください。――真の王にご武運を」

　別れ際の表情で、リーサは感じ取った。

（新しい時代が来る。……未来が見える）

　蒼雪城に向かって旧道を駆けながら、リーサは思った。

　高揚が、全身を包む。

鬱蒼とした森の道を駆けていく。もうリーサは、この地が自分を拒んでいるとは思わなかった。

はぁぁ、とヘルマンはやけに長いため息をついた。

「想像もしてませんでしたよ。この領が戦をするって時に、自分が蚊帳の外にいるなんて……いてて、こりゃ参った」

蒼雪城に到着するとすぐ、リーサはヘルマンが療養している客室に向かった。

ヘルマンは、ベッドの上でぼやけるほどには回復している。城医が言うには、厚い脂肪が彼の内臓を守ったそうである。

「戦は、明後日の十刻からですって。ランヴァルド軍は公称一万。実数六千で、今日の夜のうちにベリウダ王国から借りた軍の半分、三千は消えているはずだそうよ。ウルリクの言っていたとおり、ベリウダ本国で内乱が起きたみたい。北方の領が捻出した五百があってもなくても、勝敗には影響がなさそう」

「その上、ウルリク殿下は名うての戦上手でございますしねぇ。ここで勝利すれば、去《きょ》就《しゅう》に迷っていた領主たちの旗も一斉に靡くでしょう」

ヘルマンは、ヒゲにおおわれた口をへの字に曲げた。

「とにかく、貴方はゆっくり休んでちょうだい」

「リーサ様。この領は貴女がいなけりゃ駄目だ、なんてのはただの我儘だったと痛感しました。……いいですよ、もう。どちらに嫁がれても。止めやしません」

傷のせいで気が弱くなっているのだろうか。彼らしからぬ言葉だ。

「あら。もう、私が必要だとは言わないの？」

「言えやしませんよ。貴女が王妃になった国も、正直なところ見たいですしね。ただ……私はね、リーサ様の隣にいるのが好きだったんですよ。この十年は、人生の中で一番楽しい時間でした。幸せだったんです、私は。最高に愉快だった。終わるのが、寂しい。それだけです」

「私だってそうよ。この上なく、幸せだったわ」

リーサの目は、ふっとどこか遠いところに向かった。

エルガーを導けなかった後悔は、思い出す度に心を苛む。

「夢を見ているようでした。この十年……本当に……ありがとうございました」

ヘルマンは、泣いていた。

エルガーの顚末を知った時、彼は頭を下げてリーサに謝った。今、謝罪を口にしないのは、二度と謝らないで、とリーサが頼んだからだ。

しかし、泣かないで、とまでは言えなかった。

彼の悔恨は彼のもので、リーサの悔恨はリーサのものだ。

誰が自分たちを責めようとも、慰めようとも、変わるものではない。

「ヘルマン。お別れを言うには早いわ。まだやることが残っているもの」

「それもそうですが、他にも問題が。笑顔で送り出そうにも、今や蔵はすっからかんですよ。持参金なんて出せやしません」

「気にしないで。あてはあるの」

リーサは、笑顔でヘルマンの手に自分の手を重ねた。

「あてですって？　金鉱でも掘り当てましたか」

それには答えず、リーサは立ち上がった。

「今は蚊帳の外を楽しんで、エンダール卿。次の十年は、エールに溺れるのではなく、エールを半分にしても幸せでいられる十年にしましょう」

笑顔で手を振り、客室を出る。

階段の途中で待機していたカルロが、声を潜めて報告をした。

それを聞き、リーサは大きくうなずく。

「あとは私どもで終わらせます。姫様は城でお待ちください」

「いいえ、私が行くわ。貴方はこの件にはもう関わらないで」

カルロは泣き出しそうな顔で、リーサを見た。

「トマス公子も、決して姫様を責めはしないでしょう」

「今はそうでも、いつか真相を知って、私を恨む日が来るかもしれない。エルガーだって、私が母親になったことを喜んだ日もあった。トマスに触れる貴方の手だけは、綺麗なままにしておいて」

カルロの肩をぽんと叩き、リーサはその場を離れた。

トマスを次期領主に据える手続きが、進んでいる。教育係として名乗りを上げたのが、カルロだった。

これから、リーサはオットーと対峙する。

どうあっても、今後トマスと最も深く関わるカルロの手だけは汚させるわけにはいかないのだ。

「新南宿に向かうわ。馬を」

リーサは兵士に命じ、瑠璃色の玄関ホールを抜ける。

リンドブロム家の、人の目をした瑠璃梟が見下ろしていた。

なにかを言いかけた。しかし、やめた。

リーサはもうそちらを見ず、まっすぐに前庭へと向かったのだった。


新南宿に入ったリーサは、鐘楼の広場に住民を集めた。

海の民には、手ぶりで行う独自の合図がある。船の上で、敵味方を区別するために発達したもので、それを使った。

集まった面々の髪は、すべて黒い。

彼らは最初期に町を興した、生粋の東方人たちだ。

リーサは鐘楼の階段に立ち、一人一人の顔を見ながら、言った。

「カール公の葬儀の日、私は皆に誓いました。この地に根を下ろし、ベッドの上で安堵して眠れるよう、力を尽くすと。今日まで誓いに背いたことはありません。『凍土に種を蒔く』の家訓どおり働いてくれた皆を誇りに思います。ですが——今、危機が訪れています。十年前、我らから故郷を奪った男が、再び我らから家を奪おうと迫っているのです。その手先は、古き血の末裔を奴隷として売る——カール公の弟君です」

ざわめきは、起こらなかった。

彼らも、オットーの所業はとうに把握している。向ける感情も一様であるはずだ。

「カール公は弟君に、十年をもって罪を許すとの赦免状を出しました。カール公のご遺志に従えば、受け入れるべきでしょうが、できません。彼を許せば、踏みにじられるのは、この宿です。そして宿の騒ぎは、憎きランヴァルドと戦うウルリク殿下の背後を脅かすことになるでしょう。私は、ウルリク殿下の勝利と、即位を望みます。古き血を厭わず、山の民を救い、人買いを憎む王が、我々には必要です。誇り高き海蛇は、穢れた斧に二度までも身を任せはしない。海蛇の爪牙《そうが》の鋭さを、あの男に知らしめてやりましょう！　賊への情けは不要！　私と共に海蛇の爪牙を存分に振るってほしい！」

わぁっと歓声が上がった。

十年前、家族と暮らしを失い辺境にたどり着いた彼らの鬱憤は、猛々しい咆哮となって表出していた。

猛き血が、叫んでいる。髪色がいかに変わろうと、リーサもまた海の民の裔だ。

リーサは壇から降り、横に控えていた代表のマリロに「作戦どおりにね」と伝えた。

「お任せを。掟に従います。リーサ様も、どうぞお気をつけて」

「えぇ。――船を焼く者には、相応しき罰を」

近くで待機していたカナに跨り、その場を離れた。マリロが「古き血を持つ王妃の誕生は、我らの悲願です！」と叫んでいる。リーサは、応えるように軽く手を上げた。

広場の熱狂は、すでに引いている。

彼らは粛々と作戦の遂行を目指し、動きはじめていた。


翌日の、夜更けのことだ。

新南宿のはずれには、開墾中の畑がある。

周辺には数軒の小屋が建ち、作業用の槌、鋸といった作業道具を収める倉庫が並ぶ。

その外れの一軒の前に、馬車が止まった。

荷台に積まれた大きな箱が、一つ、二つと数人の男たちの手で小屋に運びこまれる。

作業を終えた男たちは、馬車で去っていった。

その様子を、倉庫の陰からリーサは見つめている。

しばらくして、森の中から十人ほどの男が出てきた。辺りを警戒しながら、その小屋の扉を壊し、中へと入っていく。

見張りが一人残っている。身ごなしは訓練を受けた武人のそれだ。

ピィッと短くリーサが指笛を吹けば、一斉にあちこちの物陰から黒髪の青年たちが飛び出した。集まった三十人は、騎士の教育を受けた精鋭である。

その内五人が、見張りの騎士を取り囲む。

「な、何者だ!?」

騎士は杈《またふり》二本で動きを封じられ、あっという間に荒縄《あらなわ》で縛られた。

黒髪の男たちは小屋の扉を開け、騎士をそこに放り込む。

同時に板を持った者が、槌と釘とで扉を塞ぎだした。一つだけ残してあった窓でも、同じ作業が行われた。

コンコンコンコン！　と激しく槌の音が立つ。

「なんだ？　扉が……！」

「おい！　窓が開かないぞ！」

小屋の内部から、慌てふためく声が聞こえる。

「オットー様！」

リーサは、閉ざされた扉に向かって叫んだ。

「こ、この……海賊めが！　出せ！」

くぐもった声が聞こえる。オットーの声だ。

「海の民の財宝だという美しい宝を、酒場で見せびらかしていた若者をご覧になったのでございましょう？　あれは餌です。若者は囮。昨日の今日で引っかかるなんて、よほど財宝に目がくらんだものとお見受けいたします」

「ここから出せ！　オレはカール・リンドブロムの弟だ！　よそ者のお前に、このオレを罰することなどできるか！　譜代の旗主が黙っていないぞ！」

鈍い音がして、剣の先が扉からわずかにのぞく。

それが三度ほど続いたが、それきりになった。

窓の方では、どん！　どん！　と大きな音が続いている。

「トマスを、領主にいたします。幸い、パメラが琥珀宮で手に入れてきた赦免状がございますから、事は簡単でしょう。けれど貴方を許せば、私の家族が奴隷として売られてしまう。それに腐っても領主の血と擁護する者も出かねません。――消すしかないのです」

窓の方から「リーサ様！　女公！　ヒィル家のロラスでございます。心より謝罪いたします！　お許しを！」「ヴォーシュ家のオリエでございます！　リンドブロム家への忠誠を忘れた日はございません！」と声が聞こえる。中には、北方の他領の旗主を名乗る者もいた。

「出せ！　謀反人の娘を十年養ったのは、リンドブロム家だぞ！　恩を仇で返す気か！」

「船を焼く者は、生きたまま燃やすのが海の民の掟でございます」

「奴隷の子め！　お前の髪が、どんな色であろうと――ぐっ！　うわぁ！」

罵る声が、突然途絶えた。

中から「人買いは、始末しました！」「このような賊は許せません！」と声が聞こえる。

リーサは「火をつけて」と指示を出した。

黒髪の青年たちは、躊躇せず小屋に油をまき、火をかける。

横にいたイルマが「あとはやっておきますよ」と言うのに「見届けるわ」と伝えた。

火の勢いは、増していく。

そのうち、絶叫は消えていった。

馬蹄の音が近づいてきたのは、小屋の屋根が崩れ出した頃だった。

見えた旗は、狼の牙が四本。灼岩城軍のものだ。

「これは……もしかすると、要らぬ世話でしたか」

馬に乗ったままそう言ったのは、赤毛のレンだ。

前線からわざわざ駆けつけてくれたらしい。連れてきた兵は五十名ほどだろうか。

「お気持ちだけ、嬉しくいただきます。ありがとう」

下馬するレンに、リーサは優雅な礼を示した。

「殿下は、背は預けた、とおっしゃっていたんです。それを私が、無理を言って駆けつけた次第で。……なるほど。たしかに殿下のおっしゃるとおりでした」

そこに馬車が到着した。積まれていた大きな袋を、まだ盛んに燃える小屋に投げ込んでいく。袋は動いていたが、運ぶ者たちは頓着していない。

新南宿に火をつけようとした賊を、マリロたちが片づけたのだろう。

「庭の中でのことは、家主の手で始末をつけませんと」

「花も恥じらうお姿に、すっかり惑わされておりました。さすがは海蛇の子。では、私も安心して、背を預けさせていただきます」

レンは爽やかな笑顔で一礼すると、兵を率いて帰っていった。

煙が、秋の夜空に上っていく。

それを葬送のようだ、とリーサは思った。


ウルリクの戦勝の報せは、翌日の夕に届いた。

戦闘自体は、長くかからなかったそうだ。角笛が鳴った直後に、ウルリクの指示を受けた王領軍が背後から兵を動かし、北方連合軍が脇から突進した。わずか半刻程度でランヴァルド軍は統制を失い、崩壊したという。

――リーサは、城の見張り台に立っている。

強い風に、金の巻き髪と紺のドレスがヒラヒラと舞っていた。

その菫色の瞳には、臙脂のマントの軍が映っている。

「女神様！　王子様が戻ってきたよ！」

下で呼んでいるのは、トマスだ。今朝、大聖殿から呼び戻した。

父親の死を、まだ彼は知らない。いずれオットーの罪は赦免状によって許され、この戦の中で行方不明になったとされるだろう。できれば、真相は生涯知らせずにおきたい。

「トマス公子、少し位置を変えましょう。淑女への配慮です」

気をきかせたカルロが、トマスを移動させていた。

梯子を下りながら礼を伝え、軽やかに歩廊から階段を経て、城の中へと入る。

瑠璃色の玄関ホールから扉をくぐって前庭に出れば、眩い陽射しの中、十騎ほどが城門をくぐったところだった。

鎧を着ていようと、そこに何人いようと、もう見間違いはしない。

戦の神のごとき凛々しい姿は、リーサの唯一の人だ。

馬上から、ウルリクもリーサを月の女神になぞらえているだろうか。そんな気がする。

臙脂のマントが、ひらりと舞う。リーサが駆け寄り、兜を脱いだウルリクがその身体をしっかりと受け止めたところで、わっと歓声が上がった。

「勝ったのね？　私たちは、もうすぐ家族の仇を取れるのね？」

「十年も待たせた。すまない」

「いいえ、これでよかったのです。今でなければなりませんでした」

運命は、今、この場所に繋がるべくして繋がっていたのだ。

失った十年ではない。得るための歳月だった。

リーサは腕を離し、その場にひざまずく。

「ウルリク・オールステット陛下。波濤の聖剣を持つ真の王に、銀月の玉珠の所有者として、ご戦勝を心よりお祝い申し上げます。ウルリク一世の御代に、神々の祝福がありますよう」

顔だけを上げ、少しだけ笑う。

わっと歓声が、さらに大きくなった。

「銅像の賢妃は、ひざまずいてはいなかったぞ」

ウルリクは苦笑しつつ、リーサを立ち上がらせた。

「……はい」

ウルリク一世万歳。

リーサ王妃万歳。

城に集まった人々の歓声が響く。

いつやむとも知れぬ声に、二人は並んで応えた。

誰しもの顔に、笑みがある。

明日は希望に満ちていると、皆が信じている。

眩いばかりの陽射しに目を細めながら、もう新しい未来ははじまっている、とリーサは思った。

終幕　凍土に種を蒔く

王暦二八二年、春。

リーサ・ダヴィアは、新南宿の職人街にある工房にいた。

すでに領主の座は退き、相談役として蒼雪城に留まっている。ダヴィア家は名誉を回復し、今の当主はリーサだ。旧臣たちも騎士として復位していた。

「いい出来だわ。最高よ。やっぱり天才ね、イルマ！」

リーサの手の中で輝くのは、精緻な細工の指輪にあしらわれた大粒の宝石だ。日にすかすと淡い赤から深紅に。室内の灯りでは、赤紫から青紫に。月明かりの下では淡い菫色に変わる幻想的な宝玉の名は、紫暁石という。ラーエナ島でしか産出しない希少な石だ。

「オレ、天才なんですよ。次はどうします？　粒の揃ったのがあるから、耳飾りにでもしましょうか」

「それなら、この指輪と揃いにしましょう。一緒に売ったら、価値も上がるわ。大陸の王や皇帝に売ったらどうかしら」

「それはいい。いつか新南宿の煉瓦が、黄金になりそうだ」

イルマをはじめとした職人たちが、どっと笑う。

ここは、新南宿に新しくできた職人街の工房だ。北宿を真似、市街地からやや離れたところに造成した。

「さ、そろそろ行かないと。今日はトマスと食事をする約束をしているの」

「そりゃ早く帰った方がいい。家族は大事にしろって、いつも言うのはリーサ様じゃないですか」

「そうね。そのとおりだわ。私が範を示すべきね」

笑顔の職人たちに見送られ、リーサは工房を出た。

宝飾工房の看板が、いくつも揺れている。

春のぼんやりとした景色の果てに、まだ白い雪をいただく山々が見えた。

看板をいくつも横に見ながら、白と灰色の煉瓦の道を歩いていく。

工房で働く職人の一部は、北宿から移ってきている。大量、かつ上質な紫暁石が、新南宿に集まるようになったからだ。

「あぁ、女公。ごきげんよう」

すれ違ったのは、北宿から来た亜麻色の髪の、若手の細工師だ。

「ごきげんよう。今日はいい天気ね」

明るく挨拶をし、職人たちの休憩所の前を通る。

食事をする職人たちにまじって待機していた護衛が、腰を上げた。

振り返れば、工房街の奥にはワインの貯蔵庫がある。ロザン王国から買い取ったワイン樽を集める場所だ。気候条件にも恵まれたこの地を拠点とし、ワイン樽はイェスデン王国各地へと売られていく。

トシュテン三世の弟、ランヴァルドが起こした二度目の反乱には、ベリウダ王国の国旗に描かれる蓮にちなんで斧蓮《ふれん》の乱《らん》、との名がついている。

斧蓮の乱をきっかけに、イェスデン王国とロザン王国は強く結びついた。

目の前の風景には、その変化の情報が多く含まれている。

そして——もう一つ。

リーサは、輝く紫暁石の指輪を眺めて笑んだ。

斧蓮の乱がもたらした変化が、工房街とこの宝石にも表れている。

紫暁石は、紫暁城の地下から切り出されたものである。城の名の由来にはなってはいたが、まさか地下に原石が眠っているとは、誰も——ランヴァルドでさえ——思っていなかったろう。リーサも、その場に立つまでまったく知らなかった。

原石があったのは、あの地星盤のあった洞窟だった。

気づいたのは、パメラと共に星渡りをした時だ。月明かりに照らされ、洞窟の壁がわずかな菫色を帯びていたのに気づいた。パメラに知識があれば、狂喜していたに違いない。

この半年、リーサは自身の星渡りを駆使し、原石の採取に腐心した。

領政を相談役に託すほど急いだのは、海面の変化が顕著であったためだ。近く洞窟は水没が予想され、作業には速度が求められた。

切り出した原石の多くは、蒼雪城の蔵で守られている。価値を下げぬため、この地で加工した上で、数を絞り、高い値をつけて売るつもりだ。人が言うように城が建つほどの富を生むだろう。

「女公、ごきげんよう。すっかり春ですねぇ」

職人街から出たところで、老女に声をかけられた。まだリーサを女公と呼ぶ者は多い。リンドブロム女公ではないが、ダヴィア女公ではあるので、訂正はしていない。

「ごきげんよう。本当に、すっかり暖かいわ」

リーサはにこやかに、次々と送られる挨拶の一々に応えた。

鐘楼の広場の一帯には市が多く立ち、賑やかだ。黒髪の者もいれば、そうでない者もいて、もうここが東方出身者が興した町とはわからない。

赤茶、褐色、黒。そして――黄金。

目が、その色彩に吸い寄せられる。

（嫌だわ、私ったら。会いたい、と思い過ぎたのかしら）

それは、愛しい人の持つ色彩だ。幻覚か、と思ったが、背のとても高い青年はたしかに存在していて、ぱっとフードを被った。黄金色の髪が隠れる。

（まさか――！）

リーサが一歩近づく。あちらが一歩下がる。

リーサは、走り去ろうとする青年を追いかけた。

追いかけっこになるかと思えば、路地に入った途端、どん、と厚すぎる胸板に跳ね返された。よろめいたところを、しっかりとした腕に支えられる。

この胸板の厚さといい、腕の逞しさといい、ウルリク本人に違いない。

「すまない。明日、城に向かうつもりだった」

声も、たしかに彼のものだ。リーサの眉は、八の字に寄った。

「連絡をくださったらよかったのに。いついらしたのです？」

「昨日だ。宿の様子を先に見ておこうと思ってな。驚かせないようにするつもりだったのだが……目がそらせなくなった。――あまりに、貴女が美しくて」

ぱさりとフードが下ろされる。

美しいのはそちらの方だ、とリーサは思った。

太陽の色の瞳と、精悍な顔つき。涼やかな目元は、やはり神々になぞらえる以外ないほど秀麗だ。

リーサは頬を薔薇色に染めて、微笑む。

「会えて嬉しいです、ウルリク。元気そうでよかった」

「手紙も滅多に送れず、すまなかった。なかなかに多忙でな。――俺も、会いたかった」

ウルリクは、白鵠野の戦いののちにランヴァルドを追撃。琥珀宮に戻る途中の王領内で包囲し、ついには捕らえた。

トシュテン王が存命の内から、王領への根回しは済んでいたそうだ。晩年の王には空回りも目立ったが、有効な手も打てていたらしい。

ランヴァルドの誤算は、各所への調略を過信したことだろう。いかに聖剣を持っていようと、彼が示す利は薄く、態度は常に高圧的であった。捕らえられる直前、王族の一人に「城をやると言っただろう！　裏切るのか！」と叫び、王族は「僭主《せんしゅ》の恩は不要です」と答えたという。

ウルリクは、ランヴァルドに犯した罪の告白状を書かせたのち、安寧の広場で彼を処刑した。淡々と刑は執行されたそうだ。

ただ、彼はまだ即位をしていない。元王妃が産んだ嬰児の他に、ウルリクにとっては異母弟にあたる第五王子のイーヒェが生き延びていたからだ。どちらが王になるかで何度も話し合いがもたれ、最後はイーヒェが泣きながら乞うたらしい。「兄上。私には、波濤の聖剣も、銀月の玉珠を持った婚約者もおりません。貴方をさしおいて王になどなれば、数多の神々と世の声に背くことになります」と。

かくして、やっと決まったウルリク一世の即位式は間近に迫っていた。

「ご即位が決まったとうかがっていました。おめでとうございます」

「貴女のお陰だ。ちょうどいい。案内してくれないか。約束を果たしたい」

「はい。是非とも」

リーサは、笑顔でウルリクが差し出す腕を取った。

ウルリクに気づいた町民は驚いていたが、二人をそっとしておこうと思ったものか、声をかけてくる者はいなかった。笑顔の祝福が、伝わってくる。

ウルリクを見る人の目は、敬意に満ちていた。

即位には至っていないながら、すでに彼は民から深く愛されていた。

ランヴァルドの死から、半年。彼の短い治世の全貌が明らかになるにつれ、国中の人々は恐れおののいた。常軌を逸した増税が計画されていたのだ。この増税計画への憎しみもまた、彼の敗因であったようだ。食卓に上がるパンの数が減ることを、喜ぶ者はどこにもいなかったのだろう。

増税王を倒した新王の誕生は、そのような経緯もあって国中で歓迎されている。カタリナ時代の豊かさは人々の記憶に残っていたのだ。

「話を聞かせてくれ。この半年のことも。――それまでの十年のことも」

「はい。私も、貴方の武勇伝をうかがいたいです。あぁ、そうだ。まずは名物のカブ料理を召し上がってくださいませ」

二人は宿を歩きながら、多くの会話を交わした。

会えなかった時間を埋めるように、城へと戻る間も、話が尽きることはなかった。


城の前庭で、トマスが剣を振っている。

教えているのは、騎士になったウィレムだ。彼は斧蓮の乱の折、使者として王都に向かいながらも、門前払いされてしまった。すごすご領へと戻る途中で通りかかった白鵠野で奮戦し、大いに武功を挙げている。

さすがに、暗殺の提案をしたことへの負い目はあるらしい。ウルリクの姿を見るなり、直立し、直角に頭を下げていた。

「あ、王子様！」

トマスが、木剣を持ったまま走ってくる。

「久しぶりだな、トマス。背が伸びた」

「うん。もうすぐ王子様くらいに――あれ、もう王様になった？」

「これからだ」

ウルリクはトマスを抱き上げ、肩に乗せてやっていた。

見守っていたカルロも「ようこそおいでくださいました、陛下」と笑顔で出迎えた。首からさげているのは、変わらず木珠だ。今も相談役として、領政の中心を担っている。

門の方から戻ってきたのは、腹回りが半分ほどになったヘルマンだ。「おぉ、陛下。ご無沙汰しております」と声も明るい。怪我をきっかけに酒を半分に減らしたところ、すっきりと痩せ、もう坂道も階段も、休憩をはさまずに上り切れるようになっている。

「じゃあ、女神様は王妃様になるんだね！」

リーサはウルリクと顔を見合わせ、お互いに困り顔になった。

「……多分、ね」

そうなるだろう、とは思っている。ウルリク新王への期待には、カタリナの弟子だった リーサへの期待も大いに含まれている。内乱で多くを失った二人ならば、戦のない世を作るだろう。カタリナに選ばれた二人なら、国を豊かにするだろう。そんな声が、聞こえてくるようだ。

ただ、今後の関係に関して、はっきりした言葉があったわけではない。

ウルリクが「これから頼むところだ」とトマスに言えば、トマスは「じゃあ、夕食の前に済ませて。それで、夕食の時にお祝いしよう！」とウルリクの肩から下りて言った。

相談役の二人も、顔を見合わせる。

「あぁ、そういうことでしたら、ごゆっくり。歩廊などはいかがです？」

「たしかに、いい場所ですな。桜もちょうど見頃です」

――共に桜を見よう。

幼い頃に果たせなかった約束を、リーサは思い出す。

もしや、その約束のために来たのだろうか――と思ってウルリクの顔を見上げれば、あ、と口が動いている。これは、今思い出した、という顔だ。

彼ほどの愛をもってしても忘れるのだから、恨み言にはあたらない。リーサとて今思い出したくらいだ。

相談役の二人にからかわれつつ、ウルリクとリーサは、勧められた歩廊の方へと向かう。

瑠璃色の玄関ホールの、白い梟と目が合った。

もうあの目は怖くない。むしろ静かな慕わしさがある。

この十年半が、最善だったとは思っていない。エルガーとの関わりや、オットーとの対峙にも、多くの後悔はある。呵責に耐え切れず、悪夢にうなされる夜とてあった。領を守るため、という盾だけで、防ぎ切れるものではない。

けれど、時間が経つにつれ、人生を何度やり直してもたどりつく道ならば、命ある限り背負う他ないとも思うようになった。

階段を上がり、扉から外の歩廊に出る。

夕の風は少し冷たいが、眼下に広がる淡い桜の色は、華やかに美しい。

（きちんと、伝えよう。共に生きていきたいと――）

リーサは心を決め、スッと息を吸い込んだところで――

「国に、金がない」

とウルリクが桜の方を見たまま、言った。

「……金？」

「金がないんだ。驚くほど、ない」

ウルリクは真剣な顔で、リーサを見た。

リーサは一瞬真顔になり、それから少し笑って、やはり真顔に戻った。

「ないんですか」

「ない。あれだけ手間暇をかけてランヴァルドが財宝をねらった理由も、かつてない重税を課そうとした理由も、そこに尽きる。弟のイーヒェが王位を望まなかったのも、そのせいかもしれん。帳簿には、悲惨な数字が並んでいた」

「カタリナ様のお力で、多少は改善したものと思っておりました」

「母上が政治に携わっていたのは、多く見積もって七年程度だ。たしかに実績は残したが、その後、父上によって方針はすべて否定されてきた。あと十年、その座にあれば、あるいは違っていたのかもしれない」

リーサは、薄い唇を横に引き結ぶ。今更ながら、カタリナという人を奪ったランヴァルドが憎い。彼の存在ゆえに、この国はどれだけ多くのものを失っただろう。

「ランヴァルド様に奪われたものは、取り戻さねば。我らの務めです」

「あぁ。母上が重用していた文官を呼び戻してはいるが、人手が足りない。優秀な、王妃カタリナの薫陶を受けた人材が、今の国には必要だ」

ウルリクの瞳が、ごくごく真剣にリーサを見ていた。

やっと話の流れが見え、リーサにも微笑む余裕ができた。

「それで、私を迎えにいらしたんですか？」

「すまない。求婚は、貴女の都合を待つつもりだったのだが、こちらの問題はいかんともしがたい。今すぐにでも、琥珀宮に来てもらいたいくらいだ。実は、新南宿に向かったのは研修も兼ねていた。文官たちが、カタリナ王妃の育てた人材の十年半を、是非にも見たいと言うのでな」

彼の訪れは、期待とは趣の違うものであった。

幼い頃の約束でもなく、甘やかな求婚でもない。それがおかしくもあり、嬉しくもある。

リーサ・ダヴィアという人間の、軌跡すべてが求められているのだから。

「事情はわかりました。構いませんよ、私は。明日にでも出発いたしましょう」

「恩に着る。……どうにも貴女に助けられてばかりだな。聖剣を求めた時も、立派な偽物を用意してもらった時もだ。王位に就くのでさえ、貴女の言葉がなければ、躊躇い続けていただろう」

ウルリクは、リーサがどこかで幸せに暮らしていられればいいと思っていた人だ。迷惑はかけない。巻き込みたくはない。今は、不本意な状況であるはずだ。気持ちは理解できる。言ってみれば、一番上等な酒を頼もうとしたヘルマンが、かえって幻の名酒でもおごられたようなものだ。

「私も、助けられていますよ。仇のいない世の晴れやかさは、貴方がいなければ知らぬままでしたから。それに、互いに助け合うのが夫婦というもの——あら、いけない。まだ、この話はしていませんでしたね」

「そちらを先にすべきだったな」

リーサが声を上げて笑えば、ウルリクも顔をくしゃりとさせて笑った。

涼やかな目元は、そうすると少し可愛らしい。

笑いを収めると、ウルリクはリーサの前に跪いた。

「長く、かかりましたね。私たち」

「あぁ。だが、だからこそわかることもある。リーサ・ダヴィア。どうか俺の妻になってくれ。共に生きたい。貴女の、その燃えるような愛に値する男でいたいのだ」

ウルリクが、恭しく、白い手の甲に口づける。

「王と王妃の銅像は、跪いてはいませんでしたよ」

「そうだったな」

ウルリクは立ち上がり、優しく笑んだ。

リーサも、穏やかに笑んでいる。

「ウルリク。私も、貴方の優しい愛に値する者でありたい。愛しています。はじめて会った日から、今日までずっと。そして、命の終わる日まで変わることなく」

逞しい腕が、リーサをそっと引き寄せる。

見惚れるほど美しい顔が、太陽の色の目が、ふっと近づく。

「愛している。リーサ。命の絶える日まで、変わらぬ愛を誓おう」

リーサは、菫色の瞳を瞼で隠す。

唇が、優しく触れあった。

顔を離し、互いに微笑みあえば、心は温かく満たされていく。

「桜を一緒に見ようと約束したこと、覚えてらっしゃいました？　琥珀宮にいた頃の話です。私が、風邪をひいてしまって、果たせぬままになっておりました」

「すっかり忘れていたが、覚えている。そのあと俺も風邪をひいて、貴女に看病してもらったのだったな。あの優しさは、忘れていない。共に生きるということは、こういうことなのかと、子供心に思ったものだ」

「これからも、そのように生きていけたらいいですね。互いを支えあって」

二人は、桜の方を見た。

約束が果たされたことで、引き裂かれた悲しみも、癒されていくようだ。

「この半年は、無駄ではなかったのかもしれないな。二人で新たに歩みはじめるのには、もっとも相応しい光景だ」

「ええ。私も、半年あってよかった。持参金も、ちゃんと用意できそうです」

リーサが、ふふ、と笑んで大きな紫暁石の指輪を見せれば、ウルリクはすべてを察したらしい。驚きのあと、苦笑が浮かぶ。

「どうやら、俺は一生貴女に頭が上がらなそうだな」

ウルリクも、山賊退治を装った悪徳商人狩りで、多くの財を――国に納めるべきものも含めて――所有していたそうだ。

それらは復讐の資金源になっていたという。根回しの周到さや、起こした事の規模から察して、相当な額であったはずだ。ただ、斧蓮の乱での協力者への返礼で、概ね使い終わっていたらしい。その頃彼はまだ、未来を見ていなかったから。

「夕食のあと、星渡りをいたしましょうか？　琥珀宮までひと飛びです」

「初回だけは馬で頼む。関所で騒ぎになってしまうからな。そのあとは、いくらでも」

歩廊の階段の下で「ここに石碑を建てよう」「泣きながら言わないでくださいよ」「うる

せぇ。お前だって泣いてるだろ」と相談役の二人の声がする。

リーサは城からの風景をもう一度見、それから愛しい人を見た。

微笑み合い、もう一度口づけをして。

二人は、豊かな森を望む歩廊をゆっくりと歩き出した。

その手を、しっかりと握り合って。


姿は、人を表すものだ。

リンドブロム公領に向かう馬車に乗っていた時、十三歳のリーサは絵に描いたような不幸を背負っていた。土地に合わない花嫁装束。家族を失った悲しみと、愛する人と永遠に離される痛みは、リーサの顔を青ざめさせていた。

薄暗く人気のない土地に、人を拒む森。ガタガタと、馬車が砕けるのではないかと不安になるような道を進む間、ずっと絶望を抱えていた。

今は、どうだろう。

リンドブロム公領を走る旧道を、馬車は快適に進んでいる。

落ち着いた紺のドレスは質素だが、柔らかな金の巻き髪と引き立て合っている。菫色の瞳には、愛しい人の姿が映っていた。

瞳は輝き、薔薇色の頬には微笑みが浮かんでいる。誰の目にも、幸せな女性に見えることだろう。心の在りようそのままに。

窓の外から、矢笛の音が聞こえたような気がした。

「あら……？」

馬車の窓を開ければ、街道沿いに人が大勢集まっていた。

黒髪の人たちも、そうではない人たちも、大勢。

「見送りのようだ。貴女は、この領の民に深く愛されていたのだな」

彼らの声は届かない。けれど、笑顔で手を振り、リーサを送り出してくれていることだけは、伝わってくる。

今日の日のことを、生涯忘れないだろう、と思った。十年の日々の記憶の、痛みも、すべて。

リーサは涙をハラハラとこぼしながら、懸命に手を振って応えた。

人の姿は遠くなり、明るい灰色の気高い城が、こちらを見下ろしている。

高い空と鬱蒼とした森までもが、今、旅立ちを見守ってくれているかのように思われた。

「さ、別れも済みましたことですし――さっそくはじめましょうか」

リーサは涙をハンカチで押さえ、用意されていた書類を手に取った。

一つの旅は終わったが、もう次の旅ははじまっている。

「貴女と一緒だと、書類の束も怖くないな。とにかく、今年の冬に一人の餓死者も出さぬようにしたいのだ」

リーサは書類から目を上げ、ウルリクを見つめた。

なんという素晴らしい目標だろう。

たとえ本物の波濤の聖剣を持っていようと——実際、本物だったそうだ——ランヴァルドには、真の王の称号など相応しくはない。

「ウルリク」

「どうした？」

ウルリクの、太陽の色をした瞳を、美しいと思う。

波濤の聖剣がなくとも、冬の民を飢えさせまいと願う者の方がよほど王に相応しい。

けれど、王の評価は世が決めるもの。

自分たちにできるのは、日々を真摯に、懸命に生きることだけだ。

「私、幸せです。——とても。貴方と共に歩めることが、嬉しいのです」

「貴女は、銀月の玉珠を持っておらずとも、国を導くに相応しい人だ。貴女に選ばれたことを、誇りに思う。……幸せだ」

彼も同じようなことを思っていたらしい。

そっと口づけ、二人は微笑み合った。

国の借金の額に、悲鳴を上げるまで、あとわずか。

琥珀宮にたどりつき、その借金の額に失神しかけるのは、少しあとの話。

惨憺たる数字を前に、美しき賢妃はこう言ったという。——『凍土に種を蒔く』と。

波濤の聖剣を持つ聡慧王《そうけいおう》・ウルリク一世と、銀月の玉珠を飾る賢妃・リーサの像が琥珀宮に飾られ『凍土に種を蒔く』と彫られるのは、ずっとのちの話である。
今、運命に結ばれた二人は輝く瞳に互いを映し、優しく微笑み合っていた。

了

本書は書き下ろしです。

辺境の真珠と灼岩の狼
喜咲冬子(きさきとうこ)

2024年9月5日初版発行

発行者———加藤裕樹
発行所———株式会社ポプラ社
〒141-8210
東京都品川区西五反田3-5-8
JR目黒MARCビル12階

フォーマットデザイン　荻窪裕司(design clopper)
組版・校閲　株式会社鷗来堂
印刷・製本　中央精版印刷株式会社

落丁・乱丁本はお取り替えいたします。
ホームページ (www.poplar.co.jp) のお問い合わせ一覧よりご連絡ください。
※電話の受付は、月～金曜日、10時～17時です(祝日・休日は除く)。
本書のコピー、スキャン、デジタル化等の無断複製は著作権法上での例外を除き禁じられています。本書を代行業者等の第三者に依頼してスキャンやデジタル化することは、たとえ個人や家庭内での利用であっても著作権法上認められておりません。

ポプラ文庫ピュアフル

ホームページ　www.poplar.co.jp
©Toko Kisaki 2024 Printed in Japan
N.D.C.913/327p/15cm
ISBN978-4-591-18315-1
P8111383

みなさまからの感想をお待ちしております
本の感想やご意見を
ぜひお寄せください。
いただいた感想は著者に
お伝えします。
ご協力いただいた方には、ポプラ社からの新刊や
イベント情報など、最新情報のご案内をお送りします。